«PANDORA»

I romanzi di Barbara Taylor Bradford

UNA VERA DONNA
LA VOCE DEL CUORE
L'EREDITÀ DI UN SOGNO
I NODI DEL DESTINO
SEMPRE DI PIÙ
LE DONNE DELLA SUA VITA
RICORDA
COME UN ANGELO
LE MAREE DEL DESTINO
UN SEGRETO È PER SEMPRE

BARBARA TAYLOR BRADFORD

UN SOGNO TUTTO NUOVO

Traduzione di Grazia Maria Griffini

SPERLING & KUPFER EDITORI
MILANO

Her own Rules

Finito di stampare nell'ottobre 1998
presso la Arnoldo Mondadori Editore S.p.A.
Stabilimento N.S.M. di Cles (TN)
Printed in Italy

ISBN 88-200-2737-2
86-I-98

I brani della poesia alle pagine 7 e 53 sono tratti da « Erravo solo come nube... » da *Poems-Poesie (1798-1807)* di W. Wordsworth, a cura di A. Righetti, Milano, Gruppo Ugo Mursia Editore, 1997. Per gentile concessione.

A Bob, con amore

PROLOGO
Il passato

La bambina era appollaiata su una sporgenza rocciosa a picco sul fiume. Sedeva perfettamente immobile, lo sguardo fisso sulla famiglia d'anatre che tracciava cerchi sulla cupa superficie dell'acqua.

Aveva occhi grandi, un po' distanti, grigioverdi e severi, il visino serio. Ma di tanto in tanto un sorriso le illuminava il volto, mentre osservava divertita il buffo sguazzare degli anatroccoli.

Era una splendida giornata d'agosto.

Il cielo, di un azzurro vivido e intenso, era una volta limpida, non velata nemmeno da una nuvola; il sole dorato era una sfera perfetta e, in quel profumato pomeriggio estivo, non si udiva un suono, erba e foglie erano immobili, gli unici rumori erano il fievole ronzio di un'ape che svolazzava intorno alle rose arrampicate su un muro di mattoni semidiroccato e lo scorrere dell'acqua che scendeva tortuosa tra le pietre screziate del fiume.

La bambina era affascinata dalla natura incontaminata; era tanto concentrata e intenta che non si muoveva quasi. Fu solo quando sentì chiamare il suo nome che sembrò riscuotersi e volse rapidamente lo sguardo dietro di sé.

Subito, si alzò in piedi, facendo ampi gesti di saluto verso la giovane donna ferma accanto alla porta della casetta non lontana dal fiume.

«Mari! Su, presto! Vieni qui!» gridò la donna chiamando con un cenno la bambina mentre le parlava.

Mari ci mise soltanto un attimo ad aprire il cancelletto di ferro incassato nel muro di mattoni e poi… eccola spiccare la corsa lungo il sentiero in terra battuta, precipitandosi avanti, più in fretta che poteva, sulle gambette grassocce.

«Mamma! Mamma! Sei tornata!» gridò, buttandosi impetuosamente nelle braccia che la madre aveva spalancato e rischiando di perdere l'equilibrio nella fretta di raggiungerla.

La giovane donna afferrò al volo la figlioletta, e stringendola a sé, le riempì il collo di baci. Mormorò: «Ti ho preparato qualcosa di speciale, una vera golosità, per il tè», poi guardando il faccino tenero e luminoso della bambina, ridiventò improvvisamente seria. «Mi pareva di averti detto di non andare mai al fiume da sola, Mari, è pericoloso», la rimproverò; ma lo fece con infinita dolcezza e la sua espressione rimase tenera e affettuosa come sempre.

«Mi siedo soltanto sulle rocce, mamma, non mi spingo sulla riva», rispose Mari, alzando gli occhi verso la madre. «Eunice ha detto che potevo andare a guardare gli anatroccoli.»

La donna sospirò lievemente e, drizzandosi, prese la bambina per mano e la condusse in casa. Quando furono dentro, si rivolse alla ragazza seduta su una seggiola in fondo alla cucina, intenta a leggere un libro.

«Eunice, non voglio che Mari vada da sola al fiume; potrebbe scivolare e caderci dentro, è facilissimo… e tu, dove saresti? Pensaci un po'! Non ti accorgeresti neanche. Eppure… quante volte te l'ho già detto? Eunice, ma… mi stai ascoltando?»

«Sì, signora Sanderson. Mi dispiace, non le permetterò più di andarci da sola.»

«Sarà molto meglio!» disse tranquilla Kate Sanderson. A

dispetto di quel tono apparentemente distaccato, però, bastava guardarla negli occhi per capire che era in collera.

Voltandosi bruscamente, Kate andò all'acquaio a riempire il bricco per il tè, lo mise sul fornello e accese un fiammifero.

La ragazza richiuse il libro con un colpo secco e si alzò in piedi. «Allora me ne vado, ora che lei è a casa, signora Sanderson.»

Kate annuì con la testa. «Grazie per avermi fatto da babysitter.»

«Devo venire domani?» chiese l'adolescente in tono sgarbato, attraversando la cucina. «O pensa di potersi arrangiare?»

«Penso di sì. Però, per piacere, vieni venerdì mattina per qualche ora. Quello sì, mi servirebbe!»

«Sarò qui per le nove. Va bene?»

«Va bene», rispose Kate e si sforzò di sorridere anche se continuava a sentirsi un po' irritata con la ragazzina.

«Ta'rar, Mari», disse Eunice, sorridendo alla bambina.

«Ta'rar, Eunice», rispose Mari muovendo le piccole dita paffute in un cenno di saluto.

Quando furono sole, Kate disse alla figlioletta, che aveva cinque anni: «Vai a lavarti le mani, Mari, da brava bimba! Poi prenderemo il tè».

La bambina ubbidì, salì in bagno al piano di sopra, lavò e asciugò le mani. Pochi minuti dopo era di nuovo in cucina; era quello il centro della casa, il locale che usavano di più. Piuttosto ampio e semplice, aveva un grande camino in pietra con, accanto, un forno vecchio stile, le finestre con i vetri piombati sopra il lavello, travi di legno sul soffitto e piccoli tappeti, di quelli fatti con stoffa colorata intrecciata, coprivano il pavimento di pietra.

Oltre a essere calda e accogliente, perfino intima, la stanza era anche ordinata e linda. Ogni cosa aveva il suo posto, pentole e padelle luccicavano, e i vetri delle due finestre dietro le tendine di pizzo, fresche di bucato, scintillavano al sole del tardo pomeriggio. Kate era orgogliosa della propria casa; si capiva dalle cure e dall'attenzione che vi dedicava.

Mari irruppe correndo e raggiunse il tavolo, al centro della stanza, che sua madre aveva coperto con una tovaglia bianca e apparecchiato per il tè. Si arrampicò su una delle seggiole di legno, dallo schienale diritto.

E, seduta, aspettò pazientemente, osservando Kate che si muoveva con gesti rapidi e sicuri, portava in tavola piatti di tartine e panini dolci, spegneva il fuoco sotto il bollitore, versava l'acqua calda sulle foglie di tè nella teiera marrone, che – lo diceva sempre, Kate – dava un gusto notevolmente migliore al tè.

La bambina amava la madre e questa adorazione le illuminava tutto il faccino. Si sentiva contenta adesso che la mamma era tornata a casa. Era rimasta fuori quasi tutto il giorno. Mari sentiva la sua mancanza quando lei non c'era, anche se le sue assenze non duravano mai molto. La mamma, per lei, era il mondo intero. Per quella bambina di cinque anni, Kate era la creatura perfetta con quel viso gentile, i lucenti capelli rossi dai riflessi dorati, i limpidi occhi azzurri e il carattere affettuoso. Stavano sempre insieme, erano addirittura inseparabili tanto era forte il sentimento che le legava. Kate amava sua figlia al punto di escludere tutto il resto.

Kate si spostava avanti e indietro tra il fornello a gas e il piano di lavoro accanto al lavello, portando in tavola il necessario. Quando finalmente venne a sedersi di fronte a Mari, disse: «Ti ho comprato da un fornaio in città quei salatini con il ripieno di salsiccia che sono i tuoi preferiti, Mari. Mangiane uno adesso, tesoro, finché è ancora caldo; l'ho appena tolto dal forno!»

Mari le rivolse uno sguardo radioso. «Oooh, mammina, se tu sapessi come mi piacciono!»

La bambina allungò una mano verso un salatino e cominciò a mangiarlo lentamente, ma con gran gusto. Quando ebbe finito si mise a fissare il piatto dei tramezzini con aria affamata. Ce n'erano di vario genere, imbottiti di cetrioli, pomodori, mortadella, e uova tritate con la maionese. Mari aveva l'acquolina in bocca, ma poiché sua madre le aveva insegnato le buone maniere, raccomandandole di non avventarsi mai con avidità sul cibo, aspettò per qualche istante, e bevve un sorso del latte che la mamma aveva versato in un bicchiere, mettendoglielo vicino al piatto.

E infine, quando le parve che fosse passato un tempo sufficiente, allungò la manina verso un tramezzino ai cetrioli e vi affondò i denti, assaporandone con piacere il contenuto croccante e fresco.

Mamma e bambina si scambiarono poche parole – le solite, banali – mentre consumavano le piccole tartine da tè preparate da Kate ma per la maggior parte del tempo mangiarono in silenzio, gustando a fondo quello che avevano nel piatto. Avevano una fame da lupi, sia l'una sia l'altra.

Mari aveva saltato in pratica il pranzo, quel giorno, perché il pasticcio di carne e patate lasciato per loro dalla mamma, e che occorreva soltanto riscaldare, era stato dimenticato nel forno da Eunice e si era letteralmente carbonizzato. Così avevano dovuto accontentarsi di pane e marmellata, e di una mela a testa.

Kate pure era affamata perché, anche lei, aveva saltato il pranzo. A furia di camminare su e giù per le strade della città vicina in cerca di lavoro, non aveva avuto né il tempo né la voglia di fermarsi in un locale per uno spuntino.

Ma aveva sentito rinascere un po' di speranza dopo l'ultimo colloquio al quale si era presentata qualche ora prima. Vi erano buone probabilità che l'assumessero nel negozio di abbigliamento più elegante della città, *Paris Modes*. Cercavano una commessa e la direttrice del negozio, che aveva dato l'impressione di trovarla simpatica, le aveva consigliato di presentarsi di nuovo il venerdì mattina per incontrare la proprietaria. E Kate aveva tutte le intenzioni di non mancare all'appuntamento. Nel frattempo avrebbe fatto tutti gli scongiuri del caso, pregando con fervore che il destino finalmente si volgesse al meglio.

Una volta placata la fame, Kate si alzò e andò in dispensa. Il pensiero del lavoro le aveva fatto rinascere la speranza e il suo passo era più lieve e scattante del solito, quando tornò in cucina portando una scodella piena di fragole e un bricco di densa panna.

Posandoli sul tavolo, sorrise felice davanti all'espressione di gioia che si disegnava sul faccino della figlia.

«Oh mamma, fragole!» esclamò Mari con gli occhi che le brillavano.

«Ti avevo detto che avevo in serbo qualcosa di speciale per te!» disse Kate, servendole una porzione generosa di fragole, cui aggiunse una cucchiaiata di panna. Poi si servì a sua volta.

«Però abbiamo queste cose buone soltanto nei giorni speciali, mamma. Anche oggi è un giorno speciale?» domandò la bambina.

«Potrebbe diventarlo», rispose Kate in tono enigmatico. Poi, notando l'espressione sconcertata di Mari, soggiunse: «A ogni modo, è bello avere qualcosa di buono da mangiare anche nelle giornate che non sono proprio speciali, ti sembra? Così la ghiottoneria è una sorpresa ancora più grande, vero?»

Mari si mise a ridere e annuì con il capo.

Come capita spesso in Inghilterra, il caldo pomeriggio di agosto si trasformò in una serata fredda.

Una pioggerellina sottile aveva cominciato a cadere fitta fin dalle sei e una nebbiolina umida, che si levò dal fiume a poco a poco, furtivamente, diffondendosi sui campi e i prati che circondavano la casetta, nascose quasi ogni cosa. Alberi e cespugli avevano assunto nuove forme strane, e ora somigliavano a mostri dalla sagoma incerta e a fantasiose creature al di là delle finestre.

Per una volta Mari fu ben contenta di andarsene a letto. «Raccontami una storia, mamma», la pregò, scivolando ancora più giù sotto le coperte, al calduccio.

Kate sedette sul letto e lisciò bene il bordo del lenzuolo dicendo: «Se ti recitassi una poesia, invece? Mi dici sempre che ti piacciono!»

«Raccontami quella del mago con tutti i suoi incantesimi.»

Kate scostò una ciocca di capelli biondo chiaro dal faccino di Mari. «Vuoi dire *La Bancarella miracolosa*, vero, angioletto?»

«Sì, proprio quella», rispose la bambina con entusiasmo, mentre i suoi occhi luminosi si fissavano sul viso grazioso della madre. Lentamente Kate cominciò a recitare la poesia con la sua voce dolce, armoniosa.

Un mago vende oggetti incantati alla sua bancarella,
Doni incredibili e stupendi potrai vedere, se andrai da lui.
Ti può dare l'ansa di un fiume
E un raggio della luce della luna,
E ogni sorta di cosa che non è,
Un pezzo della notte,
Un mezzo chilometro,
Il tremolio di una foglia,
Il sorriso di un elefante,
Lo sgusciar di una serpe.
Un sogno dimenticato,
Il gracidio di una rana,
Il baluginio di una lucciola,
Un sasso che galleggia.
Fiocchi di neve cristallina,
Rugiada posata sui fiori,
Un batter d'occhio,

Le ore dell'orologio.
Ma... sorpresa!
Non le crune degli aghi.
Quelle lui non le vende proprio,
Alla sua bancarella miracolosa.

Kate sorrise alla figlia quando finì di recitare la poesia. Come le voleva bene! Di nuovo scostò le ciocche di capelli arruffati dal faccino di Mari e le baciò la punta del naso.

La bimba disse: «È proprio la poesia che preferisco, sai, mamma?»

«Mmmm, lo so, e oggi hai avuto un mucchio delle tue cose preferite, piccolina. Ma adesso è venuto il momento di dormire. Comincia a far tardi, e allora su... mettiti bella comoda nel tuo lettino... hai detto le preghiere?»

La bambina scosse la testa.

«Bisogna sempre ricordarsi di dirle, Mari. Io le dico. Ogni sera. E le ho sempre dette, fin da quando ero piccola come te.»

Mari accostò le mani, intrecciò le dita e chiuse gli occhi.

Poi cominciò a recitare, attenta: «Matteo, Marco, Luca, e Giovanni, benedite questo letto nel quale io mi trovo. Quattro angoli ha il mio letto, quattro angeli intorno al mio capo. Uno per guardare e uno per pregare e due per tenermi sana e salva tutto il giorno. Possa la grazia del Nostro Signore Gesù Cristo, l'amore di Dio e la Sacra presenza dello Spirito Santo essere con noi adesso e sempre. Amen. Dio benedica la mamma e la conservi sana. Dio benedica me e mi conservi sana. E mi faccia diventare una brava bambina».

Spalancando gli occhi, Mari guardò fissa Kate. «Ma io sono una brava bambina, vero, mamma?»

«Certamente, tesoro», rispose Kate. «La miglior bambina del mondo. La mia bambina.» E protendendosi verso la figlioletta, l'abbracciò e la strinse forte a sé.

Le braccine di Mari circondarono il collo di Kate, per un attimo rimasero così, unite, strette strette. Ma dopo qualche istante di quell'unione così intima, Kate si sciolse dall'abbraccio e fece sdraiare Mari.

Chinandosi, la baciò su una guancia e mormorò: «Dio ti benedica. Sogni d'oro. Ti voglio bene, Mari».

«Anch'io ti voglio bene, mammina.»

Larghe strisce di sole si insinuavano attraverso la finestra, colmando la piccola camera da letto del loro fulgore. Mari fu risvegliata dai caldi raggi che le inondarono il viso. Aperti gli occhi, sbatté lievemente le palpebre per abituarsi alla luce mattutina e si mise a sedere di scatto. Aveva imparato a leggere le ore da poco e quindi si voltò subito verso l'orologio sul comodino. Erano quasi le nove. Una cosa, questa, che la lasciò molto stupita; la mamma di solito era già in piedi ben prima di quell'ora, ogni mattina, e la chiamava perché scendesse a far colazione quando mancava ancora parecchio alle otto.

Sgusciando fuori del letto, convinta che la madre avesse dormito più del solito, Mari trotterellò attraverso il pianerottolo del piano superiore verso la sua camera. Il letto era vuoto. Aggrappandosi alla balaustra, nel modo in cui le era stato insegnato, scese cautamente i gradini.

Sempre più stupita, Mari si accorse che la mamma non si vedeva neanche in cucina. O, perlomeno, non alla prima occhiata. Ma guardandosi meglio in giro, improvvisamente la scorse sul pavimento vicino al fornello.

«Mamma!» urlò, e correndo intorno al tavolo si fermò impietrita di fronte a lei. Kate giaceva scompostamente accasciata sul pavimento, con gli occhi chiusi e il volto pervaso da un pallore mortale.

Mari si accorse che c'era sangue sulla camicia da notte e ne fu così spaventata che, per un attimo, non ebbe la forza di muoversi. Poi si accoccolò vicino a lei e prese una mano tra le sue. Era fredda. Fredda come il ghiaccio.

«Mamma, mamma», cominciò a piagnucolare con voce tremula, mentre la sua paura aumentava. «Cos'è successo, mammina?»

Kate non le rispondeva; continuava a giacere lì, ripiegata su se stessa.

Mari le sfiorò una guancia. Era fredda come la mano.

Rimase vicino a lei ancora per pochi minuti, allungandole qualche colpetto affettuoso, accarezzandole il viso, cercando in ogni modo di risvegliarla e di farla riscuotere – ma senza successo. Allora gli occhi le si colmarono di lacrime, che scesero lentamente sulle guance. E si sentì assalire da panico e da preoccupazione insieme; non sapeva cosa fare.

Finalmente le balenò un'idea. Le tornò in mente quello che la mamma le aveva sempre detto: «Se ci dovesse essere qualcosa che non va, in caso di bisogno, e se io non sono qui, vai a cercare il poliziotto O'Shea. Lui saprà cosa si deve fare. E ti aiuterà».

Per quanto l'idea di lasciare sua madre non le piacesse molto, Mari si rese conto che non le restava altra soluzione. Doveva andare al posto di polizia, sulla strada principale, dove si poteva sempre trovare il poliziotto O'Shea, quando non era in giro a fare la ronda.

Mari salì di corsa al piano superiore. Andò in bagno, si lavò la faccia e le mani, si pulì i denti, si infilò i calzoncini e la maglietta di cotone che aveva già il giorno prima. Dopo essersi allacciata i sandali, tornò in cucina.

Rimase per un attimo ferma vicino a Kate, fissandola con attenzione – e intanto l'inquietudine e la paura aumentavano vertiginosamente dentro di lei. Poi, girando di colpo su se stessa, con una mossa piena di decisione, corse fuori nella mattina piena di sole.

Alla velocità massima che le sue gambette le consentivano, imboccò e percorse il vialetto del giardino e poi uscì sul viottolo fiancheggiato dagli alberi; continuò a correre, come se volasse, fino a raggiungere la strada principale. Era qui che si trovava la baracca verniciata di blu scuro, abbastanza ampia perché ci potessero trovar posto, in caso di necessità, due poliziotti. Era una grossa comodità per l'agente incaricato di fare la ronda. Attrezzato con un telefono, acqua corrente, e un fornello a gas, era il posto dove un poliziotto poteva prepararsi una tazza di tè, mangiare un panino, scrivere un rapporto, e telefonare alla Centrale se doveva riferire qualcosa o chiedere aiuto. Erano molte le costruzioni di questo genere, disposte nei punti strategici di tutte le città grandi o piccole dell'intera Inghilterra, indispensabili per gli agenti che facevano la ronda, soprattutto quando erano incaricati del servizio notturno o quando il tempo era brutto.

Quando raggiunse la baracca blu Mari ansimava, non aveva fiato. Ma si accorse, con enorme sollievo, che il poliziotto O'Shea c'era. Mi aiuterà, so che lo farà, pensò mentre andava a fermarsi di fronte a lui.

Era in piedi sulla porta e stava fumando una sigaretta. Buttò via il mozzicone, schiacciandolo con la punta del piede, non appena la vide.

Osservandola un po' più attentamente, e accorgendosi che aveva il fiato corto, Patrick O'Shea lesse subito il terrore nei suoi occhi e notò che era agitatissima. Rendendosi immediatamente conto che doveva essere successo qualcosa di grave, si chinò su di lei, le prese la manina e le scrutò il faccino rigato di lacrime. «Che cos'è successo, Mari, tesoro?» le domandò gentilmente.

«La mia mamma», gridò Mari, e la sua voce si levò stridula e acuta nell'aria. «È per terra, in cucina. Non riesco a svegliarla.» E cominciò a piangere, anche se stava cercando di farsi forza e mostrarsi coraggiosa. «C'è del sangue. Sulla camicia da notte.»

L'agente O'Shea conosceva Mari da quando era nata, quindi sapeva benissimo che era una bambina brava e beneducata, non abituata a raccontare frottole o, tantomeno, a divertirsi alle spalle altrui con qualche stupido scherzo. In ogni caso, la sua ansia, che pareva crescesse di minuto in minuto, fu sufficiente a persuaderlo che, a Hawthorne Cottage, doveva essere davvero successo qualcosa di grave.

«Dammi soltanto un minuto, Mari», disse entrando nella baracca. «Poi andremo a casa tua a vedere cosa si può fare.»

Telefonò alla Centrale, pregò che mandassero immediatamente un'ambulanza a Hawthorne Cottage, chiuse la porta e diede un giro di chiave.

Poi, chinandosi su Mari, la prese in braccio. Intanto continuava a mormorarle parole rassicuranti per cercare di quietarla.

«Oh, e adesso! Sai cosa facciamo, cara? Ce ne torniamo belli tranquilli a casa a vedere come sta la mamma. E sono sicuro che presto sistemeremo tutto.»

«Ma è morta», singhiozzò Mari. «La mia mamma è morta.»

PARTE PRIMA
Il presente

1

MEREDITH Stratton era in piedi davanti alla grandiosa vetrata del suo ufficio privato con vista sul centro della città e ammirava le guglie e le cuspidi fulgenti che svettavano nel cielo di fronte a lei. Il grandioso panorama offerto dal profilo di Manhattan stagliato contro il cielo era qualcosa che incantava sempre lo sguardo, ma quella sera sembrava più spettacolare del solito.

Era una notte di gennaio, all'inizio del 1995, e il cielo, nero come l'inchiostro, era limpido e tempestato di stelle. Splendeva perfino la luna piena. Neanche uno scenografo di Hollywood avrebbe potuto fare di meglio, pensò Meredith; è davvero impossibile migliorare quello che la natura ci offre. Poi finì per concludere tra sé che, a lasciare ammaliati, erano i grattacieli dalla linea slanciata e l'intera struttura architettonica della città.

L'Empire State Building era ancora rivestito dei suoi sgargianti colori natalizi, rosso acceso e verde; a un lato, leggermente sulla sinistra, c'era il grattacielo della Chrysler, dalla linea più sobria, con la sua snella guglia in perfetto stile art déco, illuminata di abbaglianti luci di un candore purissimo.

La scena era dominata da questi due monumenti che costituivano, come sempre, due famosi punti di riferimento, tanto erano caratteristici, ma quella sera sembrava che l'intero profilo della città avesse acquistato altre sfaccettature luccicanti, e dava l'impressione di stagliarsi con linee ancora più nitide e pure contro il buio cielo notturno.

«Al mondo non c'è proprio niente che possa essere paragonato a New York», esclamò ad alta voce.

«Sono pienamente d'accordo.»

Meredith si voltò di scatto e vide che la sua assistente, Amy Brandt, era ferma sulla porta.

«Mi hai fatto spaventare, arrivandomi zitta zitta alle spalle a questo modo!» esclamò Meredith con un sorriso; poi tornò a voltarsi verso la finestra. «Amy, vieni a vedere. Questa città mi lascia senza fiato.»

Amy richiuse la porta dietro di sé e attraversò la stanza. Era piccolina e minuta, con i capelli scuri, in netto contrasto con Meredith, alta e bionda. Amy si sentiva sempre una nanerottola, dominata com'era dalla alta statura della donna alle cui dipendenze lavorava. Infatti, Meredith, scalza, toccava il metro e settanta e forse qualcosa di più. Ma poiché portava sempre tacchi molto alti e di solito, quindi, svettava su buona parte delle persone, Amy si consolava un po', non si sentiva proprio del tutto quella trottolina che a volte le sembrava di essere.

Contemplando lo spettacolo al di là della vetrata, Amy disse: «Hai ragione, Meredith! Manhattan ha qualcosa di sensazionale, quasi di irreale».

«E poi stasera, nel cielo, c'è una tale limpidezza, anche se è buio», Meredith le fece notare. «Neanche una nuvola... E com'è stupendo il riflesso creato dalle luci della città...»

Le due donne rimasero a contemplare lo spettacolo ancora per qualche istante poi, voltando le spalle alla finestra, e tornando verso la scrivania, Meredith disse: «Ho bisogno di vedere solo un paio di cose con te, Amy. Poi puoi andartene». Diede un'occhiata all'orologio che aveva al polso. «Già le sette! Mi spiace di averti trattenuto fino a quest'ora.»

«Nessun problema. Rimarrai assente per una settimana. E io potrò prendermela un po' più comoda.»

Meredith rise. «Tu, che te la prendi un po' più comoda? Sarebbe il miracolo del secolo. Tu, proprio tu, che sei una maniaca del lavoro.»

«Oh no, non io, ma tu piuttosto, che sei il mio capo. Avresti di sicuro il primo premio, in quella categoria!»

Gli occhi verde cupo di Meredith si socchiusero, segnati da una raggiera di rughe agli angoli, mentre scoppiava in un'altra risata. Poi, tirando verso di sé un fascio di cartelle, aprì la prima del mucchio, scorse rapidamente un foglio pieno di cifre e rimase a studiarle per un momento.

Infine, alzando di nuovo gli occhi, disse: «Starò via per più di una settimana, Amy. Anzi, credo che saranno come minimo due. Ho un sacco di cose da fare a Londra e a Parigi. Agnes sembra decisissima all'acquisto di quell'antica residenza di campagna, a Montfort-L'Amaury, e tu sai che quando si fissa su una cosa, non molla più! Come un cane con l'osso, insomma! A ogni modo, ho intenzione di lavorare anch'io molto con lei, e da vicino, su questo progetto».

«Dalle fotografie che ci ha mandato si direbbe una splendida proprietà. Per di più, sembra perfetta per le nostre esigenze», fu il commento che Amy azzardò. Per domandare subito dopo: «Non avrai qualcosa da obiettare tutto d'un tratto, vero?»

«No, per niente. Ed è vero quello che dici. Effettivamente è il posto ideale per la Havens. La mia unica preoccupazione riguarda quello che dovremo spendere per trasformare un'antica casa di campagna in un elegante e raffinato alberghetto dotato di tutti i più moderni comfort, sempre richiesti dai viaggiatori esperti e raffinati, abituati a essere coccolati e circondati da mille premure, sai? Questa è la domanda-chiave. E sai anche un'altra cosa, vero? Quando si tocca l'argomento delle spese, e si deve parlare di soldi, Agnes improvvisamente diventa un po' vaga. Il costo della sostituzione dell'impianto idraulico, di solito, non è una cosa che la riguardi in modo particolare, o che la tocchi da vicino. Purtroppo tutto quello che è il lato pratico di questo nostro lavoro tende sempre a sfuggirle.»

«Però è molto creativa, specialmente quando si arriva al momento di occuparsi della commercializzazione di questi alberghi.»

«Verissimo. E io, di solito, mi ritrovo costretta a occuparmi dell'impianto idraulico.»

«E dell'arredamento. Non bisogna dimenticarlo, Meredith. Ami studiare la ristrutturazione di questi raffinati alberghetti di campagna, ti piace dare a ognuno di loro la tua impronta personale... per non parlare degli interni!»

«È la parte del mio lavoro che mi piace di più, certo. Però devo anche considerare i costi e, in questo caso, bisogna farlo ancora più attentamente del solito. Agnes non è più in grado di impegnare altro denaro e quindi non potrà partecipare né all'acquisto dell'antica residenza di campagna né alle spese per la ristrutturazione. La stessa cosa vale per Patsy, in Inghilterra. Anche lei non può offrire nessun aiuto finanziario. Tocca a me raggranellare il denaro necessario, da sola. E lo farò. Agnes e Patsy sono abbastanza confortate al pensiero che mi occuperò io di finanziare la nuova impresa ma, proprio per questo ancora di più dovrò controllarle quando arriveremo al momento della ristrutturazione.»

«Sei proprio sicura di voler continuare a impegnarti con altri, nuovi, alberghi in Europa?» Domandò Amy. Fino ad allora non si era resa conto che sarebbe stata Meredith ad accollarsi tutto il peso del finanziamento e le parve di cogliere una sfumatura di preoccupazione nella sua voce.

«Oh, sì. Certo che voglio comprarli! È necessario acquisire altre locande, per espandersi adeguatamente. Anche se non voglio che la società diventi troppo grande. Credo che sei siano sufficienti, Amy. È più o meno il numero che mi sembra giusto, è facile da tenere sotto controllo, almeno fino a quando Agnes intenderà occuparsi di quelli che ci sono in Francia e Patsy di quelli inglesi.»

«Sei», ripeté Amy, guardando Meredith con aria interrogativa. «Stai forse cercando di dirmi qualcos'altro?»

Meredith sembrò sconcertata. «Confesso che non ti seguo...»

«Hai detto che sei di questi alberghi sono facili da controllare ma, con i due nuovi in Europa, in realtà diventerai proprietaria di sette, se contiamo i tre di qui. Hai forse intenzione di vendere uno di quelli americani?»

«Effettivamente è un'idea che mi era venuta», confessò Meredith.

«Il *Silver Lake Inn* è sicuramente quello che ti porterebbe la maggiore quantità di denaro», le fece notare Amy. «Dopo tutto, è anche quello fra i tre che ha maggiore successo.»

Meredith fissò Amy con gli occhi sbarrati.

Tutto d'un tratto le parve di sentirsi il cuore stretto dalla stessa morsa dolorosa che aveva già provato una settimana prima, quando Henry Raphaelson, l'amico che era anche il suo consigliere bancario privato, aveva pronunciato quelle stesse parole mentre pranzavano al *21*.

«Non potrei mai vendere il *Silver Lake*», finalmente Meredith si decise a risponderle, ripetendo ciò che aveva già detto a Henry.

«Capisco ciò che vuoi dire.»

Oh no, non lo capisci per niente! Pensò Meredith, ma rimase in silenzio. Si limitò ad abbassare la testa, fissare il preventivo dei costi per la ristrutturazione dell'antica residenza di campagna di Montfort-L'Amaury, anche se, in realtà, non si stava per nulla concentrando su quelle cifre.

Stava pensando al *Silver Lake Inn*. Nessuno, in fondo, sapeva davvero cosa significasse per lei. Non lo sapevano neanche sua figlia e suo figlio, che pure vi erano nati entrambi. Era sempre stato il suo rifugio, il primo porto sicuro che avesse conosciuto, la prima vera casa che avesse avuto. Quanto a Jack e Amelia Silver, i proprietari, erano state le prime persone che, in tutta la sua vita, le avessero dimostrato un po' di gentilezza. Le avevano voluto bene, l'avevano protetta e coccolata come una sorellina più giovane, l'avevano fatta crescere, l'avevano educata cercando di tirar fuori dal suo carattere quello che era il suo potenziale vero... incoraggiando il suo talento, contribuendo a far sì che raffinasse il suo acume e il suo senso degli affari, applaudendo il suo stile. E da loro lei aveva imparato tutto quello che occorreva sapere sulla gentilezza e le buone maniere, la dignità e il coraggio.

Jack e Amelia. L'unica famiglia che avesse mai avuto. Per un attimo le parve di ritrovarseli davanti come se fossero vivi. Li vedeva lucidamente con gli occhi della mente. Erano stati i primi esseri umani che avesse mai amato. Prima di loro non c'era stato nessuno da amare. Tranne Spin, la cagnetta che, però, le era stata portata via proprio quando avevano cominciato ad affezionarsi l'una all'altra.

Quell'albergo faceva parte del suo essere, della sua anima. Sapeva che non avrebbe mai potuto, né voluto, venderlo – indipendentemente da ogni circostanza.

Meredith respirò profondamente e a poco a poco quel senso di costrizione, quella dolorosa stretta al cuore cominciò ad allentarsi, e poi a sparire. Alzò gli occhi, mise a fuoco Amy e osservò in tono quasi casuale: «Potrei avere un acquirente per l'*Hilltops*. Ecco perché ho deciso di andar su, nel Connecticut, stasera stessa».

Amy rimase sorpresa, ma si limitò ad annuire. «E cosa pensi, invece, del *Fern Spindle*? Non credi che ricaveresti una somma ben più alta per l'albergo del Vermont che per l'*Hilltops*?»

«Sicuramente è una proprietà di valore molto maggiore, Amy; ed è valutata parecchi milioni di dollari. Ma bisogna che qualcuno lo voglia, e soprattutto che voglia comprare. Soltanto in questo caso potrebbe darmi un profitto.»

Amy annuì.

Meredith continuò. «Blanche sa che vado su stasera. Mi fermo all'albergo perché non ha senso costringerla ad aprire la casa per una notte. Anche Jonas si fermerà e, domani, mi accompagnerà in auto a Sharon, per incontrare i potenziali acquirenti. Dopo l'incontro all'*Hilltops* tornerò direttamente in città e partirò per Londra sabato, come abbiamo stabilito.»

Poi prese dalla scrivania un'altra cartella e la consegnò ad Amy. «Qui ci sono le mie lettere, tutte firmate, e un mazzo di assegni per Lois.» Infine, lasciandosi andare contro la spalliera della poltroncina, concluse: «Bene, credo che sia tutto».

«No... hai ricevuto qualcosa con la posta elettronica, Meredith.»

Meredith si voltò di scatto verso il computer sul piccolo tavolo che stava dietro di lei, e scrutò lo schermo.

Giovedì, 5 gennaio 1995

Ciao, mamma,
grazie per l'assegno. È un bell'aiuto. Ti auguro un viaggio splendido. Fagli un po' vedere quello che sai fare, a quelli là! E porta a casa una vittoria schiacciante. Un sacco di bene da parte di

Jon

«Guarda, guarda! Non si può dire che non sappia usare le parole!» esclamò Meredith in tono mordace, scrollando il capo. Ma dentro di sé sorrideva, pensando a suo figlio Jonathan, che aveva ventidue anni e riusciva sempre a divertirla. Era venuto su bene. Né più né meno come la sorella. A questo riguardo, poteva considerarsi fortunata.

* * *

Rimasta sola in ufficio, Meredith esaminò ancora le cifre che le aveva inviato la sua socia francese. Le sembravano un po' alte, ma cercò di ricordare a se stessa che Agnes non aveva il senso pratico necessario ad affrontare una ristrutturazione. Decise che, forse, avrebbe potuto limarli ancora un pochino.

Agnes D'Auberville lavorava con lei da otto anni ormai e la società aveva sempre funzionato. Andavano d'accordo perché le rispettive qualità si equilibravano bene: l'intuito di Agnes per la gestione aveva largamente contribuito a evidenziare sulla carta geografica i loro alberghi. Con le sue lunghe sciarpe e le gonne lunghe fino ai piedi Agnes aveva un'aria un po' bohémienne, ma con stile.

Agnes dirigeva gli uffici parigini della Havens Incorporated e sovrintendeva alla gestione dello *château-hôtel* di cui erano proprietarie, insieme, nella valle della Loira. Ma per quanto ci tenesse enormemente all'acquisto della antica casa di campagna di Montfort-L'Amaury, non era in grado di partecipare finanziariamente all'operazione. «Non te ne pentirai, Meredith, è un buon investimento per la società», Agnes le aveva detto durante la telefonata che si erano fatte quello stesso giorno, qualche ora prima.

Meredith sapeva fino a che punto questo fosse vero. E si rendeva anche conto che un raffinato e incantevole alberghetto, a soli quarantotto chilometri da Parigi e facilmente raggiungibile anche da Versailles e dalla foresta di Rambouillet, non poteva che essere estremamente remunerativo soprattutto se avesse anche avuto un buon ristorante.

A sentirla, Agnes aveva già adocchiato uno *chef* di ottima reputazione, oltre a un noto architetto che sarebbe stato incaricato di ristrutturare nel modo più consono la antica residenza nobiliare di campagna, contribuendo a trasformarla in un confortevole albergo.

Quanto a Patsy Canton, la partner inglese che era entrata a far parte del consiglio di amministrazione della società dieci anni prima, la storia era un po' diversa, in un certo senso. Patsy aveva scoperto per puro caso che due alberghetti di campagna, già esistenti e funzionanti, erano in vendita. Ed era convinta che si trattasse di autentiche e preziose scoperte. Uno era situato a Keswick, la famosa, splendida, località del Lake District; l'altro si trovava nelle valli dello Yorkshire, nei pressi delle sedi episcopali di York e Ripon. Entrambe le località erano ben note ai visitatori stranieri. E anche in questo caso un raffinato alberghetto di campagna, con una buona reputazione già acquisita, avrebbe ampiamente ripagato le spese di gestione.

Disgraziatamente anche Patsy si trovava nella stessa situazione di Agnes. Non poteva investire altro denaro. Aveva già investito nella Havens Incorporated tutto quanto possedeva; l'eredità avuta dai genitori era stata impegnata totalmente nell'*Haddon Fields*, l'alberghetto di campagna che la Havens possedeva nei Cotswolds.

Più o meno allo stesso modo di Agnes a Parigi, Patsy ne dirigeva la gestione oltre a occuparsi del piccolo ufficio londinese della Havens. Il suo forte, i campi in cui sapeva esprimere le capacità migliori, erano le pubbliche relazioni e la gestione.

Meredith si lasciò sfuggire un lieve sospiro, pensando ai problemi che doveva affrontare. Non erano veramente insormontabili, tutto sommato, e, alla lunga, i due nuovi alberghi in Europa si sarebbero rivelati un enorme vantaggio per la società. Quella di espandersi era stata una sua idea, soltanto sua, e quindi era decisa a portarla a termine; dopo tutto, lei era la maggiore azionista della Havens, e il direttore generale. In sostanza, la società era sua, e lei la responsabile di tutte le operazioni.

All'inizio della settimana, Henry Raphaelson le aveva confermato che la banca le avrebbe prestato il denaro necessario per le nuove acquisizioni. Gli alberghi che la Havens già possedeva sarebbero stati usati come garanzie per il prestito. Il *Silver Lake Inn*, però, non era stato compreso. Henry aveva accettato questa sua specifica richiesta, per quanto con una certa riluttanza, perché lei lo aveva convinto che l'*Hilltops* sarebbe stato venduto molto rapidamente. E si augurava di non sbagliare. Con un briciolo di fortuna, Elisabeth e Philip Morrison, l'indomani, si sarebbero impegnati a quell'acquisto. Ma certo che lo avrebbero comprato, si disse – eterna ottimista, come sempre!

Spingendo indietro la poltroncina, Meredith si alzò e si avvicinò alla console laccata, che correva lungo tutta la parete, dove poco prima aveva posato la sua valigetta.

Benché molto alta, era molto femminile, ben fatta, e aveva lunghe gambe. Si muoveva con agilità e flessuosa eleganza; e, solitamente era pronta e rapida in tutto quel che faceva, sempre piena di energia ed entusiasmo.

A quarantaquattro anni, Meredith Stratton sembrava più giovane della sua età. Questo era dovuto in gran parte alla sua vitalità e alla personalità effervescente, oltre che al viso giovanile e ai capelli biondo chiaro tagliati a caschetto, come un'adolescente. Questa pettinatura incorniciava molto bene un viso dai lineamenti piuttosto marcati, e gli stupefacenti occhi verdi.

Al di là dell'aspetto attraente, erano l'atteggiamento gentile e gradevole e un fascino naturale che la rendevano accattivante. Aveva un modo di comportarsi veramente unico e in chiunque la conoscesse lasciava sempre un'impressione durevole.

Meredith riportò la valigetta sulla scrivania, un piano di cristallo montato su cavalletti in acciaio, e la riempì con le cartelle e gli altri documenti sui quali aveva lavorato tutto il giorno. Dopo averla chiusa e posata sul pavimento, alzò il ricevitore del telefono e compose il numero della figlia.

«Sono io», Meredith disse quando Catherine le rispose.

«Ciao, mamma!» esclamò la ragazza, che sembrava sinceramente felice di sentire la voce di sua madre. «Come vanno le cose?»

«Abbastanza bene. Sabato parto per Londra e Parigi.»

«Che fortunata! Posso venire con te?»

«Naturalmente! Mi faresti un gran piacere, lo sai, tesoro.»

«Non posso, mamma, anche se mi piacerebbe alla follia bighellonare per Parigi con te, e so che mi divertirei un mondo. Ma devo finire le illustrazioni di un libro per bambini e, dopo, ho già un certo numero di copertine che aspettano il loro turno. Oh, ma posso almeno sognare, vero?»

«Sì, certo che puoi sognare, e sono felicissima che il tuo lavoro vada così bene. A ogni modo, se tu dovessi decidere all'ultimo momento di partire, fai una telefonata ad Amy. Lei ti prenoterà un posto sull'aereo e ti farà avere a casa il biglietto prima ancora che tu faccia in tempo a dire Jack Robinson.»

Catherine cominciò a ridere. «Quanti anni che non ti sentivo usare quest'espressione! Almeno da quando ero bambina. Una volta mi avevi anche spiegato da dove veniva ma adesso non riesco più a ricordarmene. È così strana!»

«Certo che lo è! Figurati che l'ho imparata quando ero ancora piccola, in Australia. Credo che le sue origini siano britanniche e devono proprio essere stati gli inglesi a portarcela. Poi gli australiani hanno cominciato a adoperarla anche loro e a poco a poco dev'essere entrata nel linguaggio comune. Anzi, ormai credo che faccia un po' parte del loro gergo.»

«Adesso mi ricordo... Ci avevi spiegato che voleva dire in un batter d'occhio».

«Meno ancora di un batter d'occhio, a dir la verità», rispose Meredith, ridendo con sua figlia. «A ogni modo pensaci... se vuoi venire a Parigi o a Londra. Sai come sono felice quando posso viaggiare con te. Come sta Keith?»

Catherine si lasciò sfuggire un lungo sospiro. «È fantastico...»

«A sentirti si direbbe che sei felice, Cat.»

«Oh sì, mamma, è verissimo. Sono pazza di lui.»

«La faccenda sta diventando seria?»

«Molto.» Catherine si schiarì la voce. «Mamma, credo che presto mi chiederà di sposarlo.»

Per un millesimo di secondo Meredith rimase sconcertata e ammutolì.

«Mamma, ci sei ancora?»

«Sì, cara.»

«E tu approvi... vero?»

«Naturale che approvo. Keith mi piace moltissimo... solo che per un attimo sono rimasta sorpresa, ecco! Mi sembra che le cose abbiano fatto passi da gigante molto in fretta... cioè, mi spiego meglio, in fondo non è che tu lo conosca da tanto tempo, ti pare?»

«Sei mesi. È abbastanza, non trovi?»

«Immagino di sì.»

Catherine disse: «A dir la verità, Keith e io ci siamo innamorati nel preciso momento in cui ci siamo conosciuti. È stato il classico *coup de foudre*, come direbbero i francesi».

Meredith sorrise fra sé. «Ah, sì... il classico colpo di fulmine... ho capito quello che intendi.»

«È stato così anche con papà?»

Meredith esitò. «Non proprio, Cat... Beh, in un certo senso, sì. Salvo che non ce lo siamo confessati per molto tempo.»

«Non potevi neanche, ti pare? Voglio dire, viste le strane circostanze. Dev'essere stato un inferno per te.»

«No, niente affatto... Per quanto strano possa sembrare! A ogni modo, è una vecchia, vecchia storia, e non è questo il momento di ricominciare a parlarne.»

«È stato un coup de foudre quando hai conosciuto David?»

«No», rispose Meredith e pensò al padre di Jonathan per la prima volta dopo molti anni. «Ci amavamo, ma non è stata... una passione folle.»

«L'ho sempre saputo, credo. Invece è un amore folle quello che c'è fra me e Keith e quando lui me lo chiederà è evidente che risponderò di sì. Ma tu, mamma, approvi sul serio, vero?» le domandò di nuovo.

«Certamente, tesoro. Casomai ti facesse la domanda fatale mentre sono a Londra o a Parigi, mi avvertirai immediatamente, eh?»

«Sicuro! E sono pronta a scommettere che ti faremo diventare nonna prima che tu abbia il tempo di dire... Jack Robinson.» E Catherine scoppiò in una risatina irresistibile.

Meredith domandò: «Non sarai incinta, per caso?»

«Non essere sciocca, mamma. No, naturalmente. Ma non vedo l'ora di avere un bambino. Prima di diventare troppo vecchia.»

Meredith scoppiò in una risata. «Non essere ridicola! Hai soltanto venticinque anni.»

«Lo so, ma voglio avere figli finché sono giovane, come hai fatto tu.»

«Sei sempre stata una chioccia fin da bambina. Ma ascolta, tesoro, adesso devo proprio scappare. Jonas mi accompagna con l'automobile al *Silver Lake Inn* stasera. E domani ho un appuntamento all'*Hilltops*. Rientro a New York domani sera, casomai avessi bisogno di me. Buona notte, Cat. Ti voglio bene.»

«Anch'io ti voglio bene, mamma. Salutami tanto Blanche e Pete. E ascoltami... riguardati!»

«Senz'altro. Ci sentiamo domani, e che Dio ti benedica.»

Dopo aver riattaccato, Meredith rimase alla scrivania per qualche minuto, con il pensiero concentrato sulla figlia. Naturale che Keith Pearson le avrebbe chiesto di sposarlo, e anche molto presto. Meredith, di questo, era sicurissima. Dunque, nel giro di un anno ci sarebbe stato un matrimonio. A quel pensiero il suo viso si illuminò tutto. Catherine sarebbe stata una splendida sposa e lei avrebbe offerto a sua figlia una festa di nozze memorabile.

Si alzò in piedi, si avvicinò alla finestra e rimase a contemplare di nuovo il profilo di Manhattan contro il cielo. New York, mormorò tra sé, ecco il posto che considero casa mia. Ma che lontananza da Sydney e dall'Australia... quanta strada ho fatta e in quanti modi differenti! Come se avessi preso fra le mani quella mia vita terribile e l'avessi letteralmente capovolta, trasformandola in una vita nuova. Ho preso la sofferenza e la disperazione e ci ho costruito sopra... li ho usati come pilastri sui quali costruire la mia inespugnabile cittadella, più o meno allo stesso modo in cui i veneziani costruivano le loro su pali conficcati nei banchi di sabbia. E ho fatto tutto questo da sola... no, non interamente da sola. Jack e Amelia mi hanno aiutata.

Meredith si guardò intorno, osservando la stanza elegante, arredata in varie sfumature di grigio chiaro, lavanda e ametista. Il suo sguardo si soffermò sulle sete e i velluti sontuosi di divani e poltrone, sulle rifiniture in lucida lacca grigia dei mobili moderni, sui quadri di pittori moderni francesi e americani e guardò tutto come se fosse la prima volta, con occhi nuovi, oggettivamente, e non poté fare a meno di chiedersi cosa ne avrebbero pensato Jack e Amelia... che cosa avrebbero pensato di tutto quanto lei era riuscita a realizzare.

Si sentì improvvisamente un nodo alla gola e, commossa, indietreggiò fino alla scrivania e sedette mentre i suoi occhi indugiavano sulle due fotografie nella cornice d'argento che teneva sempre lì, di fronte a sé.

Una era quella di Catherine e Jonathan, scattata quand'erano ancora bambini: Cat aveva dodici anni, e Jon otto... e che splendore di creature erano! Spiriti liberi, e ben forgiati.

L'altra fotografia rappresentava lei stessa in compagnia di Amelia e Jack. Come sembrava giovane. Abbronzata e bionda e così poco sofisticata! Quando gliel'avevano scattata aveva compiuto da poco i ventun anni.

Jack e Amelia sarebbero orgogliosi di me, pensò. In fondo, hanno contribuito a farmi come sono; in un certo senso mi sento una loro creazione. E loro sono la parte migliore di me.

2

Ogni volta che tornava a Silver Lake, Meredith provava uno strano senso di eccitazione. E non importava da quanto tempo mancasse; potevano essere mesi, una settimana o appena pochi giorni, ma sempre tornava con la sensazione interiore di intensa felicità, di gioia, insieme alla consapevolezza che era un po' come tornare a casa. E anche quella sera non fu diversa dal solito.

L'attesa iniziò nel momento esatto in cui Jonas lasciò la Route 45 Nord nei pressi di Cornwall e portò l'auto oltre la massiccia cancellata in ferro che segnava l'ingresso alla vasta proprietà del Silver Lake.

Poi imboccò lentamente il viale che conduceva al lago, con la locanda e il piccolo gruppo di costruzioni sulla spiaggia. Era una bella strada, molto ben illuminata dai lampioni vecchio stile che Meredith aveva fatto installare già da qualche anno. Guardando dai finestrini, notò che Pete doveva aver messo alcuni dipendenti a lavorare con il bulldozer poiché il viale era stato spazzato ben bene e la neve era ammassata ai lati, in forma di gigantesche siepi candide; i boschi attraversati dal viale erano, invece, coperti dalla neve che il forte vento aveva fatto posare qua e là irregolarmente, formando bizzarre dune.

I rami degli alberi erano appesantiti dalla neve, molti erano adorni di ghiaccioli gocciolanti e il chiarore lunare strappava al paesaggio, di un candore abbagliante, strani scintillii, come se fosse stato spruzzato con un velo sottile di polvere d'argento.

Meredith non poté fare a meno di pensare che i boschi, con il loro manto invernale, erano splendidi. Ma, del resto, quella era una terra sempre stupenda, in qualsiasi stagione dell'anno. Per lei, poi, era qualcosa di davvero speciale – a suo giudizio, non esisteva altro luogo al mondo che potesse starle alla pari.

La prima volta che aveva posato gli occhi su Silver Lake era rimasta quasi intimorita dalla maestosa bellezza del grande lago lucente sotto il sole primaverile, simile a una levigata lastra di vetro, circondato da alberi, orti e frutteti lussureggianti, al centro di quella sorta di bacino naturale creato dalle colline fitte di folti alberi che si levavano svettanti verso il cielo a circondare l'intera proprietà.

Se n'era innamorata all'istante e aveva continuato ad amarlo con passione crescente. Quest'anno saranno ventisei, pensò. Ne avevo soltanto diciotto. Quanto tempo! Più di metà della sua vita era passata da quel giorno. Eppure avrebbe potuto essere soltanto ieri, tanto chiaro e intenso era il ricordo nella sua mente.

Era venuta al *Silver Lake Inn* a cercar lavoro come receptionist. Aveva letto l'annuncio sul giornale locale. I Paulson, la famiglia americana che l'aveva portata con sé dall'Australia come ragazza alla pari, dovevano trasferirsi in Sud Africa a causa del lavoro del signor Paulson. Lei non aveva voglia di andarci. Ma neanche aveva voglia di tornare in Australia, dov'era nata. Preferiva rimanere in America. Anzi, per la precisione, nel Connecticut.

Era la metà di maggio, il suo compleanno era passato da poco. Era arrivata su una bicicletta presa a prestito, aveva i capelli un po' scompigliati dal vento, era trafelata, con un aspetto non propriamente lindo.

Ritornando a quel momento con il pensiero non fece fatica a immaginare come doveva essere apparsa – alta, molto magra, tutta braccia e gambe come una puledrina. Ma anche abbastanza carina, così giovane e fresca! Si era sentita piena di vita e di energia, ansiosa di rendersi utile, ansiosa di riuscire simpatica. Perché quella era la sua caratteristica più spiccata – ci teneva a essere amabile, conciliante, sempre pronta a metter pace.

Jack e Amelia Silver le avevano subito mostrato simpatia, e lei l'aveva ricambiata. Però non avevano nascosto di essere preoccupati che rimanesse in America senza i Paulson – anzi avevano cercato di sapere qualcosa di più della sua famiglia, a Sydney, e di quello che poteva pensarne. Ma non appena lei aveva spiegato che i suoi genitori erano morti, si erano mostrati comprensivi e addolorati che li avesse perduti quando era ancora piccola. Non solo, ma avevano capito come, in fondo, lei non avesse alcun valido motivo per tornare agli antipodi.

Dopo aver parlato al telefono con la signora Paulson, l'avevano assunta immediatamente. E così era cominciato quel rapporto straordinario che le aveva cambiato totalmente la vita...

Meredith si raddrizzò sul sedile appena la locanda apparve alla vista. A molte finestre splendevano le luci – una visione, questa, che la faceva sempre sentire benvenuta. Non vedeva l'ora di entrare, di ritrovarsi con Blanche e Pete, circondata da tante cose familiari in quel luogo così profondamente amato.

Dopo qualche istante Jonas arrestò l'automobile davanti all'ingresso. Aveva appena dato l'ultimo colpo di freno, quando il portoncino si spalancò e una luce vivida e intensa dilagò sotto la spaziosa veranda.

Dopo pochi istanti Blanche e Pete O'Brien erano in cima ai gradini. E mentre Meredith apriva la porta dell'automobile, Pete ne aveva già discesa una buona metà, esclamando:

«Benvenuta, Meredith! Certo che avete fatto un ottimo tempo, nonostante la neve!»

«Salve, Pete», rispose lei mentre si lasciava stringere in un forte abbraccio. E poi, mentre si staccavano: «Jonas è un autista impareggiabile! Il meglio che ci sia, in senso assoluto».

«Hai ragione! Ciao, Jonas, piacere di vederti», disse Pete, facendo un cenno con la testa all'autista e continuando a sorridere a Meredith. «Adesso vengo ad aiutarti a portare su il bagaglio della signora Stratton.»

«'sera, signor O'Brien. Posso cavarmela da solo. Non c'è molto, sa?»

Meredith lasciò i due uomini a occuparsi delle valigie e salì di corsa i gradini.

«Che gioia ritrovarmi qui, Blanche!»

Le due donne si abbracciarono e poi Blanche, sorridendo a Meredith, la precedette in casa. «È una festa anche averti di nuovo fra noi, Meredith, sia pure per una sola notte.»

«Vorrei potermi fermare di più ma, come ho spiegato al telefono, devo rientrare in città dopo l'incontro di domani a Hilltops.»

Blanche annuì. «Credo che riuscirai a combinare con i Morrison, sai? Lasciano chiaramente capire che hanno una gran voglia di comperare uno di questi alberghetti di campagna, di andarsene da New York, di condurre un genere di vita completamente diverso.»

«Io continuo a fare gli scongiuri», disse Meredith, liberandosi con una scrollata della pesante mantella di lana grigia e buttandola su una panca.

«So che ti piaceranno, sono una coppia adorabile, molto schietti e onesti, e indipendentemente dal fatto che abbiano voglia o no di dedicarsi a un'impresa completamente nuova per loro, adorano questa parte del Connecticut.»

«E non vedo come non potrebbero. È il paese di Dio, questo!» mormorò Meredith. Poi diede un'occhiata intorno, nell'atrio d'ingresso. «Tutto mi sembra meraviglioso, Blanche, così caldo, accogliente!».

Blanche le rivolse un sorriso radioso. «Grazie, Meredith. Sai che io amo questa vecchia casa quanto te. Ma sarai affamata! Pensavo che non avresti avuto voglia di una cena completa perché è già tardi, vero? Così ho preparato qualche tartina al salmone. E poi ci sono frutta e formaggi. Oh, e c'è anche una bella zuppa di verdura sul fuoco.»

«La zuppa mi sembra un'ottima idea. Le tue sono sempre le migliori, almeno per me! E poi sono talmente sostanziose che fanno, già da sole, un pasto completo! Sono sicura che sarà affamato anche Jonas, perché il viaggio è stato lungo. Così forse potresti offrire anche a lui la zuppa e qualche panino.»

«È proprio quello che ho intenzione di fare.»

Intanto era rientrato Pete, con la sacca di Meredith, quella che usava di solito quando sapeva di doversi fermare soltanto una notte, e la valigetta con i documenti. «Jonas è andato a parcheggiare l'automobile» spiegò. «Penso io a portare questa roba di sopra.»

«Grazie, Pete», disse Meredith.

«Ti ho messo nella *suite toile de Jouy*», le spiegò Blanche, «perché so quanto ti piace. E adesso dimmi: vuoi che ti porti su un vassoio, con la cena? Oppure preferisci il salottino comunicante con il bar dove serviamo gli spuntini?»

«Credo che mangerò nel salottino, grazie, Blanche», disse Meredith lanciando un'occhiata al locale cui si accedeva dall'ampio atrio dell'albergo. «Vedo che hai anche acceso il fuoco... Che bellezza! E poi... sto pensando di prendere qualcosa da bere. Non vuoi farmi compagnia, Blanche?»

«E perché no? Una vodka con acqua tonica, magari. Ma prima lascia che vada a preparare un po' di cena per Jonas. Gliela metto su un vassoio e ti raggiungo fra un minuto.» E scappò via, in direzione della cucina.

Meredith entrò nel salottino che comunicava con il bar,

guardandosi intorno mentre si avvicinava a passo lento all'enorme camino in pietra in fondo al locale. Il fuoco scoppiettava allegramente e insieme al tappeto rosso, ai divani e alle tonde poltroncine rivestite di lino rosso e crema, creava un'atmosfera accogliente, calda, rasserenante. Questa sensazione era accentuata dai tendaggi in broccato rosso alle finestre, dalla *boiserie* di lucido mogano e dai paralumi rossi delle applique disseminate sulle pareti. L'impressione generale data dal salottino era vagamente mascolina e, anche, spiccatamente anglosassone; la sua atmosfera serena e distensiva – soprattutto grazie ai colori pastello e alle luci calde, a Meredith era sempre piaciuta. Il banco del bar, in mogano intagliato, si trovava a sinistra del camino, di fronte alle finestre. Meredith girò dietro, prese due bicchieri, vi mise un po' di ghiaccio e versò una discreta dose di Stolichnaya Cristal. Sorrise tra sé, quando vide che vicino al secchiello del ghiaccio era stato preparato un piattino di fettine di lime. Blanche aveva indovinato in pieno i suoi gusti. E, da vecchia amica, aveva capito fin dal primo momento che a lei sarebbe piaciuto andare lì, nel bar, a prepararsi qualcosa da bere. Era sempre stato uno dei posti che più le piacevano del civettuolo alberghetto – e, comunque, era di solito preferito da tutti gli ospiti, proprio grazie all'atmosfera intima e accogliente. Sembrava quasi che invitasse a bere. Jack era stato abile e accorto, quando aveva pensato di mettere in comunicazione quel salottino con il bar vero e proprio.

Preparate le bibite, Meredith si accostò al camino e vi rimase davanti in piedi, voltando le spalle al fuoco, godendosi il tepore, sorseggiando la vodka, tranquilla e rilassata, in attesa di Blanche. Stava pensando che non l'aveva mai vista in forma come in quel periodo. Nonostante qualche raro filo d'argento fra i capelli rosso vivo, era ancora snella e flessuosa come da ragazza e gli allegri occhi castano scuro erano vivaci come sempre. Invecchiava bene, pensò Meredith, molto bene davvero!

Le due donne, coetanee, erano amiche da ventiquattro anni. Blanche era arrivata al *Silver Lake Inn* due anni dopo che Meredith aveva avuto il posto di receptionist. Aveva cominciato a occuparsi della pasticceria, in cucina, ma presto l'avevano elevata al grado di chef, poiché si era rivelata una cuoca geniale e piena di inventiva. Blanche era stata felice di lavorare in cucina fino a quando aveva sposato Pete, il quale amministrava da sempre la proprietà per i Silver, ed era rimasta incinta di Billy.

A quell'epoca Meredith dirigeva praticamente da sola l'albergo e le aveva offerto il posto di vicedirettrice. Blanche aveva accettato l'offerta con entusiasmo, poiché il nuovo incarico non l'avrebbe costretta a stare sempre in piedi davanti ai fornelli roventi, a sollevare e portare avanti e indietro pesanti pentole e padelle; era emozionata e felice al pensiero di poter continuare a lavorare lì.

Adesso dirigeva il *Silver Lake Inn* insieme a Pete ed erano responsabili non solo dell'intera gestione, ma anche della manutenzione di tutta la proprietà. Meredith si disse che Blanche era stata un'ottima scelta. Prova un'autentica passione per l'albergo – pensò – proprio come me, e lo si vede in tutto, in ogni cosa che fa.

Blanche interruppe queste riflessioni; entrando con passo lesto nella stanza iniziò a dire: «A proposito, non ci crederai ma il prossimo fine settimana avremo parecchio da fare. Tutte le camere sono già state prenotate. E anche parecchie suite. Devo dire che è una cosa insolita, a gennaio, ma certo non me ne lamento!»

«Ne sono felice ma, in un certo senso, non c'è tanto da meravigliarsi, ti pare? A un sacco di gente piace venire in campagna quando c'è la neve... E poi questo posto ha una tal reputazione! Grazie a te e a Pete su questo non ci sono dubbi. Credimi, Blanche, apprezzo enormemente tutto quello che fate.»

«Amiamo questo albergo, lo sai.»

«A proposito, Catherine manda a te e a Pete i suoi saluti più affettuosi.»

Blanche sorrise. «Ti prego di ricambiarglieli con lo stesso affetto. Come sta, Meredith?»

«Meravigliosamente come al solito e ha grandi soddisfazioni dal suo lavoro, perché è diventata molto brava come illustratrice di libri. E poi, naturalmente, è follemente innamorata.»

«Di Keith Pearson?»

Meredith annuì con la testa. «Te ne aveva parlato?»

«Sì, quando siete stati qui per la Festa del Ringraziamento.»

«Credo che la faccenda stia diventando abbastanza seria.»

«Non dirmi che dobbiamo cominciare a pensare a una festa di nozze, eh?» domandò Blanche, fissando Meredith con aria interrogativa.

«Credo di sì... anzi ne sono quasi sicura.»

«La vorrai organizzare qui, vero?»

«E dove, sennò, Blanche? Cat è nata qui, è cresciuta qui e sono sicura che vorrà anche sposarsi qui. A parte il fatto che è l'ambiente perfetto.»

«Oh, non vedo l'ora di cominciare a organizzare!» esclamò Blanche, bevendo un sorso di vodka. «Salute! Un brindisi a Cat e al suo matrimonio.»

«Al suo matrimonio», disse Meredith e alzò il bicchiere imitando Blanche. Poi si domandò se non portasse sfortuna un brindisi così prematuro.

«Ci vorranno grandi tende, padiglioni... Sì, dovremo averli, assolutamente!» disse Blanche con gli occhi fissi nel vuoto perché – era chiaro – stava già immaginando il ricevimento.

«Si sposeranno sicuramente in estate, sai?» le fece notare Meredith.

«Sì, certo. Probabilmente in giugno. Ogni ragazza vuole essere la sposa di giugno. Ma da queste parti, in quell'epoca dell'anno, potrebbe piovere, lo sai quanto me, ed è meglio non correre rischi. Oh, sarà uno splendore, a ogni modo! Prepareremo composizioni floreali splendide e saranno splendidi anche i tavoli imbanditi. E avremo un menu speciale. Oh, sarà una cosa da favola! Lascia che pensi a tutto io!»

Meredith rise. «Sarò felicissima che faccia tu ogni cosa, mia carissima Blanche.»

«Bene.» Blanche bevve un altro sorso della sua vodka e poi, fissando improvvisamente Meredith negli occhi, le domandò: «Ti capita mai di avere notizie di David?»

«David Layton?» domandò Meredith, un po' stupita.

«Sì.»

«Di rado. Perché me lo domandi?»

«Così... mi è venuto in mente proprio adesso... hai dimenticato che lo hai sposato qui e che ho organizzato tutto io, dal principio alla fine, per la tua festa di nozze?»

«No, non me ne sono dimenticata» disse Meredith lentamente e poi cominciò a scrollare la testa. «È buffo, però, come a volte capiti che il nome di una persona sia menzionato raramente e poi, tutto d'un tratto, salti fuori, come se niente fosse, due volte nello stesso giorno!»

«Chi altri ti ha parlato di David?»

«Catherine. Poco fa, questa sera, mentre eravamo al telefono. Mi ha domandato se ero stata innamorata pazzamente di lui, o qualcosa del genere. A ogni modo è questo il senso di quello che intendeva dire.»

«E tu cos'hai risposto?»

«La verità. Le ho detto di no.»

«Naturalmente! Tu sei stata follemente innamorata una volta sola, e di suo padre.»

Meredith rimase silenziosa.

«Ti sei mai chiesta come sarebbe stata la tua vita se lui non...»

«Ti assicuro che non ho nessuna voglia di discutere questo argomento », Meredith la interruppe, tagliando corto alla sua domanda in tono perentorio. Poi si morse le labbra, mostrandosi dispiaciuta. «Scusami, Blanche, non avevo intenzione di aggredirti in questo modo, ma la verità è che stasera preferirei non toccare proprio questo argomento. È stata una giornata lunga e non mi sento nelle condizioni di spirito adatte per rivangare le tragedie del passato.»

Blanche sorrise dolcemente. «È tutta colpa mia. Sono stata io a tirare in ballo questa storia e non avrei dovuto farlo... Ecco adesso mi sembra che tu sia diventata triste... Ti ho turbata, ti ho messa in agitazione!»

«No, non è vero, te lo giuro, Blanche.»

Ma Blanche, ritenendo più saggio cambiare discorso, posò il bicchiere e disse: «A proposito, dovremo ordinare una nuova moquette per la *suite toile de Jouy*, e per la camera azzurra. Quest'inverno abbiamo avuto qualche infiltrazione d'acqua e i tappeti sono danneggiati. Mi spiace di dovertelo dire, ma ce n'è stata una anche in casa, nella tua camera da letto. Domani te la farò vedere. Ho paura che dovrai sostituire la moquette anche là».

«Sono cose che succedono, Blanche, ormai lo sappiamo dopo tanti anni di esperienza! Perfino dopo aver rifatto completamente i tetti come l'anno scorso. Domani chiamerò Gary, a Stark, prima di partire per Londra. Lui ha tutto sul computer e quindi non dovrebbe essere un problema.»

Poi Meredith aggrottò le sopracciglia. «Quelle moquette facevano parte della linea standard, quella che ordiniamo sempre, vero? Non erano niente di particolare, giusto?»

«Sì, ne sono sicura» disse Blanche e si avviò alla porta. «Si sta facendo tardi. Vado in cucina a prenderti la zuppa.»

Meredith posò il bicchiere a sua volta e la seguì. «Vengo a mangiare in cucina, Blanche. Così sarà tutto più semplice.»

3

L'ELEGANTE alberghetto posseduto da Meredith nelle vicinanze di Sharon, l'*Hilltops*, era costruito – come suggeriva il nome – in cima a un colle, sul punto più alto della zona intorno al lago Wononpakook. Il panorama che si godeva dalle finestre era spettacolare: chilometri e chilometri, a perdita d'occhio, di lago e cielo e colline fitte di boschi, con qualche rara casa qua e là.

Progettato inizialmente come lussuosa residenza di campagna, l'*Hilltops* era stato una specie di eremo per un grande industriale americano che l'aveva costruito verso la fine degli anni Trenta senza badare a spese e, con la famiglia, vi aveva trascorso ogni estate fino alla morte, avvenuta verso la metà degli anni Sessanta. Allora casa e proprietà erano state vendute.

Al momento in cui Meredith l'aveva acquistato nel 1981, l'*Hilltops* era già stato trasformato in albergo da una ventina d'anni e godeva di una buona fama. Ma erano stati la sua ristrutturazione totale, fatta con stile ed estrema eleganza, e i due nuovi ristoranti che lei vi aveva aperto a dargli un tocco di classe e a farlo conoscere negli ambienti più sofisticati.

A Meredith, l'*Hilltops* faceva sempre venire in mente i panorami svizzeri. E, rivolgendosi a Paul Ince, il gestore dell'albergo, disse: «Stamattina ho l'impressione di avere sotto gli occhi il lago di Ginevra, sa?»

Lui rise, rispondendo: «Capisco quello che vuole dire. Anch'io ho sempre la sensazione di trovarmi fra le Alpi svizzere. Soprattutto d'inverno».

Meredith era arrivata all'*Hilltops* un quarto d'ora prima. Adesso si trovavano insieme nella stupenda biblioteca antica, dalle pareti rivestite di legno, dell'elegante albergo, in attesa che i Morrison si presentassero all'incontro fissato.

Riportando di nuovo gli occhi sul paesaggio che si vedeva al di là della finestra, Meredith mormorò: «Tutta questa neve. Ne è venuta giù davvero tanta quest'anno... Ma si direbbe che il lavoro non ne abbia risentito, vero?»

«No, assolutamente, Meredith. Beh, non direi proprio, ecco! Come sa, abbiamo avuto un po' di problemi, la settimana scorsa, e siamo stati costretti a chiudere i ristoranti per qualche giorno. Ma ci siamo presto liberati della neve quando il bulldozer è arrivato fin quassù, alla strada maestra. E una volta spalata la neve, tutto è andato liscio.» Fece una pausa, e si voltò verso di lei. «Ma qui da noi funziona tutto», la rassicurò.

«Mi saprebbe già dire come vanno le prenotazioni per il fine settimana?» gli domandò Meredith.

«Abbastanza bene. Dodici delle quindici camere sono già state prenotate. E i due ristoranti sono quasi pieni. Si tratta di clienti locali, oltre agli ospiti dell'albergo.»

Paul si schiarì la voce, ebbe un attimo di incertezza e infine soggiunse: «So che lei riuscirà a vendere l'albergo, Meredith. Che gli acquirenti siano i Morrison o qualcun altro, non ha importanza, perché è un'ottima occasione. Ma c'è qualcosa che volevo dirle e ne approfitto subito... sono sicuro che sentirò terribilmente il cambiamento. Non sarà più come lavorare con lei. Perché è sempre stata una padrona splendida, veramente grande!»

«È molto gentile da parte sua dirmi tutto questo, Paul, e

la ringrazio. Devo ammettere che è stato un vero piacere lavorare insieme in questi anni, anche per me. Non credo che ce l'avrei fatta senza di lei. Non c'è dubbio che ha contribuito largamente al successo dell'albergo, ha dato tanto di se stesso all'*Hilltops* ed è riuscito a gestirlo in modo magnifico. Come le ho già detto, se i Morrison decidessero di comprarlo, sono sicura che le chiederanno di rimanere. Sempre che lei voglia rimanere, naturalmente!»

«Senz'altro! E quando sono stati qui lo scorso fine settimana mi hanno lasciato capire più o meno la stessa cosa.»

«Ma qual è la sua opinione sul loro conto, Paul? E cosa mi dice delle loro intenzioni?»

«Dire che sono soltanto interessati, Meredith, sarebbe negare l'evidenza! Secondo me, muoiono dalla voglia di mettere le mani sull'*Hilltops*, e lo dicevo anche a Blanche l'altro giorno. È chiaro che non cercano altro, e già da qualche anno... un elegante alberghetto di campagna nel Connecticut, molto lontano da New York, con il suo ritmo di vita frenetico e la competizione sfrenata di Wall Street e Madison Avenue. Una nuova occupazione per entrambi. Un nuovo stile di vita per loro e per i figli.»

«Non sapevo che avessero dei figli», disse Meredith, aggrottando le sopracciglia. «Il che significa che vorrebbero occupare il cottage, quello dove adesso sta lei?»

Paul scrollò il capo. «No, la signora Morrison ha lasciato capire che preferirebbero conservarsi la casa che possiedono a Lakeville. Ma, se desiderassero il cottage, Anne e io possiamo sempre trasferirci qui nell'albergo fino a quando non si potrà trasformare e rendere abitabile l'appartamento sul garage.»

Meredith rispose con un cenno di assenso, lasciandogli capire che era d'accordo; poi si avvicinò al camino, e si accomodò su una poltrona, versandosi un'altra tazza di caffè. «Ne vuole ancora un po' anche lei, Paul?»

«Sì, grazie.» E la raggiunse.

Rimasero in silenzio per qualche minuto, sorseggiando il caffè, immersi nei loro pensieri. Fu Meredith la prima a parlare di nuovo: «Lei sa bene che il prezzo richiesto per questo albergo è di quattro milioni di dollari e finora io non mi sono mossa di un centesimo da questa cifra. Ma, e che resti fra noi, sarei anche disposta a scendere un po', per realizzare la vendita. Per quello che riguarda il prezzo, qual è il giudizio che si è fatto su di loro?»

«È un po' difficile dirlo», replicò Paul, che era diventato pensieroso. Dopo aver riflettuto qualche minuto, continuò: «Io cercherei di tener duro ancora per un po' e proverei a vedere quello che succede. A ogni modo si prepari spiritualmente ad accettare tre milioni».

Meredith scrollò la testa. «Non se ne parla neanche, Paul. Devo ottenere come minimo tre milioni e mezzo da questa vendita. E a ogni modo, l'albergo li vale... anzi, ne vale quattro. La mia agenzia immobiliare l'ha addirittura valutato quattro milioni e mezzo.»

«Ma lei mi ha sempre detto che qualsiasi persona deve aver veramente voglia di comprare una proprietà per poterla trasformare in qualcosa che renda, in un bene immobile che dia un profitto.»

«Lo so, lo so, ma ho assoluto bisogno di tre milioni e mezzo di dollari per il mio programma di sviluppo» rispose Meredith posando la tazza sul piattino con un rumore secco. «I due alberghi in Europa richiederanno un sacco di soldi, e vorrei che mi rimanesse qualcosa, dopo questa vendita, per i costi operativi e anche per reinvestire nella Havens.»

«Mi ascolti, Meredith. Sono sicuro che i Morrison hanno un'ottima posizione finanziaria. Lui ha lavorato a Wall Street per anni e lei era socia di un'agenzia pubblicitaria con sede in Madison Avenue. In ogni caso, conoscendoli e parlando con loro, sarà senz'altro in grado di giudicare da sé fino a che punto può insistere e dove invece è opportuno fermarsi.»

«È anche troppo vero... perché cercar di fare previsioni inutili?»

Bussarono alla porta, che si aprì non appena Paul disse: «Avanti!»

La receptionist mise dentro la testa per dire: «Sono arrivati i signori Morrison».

Paul assentì. «Falli passare qui, Doris, per favore.»

Dopo qualche istante Paul stava già presentando Elizabeth e Philip Morrison a Meredith. Strette le mani, si accomodarono tutti nelle poltrone intorno al camino.

Meredith disse: «Posso offrire qualcosa? Caffè, tè oppure qualcosa di fresco, una bibita magari?»

«No, grazie», disse la signora Morrison.

Il marito scrollò la testa, mormorando che avevano appena fatto colazione. Poi cominciò a parlare con Paul del tempo, della neve sulle strade e del percorso da Lakeville, dove erano proprietari di una villa in cui andavano i fine settimana.

La signora Morrison riportò lo sguardo su Meredith e disse: «Sono letteralmente incantata dal modo in cui lei ha arredato l'*Hilltops*... è così pieno di fascino, così intimo, l'albergo! Mi ricorda una casa di campagna inglese».

«Grazie», disse Meredith, sorridendole. «Mi piace ristrutturare e arredare, creare uno stile, un'atmosfera. E tutti i comfort possibili per i clienti, naturalmente. Secondo me, i piccoli alberghi di questo genere dovrebbero essere una specie di porto, di rifugio... Ecco il motivo per cui ho chiamato la mia società Havens Incorporated!»

Elizabeth Morrison annuì. «Molto appropriato, davvero molto appropriato! E poi io trovo che i suoi piccoli tocchi sono splendidi. Le bottiglie dell'acqua calda nella custodia di seta, le luci speciali da lettura vicino al letto, i caffettani sulle dormeuses... Questi piccoli lussi fanno tutta la differenza!»

«È proprio quello che credo anch'io», mormorò Meredith. «È la mia politica in tutti gli alberghi di nostra proprietà.»

«La nostra aspirazione è sempre stata di gestire un piccolo albergo come questo», le confidò la signora Morrison. «Adesso è venuto il momento di farlo, quando siamo ancora giovani entrambi. Non solo, ma vogliamo anche lasciare la grande metropoli e far crescere in campagna i nostri tre figli. La città sta diventando così violenta, così spietata...»

«La capisco. Io ho fatto crescere i miei due figli nel Connecticut e l'ho sempre considerato una fortuna. Del resto, come saprà, dal momento che ormai da qualche anno siete anche voi residenti in questa zona, ci sono molte buone scuole. Sì, questo è proprio un posto splendido per una famiglia!»

Elizabeth Morris stava per dire qualcos'altro, quando colse un'occhiata di avvertimento di suo marito; così si limitò semplicemente a schiarirsi la voce e poi si lasciò andare di nuovo contro lo schienale della poltrona trasformandosi, di punto in bianco, in pura e semplice spettatrice di quell'incontro.

Meredith, alla quale non sfuggiva mai niente, si accorse di quell'impercettibile cambiamento e intuì subito che Philip Morrison non voleva che sua moglie dicesse altro. Come non voleva che si mostrasse troppo entusiasta del piccolo, raffinato albergo. Gli occorreva che recitasse la sua parte con un certo distacco. Né più né meno come aveva fatto lui fin dal principio. Evidentemente era pronto a dare inizio alla trattative.

E Meredith, che non voleva offrirgli il destro di partire all'attacco, si buttò nella mischia impetuosamente, e senza por tempo in mezzo.

Fissandolo in faccia e scrutandolo come se volesse soppesarlo, gli domandò: «So che ormai siete venuti a vedere l'*Hilltops* parecchie volte e che piace non soltanto a lei ma anche a sua moglie. La domanda è: avete davvero intenzione di comprarlo?»

«Sì», disse Philip Morrison. «Al prezzo giusto. Cioè al prezzo giusto per noi.»

«Il prezzo è quattro milioni di dollari, signor Morrison. Credo che l'avvocato della mia agenzia immobiliare, in città, glielo abbia già detto.»

«Precisamente. Ma io ho risposto al signor Melinger che è un po' troppo alto per me.»

«Effettivamente l'albergo vale quattro milioni di dollari, anche di più, se vogliamo dire la verità», Meredith gli fece notare. «Anzi, posso dire che è stato stimato a un valore effettivo di quattro milioni e mezzo di dollari. Può controllare questa cifra con i miei agenti immobiliari, non solo di qui ma anche di New York. Il caso vuole che io sia disposta ad accettare una cifra più bassa unicamente perché la mia società è in via di sviluppo. Altrimenti insisterei su quello che è il prezzo corretto, glielo posso assicurare!»

«Le darò tre milioni di dollari» disse Philip Morrison con un'occhiata a sua moglie. E soggiunse: «È tutto quello che possiamo pagare, vero, Liz?»

Sconcertata per un attimo, perché si vedeva improvvisamente coinvolta nella discussione, lei sembrò sbalestrata. E si affrettò a soggiungere, con enfasi: «Abbiamo intenzione di vendere l'appartamento di nostra proprietà in un condominio di Manhattan e speriamo di ottenere un'ipoteca sulla casa di Lakeville. Realizzando in contanti anche grazie a qualche altra proprietà che abbiamo, possiamo mettere insieme tre milioni. Ma è tutto».

Meredith le rivolse una lunga occhiata pensierosa ma non fece commenti. Poi si allungò a prendere la tazza di caffè e bevve un sorso.

Morrison disse: «Che cosa ne pensa, signora Stratton? È disposta ad accettare tre milioni?»

«No» disse Meredith, guardandolo dritto negli occhi. «Non posso. Come vi ho già detto. Inizialmente, allorché decisi di vendere l'*Hilltops*, la mia richiesta era di quattro milioni e mezzo di dollari perché quello è il suo vero valore. L'albergo si trova in condizioni perfette. Tetto nuovo, nuovo impianto idraulico ed elettrico perché sono stati rifatti in questi ultimi anni, oltre a molte altre importanti migliorie. Non solo, ma i terreni che vengono venduti insieme all'albergo sono notevolmente estesi. Ho deciso di abbassare il prezzo unicamente perché così mi hanno suggerito i miei consulenti, in modo da poter vendere subito. Ma non posso spostarmi da quattro milioni.»

«Tre milioni e duecentocinquantamila dollari», contrattaccò Morrison.

Meredith arricciò le labbra e scrollò la testa. «Quattro.»

«Tre milioni e duecentocinquantamila», offrì lui di nuovo.

Meredith si lasciò sfuggire un lieve sospiro e rivolse ai Morrison un sorriso lento, rassegnato, passando con gli occhi dall'uno all'altra. «Ecco cosa vi rispondo: posso scendere fino a tre milioni e settecentocinquantamila dollari.»

«E io non ci arrivo», disse Philip Morrison.

«Ma è un affare!» sostenne Meredith con voce pacata. «Se lei considera che il vero prezzo, in effetti, è quattro milioni e mezzo di dollari, facendo i conti si accorgerà che io sono scesa di settecentocinquantamila dollari.»

Philip Morrison ebbe un sorrisetto agro. «Ma noi abbiamo sempre parlato di quattro milioni, non di quattro milioni e mezzo di dollari, signora Stratton. Vediamo di non dimenticarcene, vero?»

Meredith non gli diede risposta. Si alzò, si avvicinò alla sfilata di finestre che davano sul lago e rimase lì immobile per qualche momento, a contemplare il panorama.

Infine, voltandosi di scatto verso la stanza, rispose: «Lei vuole comprare l'albergo. Io voglio venderlo. Così adesso le dico quello che intendo fare: scenderò a un compromesso. Sono disposta a venderlo a lei e a sua moglie per tre milioni e mezzo di dollari».

I Morrison si scambiarono occhiate significative.

Infine Philip Morrison disse: «Mi piacerebbe accettare ma

non credo davvero di poterlo fare. Non sono in grado di mettere insieme altri soldi».

«Potrebbe andare alla sua banca» gli suggerì Meredith «e ottenere un prestito. O, meglio ancora, un'ipoteca sull'albergo.»

Philip Morrison la guardò con gli occhi sgranati. Ma rimase in silenzio.

«Posso presentarvi io alla banca giusta», si offrì Meredith, la quale voleva concludere l'affare.

«Crede davvero che sarebbero disposti a farmi un'ipoteca sull'albergo?» domandò lui, abboccando alla proposta.

«Ne sono abbastanza sicura, sì. E c'è qualcos'altro che potrei fare. Potrei chiedere al mio avvocato, che si occupa della mia situazione immobiliare, di studiarvi un prospetto di pagamento ragionevole, cioè qualcosa che non diventi troppo oneroso per voi.»

Elizabeth Morrison esclamò: «Questo sarebbe molto gentile da parte sua». Meredith rispose: «Voglio concludere l'affare, ma non ho alcun desiderio di comportarmi da strozzina. Voi volete concludere l'affare e sono sicura che non avete nessun desiderio di truffarmi».

«Mai! Noi non siamo persone del genere!» esclamò la sua interlocutrice, indignata.

«Devo dire che lei rende la sua offerta molto allettante», mormorò Morrison, riportando il suo sguardo su Meredith. «E resistere a una proposta del genere diventa molto difficile.»

«In tal caso non resista, signor Morrison», disse Meredith, tornando di nuovo verso il camino.

Lui balzò in piedi quando Meredith si fermò accanto alla sua poltrona.

Gli tese la mano. «Su, andiamo! Cerchiamo di non cavillare! Vediamo di concludere l'affare. È buono per tutti e due, vantaggioso per tutti e due.» Lui esitò solo per un attimo. Poi prese la mano che Meredith gli tendeva e la strinse. «E va bene, signora Stratton, l'affare è fatto. Tre milioni e mezzo, e non se ne parli più!»

Meredith fece segno di sì con la testa e gli sorrise.

Lui ricambiò il sorriso.

Anche Elizabeth Morrison si alzò e venne a stringere la mano di Meredith.

Paul Ince, che era rimasto sulle spine per l'intera durata della trattativa, si congratulò con tutti e poi disse: «Mi pare che tutto questo meriti un brindisi. Vogliamo passare nel bar? Stapperò una bottiglia di Dom Pérignon».

«È proprio un'ottima idea, Paul», disse Meredith, precedendo il gruppetto fuori dalla biblioteca.

Durante il viaggio di ritorno a New York, Meredith rivolse soltanto un pensiero fuggevole all'*Hilltops*. Aveva realizzato quello che si era prefissata; aveva venduto l'albergo per la cifra desiderata, e ci era riuscita con il suo intuito e la sua abilità. Poteva ben considerarsi soddisfatta. Tre milioni e mezzo di dollari sarebbero stati una cifra più che adeguata per soddisfare le esigenze di sviluppo della sua società.

Prima di lasciare l'albergo, però, aveva già sistemato anche tutto il resto. Erano stati presi accordi perché i Morrison potessero incontrarsi con l'avvocato che si occupava delle sue proprietà immobiliari, il quale avrebbe preparato i documenti necessari entro la settimana successiva. Non solo, ma aveva anche trovato il modo di fissare un appuntamento per i Morrison con Henry Raphaelson. Il banchiere era sembrato ben disposto alla trattativa, durante la telefonata che gli aveva fatto, l'aveva rassicurata e garantito che avrebbe cercato con ogni mezzo di venire incontro alle esigenze dei Morrison.

Così, adesso, Meredith poté dedicarsi a riflettere su altri problemi, mentre Jonas la riconduceva a Manhattan. Si dedicò con particolare attenzione al previsto viaggio in Inghilterra per l'acquisto di un'altra locanda. Era sicura che le sarebbe senz'altro piaciuto uno dei due che Patsy Canton le aveva trovato. Con un po' di fortuna, sarebbe anche riuscita a portare abbastanza in fretta quell'affare a una conclusione soddisfacente, in modo da poter proseguire poi per Parigi, dove doveva incontrare Agnes d'Auberville.

Patsy l'aveva invitata a pranzo la domenica, in modo da poter discutere le questioni d'affari e tratteggiare a grandi linee un piano di lavoro per i giorni successivi. Così facendo, avrebbero risparmiato tempo. La loro idea era quella di partire subito per il nord dell'Inghilterra, il lunedì successivo, e recarsi per prima cosa in Cumbria. Dopo aver visitata la locanda del Lake District, si sarebbero trasferite nello Yorkshire, per prendere in esame quella situata in una vallata della regione.

Quando le aveva domandato quale dei due alberghi preferisse, Patsy si era mostrata un po' evasiva. «Per quello di Keswick ci sarebbero molto meno lavori da fare», aveva osservato. E non aveva aggiunto altro. Chiusa come un'ostrica.

Quando Meredith aveva provato a insistere per saperne di più, Patsy si era rifiutata di fare ulteriori commenti. «Voglio che questa sia una decisione tua, e soltanto tua», aveva ribattuto a bassa voce. «Se provassi a manifestare adesso la mia opinione, prima che tu abbia visto l'uno e l'altro degli alberghi, capisco che ti influenzerei, ti metterei già in condizione di essere più o meno favorevole a questo o a quello a priori. Quindi, ti prego, non insistere.»

Era stata ancora Patsy a suggerirle di non tornare a Londra dopo aver visto i due alberghi, perché non ne aveva nessun motivo. Avrebbe potuto partire direttamente per Parigi dall'aeroporto di Leeds-Bradford. «Di lì hanno moltissimi voli per Parigi. E ce ne sono anche da Manchester, che non è lontana.» Meredith aveva accettato perché le sembrava un'ottima idea, le avrebbe fatto risparmiare molto tempo.

Appoggiandosi più comodamente allo schienale, in automobile, chiuse gli occhi riflettendo su quello che doveva portare con sé, sulle valige da preparare, sui vestiti da scegliere. E d'un tratto le venne in mente Reed Jameson e l'appuntamento che aveva preso con lui. Dovevano andare a cena insieme. Anche la sola idea di rivederlo la colmava di sgomento, ma capiva di non poter annullare quell'impegno se voleva, com'era sua intenzione, dare un taglio netto al loro rapporto.

A dir la verità, non sarebbe nemmeno stato giusto definirlo così, pensò, tirandosi su di scatto, e guardando fuori dal finestrino. La loro relazione, in fin dei conti, non aveva mai veramente decollato anche se, almeno in quegli ultimi tempi, lui aveva fatto capire di essere di tutt'altra opinione. Per tranquillizzarsi, Meredith decise di adottare un atteggiamento positivo e si rassicurò con la certezza che tutto sarebbe andato bene e che non avrebbe avuto difficoltà a lasciarlo. Lui avrebbe capito. Dopo tutto, era un uomo adulto e maturo.

Ma, in fondo al cuore, Meredith sapeva di commettere uno sbaglio con quel tipo di giudizio. D'istinto, intuiva che lui avrebbe sollevato un sacco di difficoltà. E lo sgomento si trasformò in apprensione.

4

«So benissimo che mi hai giudicata testarda l'altro giorno», disse Patsy Canton, «quando mi sono rifiutata di parlarti di quegli alberghi, ma...»

«Direi piuttosto che sei stata evasiva», Meredith la interruppe.

«Non evasiva, e neanche testarda. Semplicemente cauta. Non volevo che ti facessi dei preconcetti, soprattutto a causa mia, prima di vedere quegli alberghi. Adesso penso di essere in grado di darti una specie di... presentazione in anteprima, chiamiamola così, se vuoi! Il proprietario dell'albergo nelle vicinanze del lago Windermere ci ha mandato un pacco di fotografie. Sono arrivate ieri. Te le vado a prendere.»

Patsy si alzò di scatto dalla seggiola e attraversò il salottino rosso della sua casa londinese di Belgravia, dove stava prendendo un aperitivo, con Meredith, quella domenica.

Prossima alla quarantina, Patsy era una donna attraente, anzi in un certo senso si sarebbe potuta definire più bella che graziosa, alta quasi come Meredith e con una splendida figura. Aveva i capelli biondi, tagliati corti, che le racchiudevano la testa in un alone, lievi e ricciuti; i suoi occhi grigi erano grandi e molto intelligenti. Ma era la sua stupenda, perfetta carnagione anglosassone a suscitare sempre l'ammirazione generale.

Fermandosi per un attimo davanti al piccolo scrittoio georgiano, Patsy prese una grossa busta e tornò verso il sofà, dove si sedette accanto a Meredith.

«Ian Grainger, il padrone di *Heronside*, mi sembra piuttosto orgoglioso di queste foto. Le ha fatte lui stesso, l'estate e la primavera scorse.» Così dicendo consegnò la busta a Meredith che ne tirò fuori le fotografie in fretta, chiaramente interessata.

Dopo averle guardate per qualche istante, si voltò verso Patsy dicendo: «Non mi meraviglia che ne sia così orgoglioso. Sono stupende. E anche *Heronside* è stupendo, se dobbiamo credere a quello che le fotografie ci fanno vedere».

«È verissimo, Meredith. In un certo senso, ti dirò di più: le fotografie non rendono realmente giustizia né all'albergo né al giardino e ai terreni circostanti. C'è un tal senso di lusso nelle camere, che solo a entrarci ti senti già viziata e coccolata! Tutto l'albergo è molto ben arredato, con stupendi pezzi antichi e tessuti bellissimi, e so anche che ti piaceranno gli elementi decorativi, e l'atmosfera nel suo insieme. Quanto al giardino e al resto, sono tanto belli da lasciare senza fiato, non ti pare?»

Meredith fece segno di sì, sfogliò di nuovo il fascio di fotografie, e ne tirò fuori una. Era l'inquadratura di una zona boscosa. Il terreno era letteralmente ricoperto di un tappeto di iris e i raggi del sole lo illuminavano filtrando obliqui attraverso la volta di alberi fronzuti e verdeggianti. Subito sotto si intravedeva un pendio tempestato di narcisi di un bel giallo vivo e, poco più oltre, si scorgeva una striscia di acqua del lago, smisurato, placido, argenteo, scintillante sotto il sole.

«Guarda, Patsy», disse Meredith porgendola alla socia. «Non è uno splendore?»

«Sì, soprattutto il pendio coperto di narcisi. Non ti fa ricordare la poesia di Wordsworth?»

Meredith la guardò con tanto d'occhi.

«Sì, quella che parla dei narcisi... Non la conosci?»

Meredith scrollò la testa.

Patsy le confessò: «È una delle mie preferite». Quasi senza accorgersene cominciò a recitarla.

Erravo solo come nube
che alta fluttua su valli e colli,
quando a un tratto vidi una folla,
una schiera di narcisi muover danza
lungo il lago e sotto gli alberi
ne danzava nella brezza una miriade.

«È bellissima», disse Meredith.

«Non l'hai imparata a scuola?»

«No», bisbigliò Meredith.

Patsy continuò: «Ma è l'ultima parte quella che mi piace più di tutto il resto. Vuoi sentirla?»

«Sì, grazie», rispose Meredith. «Reciti questi versi in un modo meraviglioso.»

E, una volta ancora, Patsy si lanciò nella recitazione della poesia:

Ché spesso, quando me ne sto coricato,
senza pensieri, o pensieroso, i narcisi
mi balenano all'occhio interiore
che rende la solitudine beata,
e allora mi si ricolma il cuore
di piacere, e danza con loro.

«È davvero magnifica», disse Meredith sorridendole. «Così piena di pace... serena.»

«Proprio la sensazione che dà anche a me.»

«Ho l'impressione di aver già sentito quest'ultima parte prima. Da qualche parte. Ma non sono sicura dove», mormorò Meredith. «A ogni modo, non a scuola.» Per un po' si lambiccò il cervello ma per quanto ci si mettesse d'impegno, non riuscì a ricordarsene. Eppure quella poesia aveva fatto vibrare una corda nella sua memoria. Ma disgraziatamente non riusciva a isolarla. Quel fuggevole ricordo rimaneva vago.

«Disgraziatamente», osservò Patsy «non ho nessuna foto dell'albergo nei pressi di Ripon. I Miller, i proprietari, ne avevano qualcuna, e anche bella. Eppure, chissà come mai non erano riusciti a catturare, in quelle immagini, lo spirito del posto. La sua anima. Così ho deciso di non prenderle. Sarai costretta a giudicare a freddo, quando ci arriveremo.»

«Non è un problema.» Meredith la scrutò con maggiore attenzione. «Però, dimmi: Skell Garth ti piace, ti piace sul serio, vero?»

«Oh sì, Meredith, moltissimo! Altrimenti non mi azzarderei a trascinarti fin lassù», rispose Patsy, affrettandosi a rassicurare la socia. «La posizione è superba, il paesaggio circostante lascia senza parole, tanto è pittoresco. E dal piccolo, raffinato albergo, si gode anche la vista, assolutamente favolosa, dell'abbazia di Fountains, una delle più belle rovine dell'intera Inghilterra. Sì, Skell Garth è un posto unico.»

«Skell Garth», ripeté Meredith. «Sai cosa ti dico? La prima volta che me lo hai menzionato ho pensato che fosse uno strano nome.»

«Immagino di sì. Ma lascia che ti spieghi. Lo Skell è un fiume che passa attraverso Ripon e i terreni sui quali sono costruiti sia il piccolo albergo sia l'abbazia. Garth è un'antica parola dello Yorkshire e sta per campo, infatti molti dei contadini del posto quando parlano dei loro campi, li chiamano ancora garth.»

«Di conseguenza il nome, in realtà, significa il campo del fiume Skell. O sbaglio?»

Patsy rise, incantata dall'intuito di Meredith. «Tutt'altro! Hai pienamente ragione! Sento che presto ti farò diventare un'autentica donna dello Yorkshire.»

Le due donne, che non erano soltanto socie ma anche amiche, rimasero lì tranquillamente sedute a parlare di quegli alberghi ancora per un po', sorseggiando vino bianco; poi a poco a poco il discorso si trasformò in una lunga e complessa discussione sui vari aspetti e problemi della loro società.

Fu Patsy che lo troncò tutto d'un colpo quando balzò in piedi di scatto esclamando: «Oh mio Dio! Mi sembra di sentire un odore terribile. Speriamo che non sia il nostro pranzo carbonizzato!»

Uscì al volo dal salotto e scese a precipizio in cucina.

Meredith le andò dietro a passo di carica.

Patsy era inginocchiata davanti al forno e stava osservando l'arrosto. Con un cucchiaio dal lungo manico smuoveva qualcosa qua e là nella teglia.

«Rovinato?» le domandò Meredith preoccupata, entrando a sua volta in cucina.

«No, per fortuna», rispose Patsy, rialzandosi. Richiuse lo sportello del forno e si voltò ad affrontare Meredith con un sorriso. «Un paio di patate hanno i bordi un po' bruciacchiati, ma l'agnello è salvo. Le cipolline, invece, letteralmente carbonizzate. Sono addirittura nere. A ogni modo, è tutto pronto, beh, quasi. Spero che tu abbia fame, perché ho preparato da mangiare per un reggimento!»

«Sto morendo di fame. Ma non era il caso che tu lavorassi tanto e ti prendessi questo fastidio, sai? Sarei stata felicissima di invitarti fuori a pranzo. Oppure di farti venire all'albergo.»

«Ti assicuro che di tanto in tanto mi piace cucinare», la tranquillizzò Patsy. «Mi ricorda la mia infanzia trascorsa nello Yorkshire. E ad ogni modo, Meredith, non credo che ti capiti molto spesso di sederti a tavola di fronte al tradizionale pranzo inglese della domenica, vero?»

Meredith scoppiò in una risatina. «Proprio no. E non vedo l'ora di fare questa esperienza!»

5

ERA un pomeriggio ventoso.

Qualche foglia secca le volteggiava intorno ai piedi e di tanto in tanto anche la lunga mantella di tweed avorio si gonfiava svolazzante intorno alle spalle, mentre attraversava di buon passo Green Park.

Il vento non le dispiaceva. Splendeva un bel sole e questo serviva a controbilanciare le folate improvvise e il lieve alito freddo nell'aria. In fondo era contenta di sgranchirsi le gambe dopo essere rimasta tanto tempo a tavola, a pranzo con Patsy.

Ma era stato divertente far visita alla vecchia amica e socia, e ricuperare il tempo perduto, parlando di tutti gli argomenti possibili e immaginabili, sia personali, sia di affari. E poi, a Meredith piaceva sempre moltissimo andare in visita da Patsy, che possedeva una vera e propria casa di bambola – o almeno era così che lei la chiamava sempre. La palazzina, situata a Belgravia in antiche scuderie ristrutturate, occupava quattro piani ed era arredata in un modo incantevole, molto simile – come stile – a quello che usavano nei loro piccoli alberghi di campagna. Anche questa casa aveva un aspetto elegantemente rustico, soprattutto perché ogni stanza era stata studiata in modo da far risaltare particolarmente alcuni bei pezzi antichi che vi erano stati collocati e, per di più, l'arredamento era completato da un mélange di tessuti rari e raffinati, accostati con abilità e studiati con cura per armonizzare i colori, vibranti ma coordinati con estrema attenzione. Inoltre, l'arredamento era reso speciale da tutta una serie di accessori assolutamente insoliti.

Continuando nella sua passeggiata, Meredith ricominciò a pensare a Patsy, per la quale provava un profondo affetto. Era stato il suo banchiere di New York, Henry Raphaelson, che le aveva presentate nel 1984. Henry conosceva Patsy da quando era ancora una ragazzina perché per molti anni aveva goduto di un'intima amicizia con il padre di lei, proprietario di una banca nella City, del quale era stato anche socio in svariate imprese finanziarie.

Con Patsy, la simpatia reciproca era nata immediata, tanto che dopo una serie di riunioni una più costruttiva dell'altra, avevano deciso di mettersi insieme anche in affari, aprendo a Londra una succursale della Havens Incorporated.

E negli anni successivi Patsy si era rivelata una eccellente risorsa per la società. Era quadrata, solida come una roccia, gran lavoratrice, della quale ci si poteva fidare ciecamente, devota e leale. Pur non essendo ricca di fantasia o facile agli improvvisi entusiasmi come Agnes D'Auberville, Patsy sopperiva a queste piccole mancanze, se così si potevano chiamare, con un formidabile buon senso. Non solo, ma anche il suo talento per le pubbliche relazioni aveva fatto miracoli per la Havens. Non esisteva albergo in Inghilterra che ricevesse tanta pubblicità e tanta attenzione da parte della stampa, e sia l'una sia l'altra totalmente positive, come Haddon Fields nei Cotswolds. Anzi, in effetti, nei dieci anni passati da quando il piccolo, raffinato albergo di campagna era stato aperto, non avevano mai visto, pubblicata sui giornali, né una critica né un articolo negativo sulla sua gestione. Quando Meredith aveva manifestato il suo interesse per aprire un albergo in Francia, Patsy l'aveva accompagnata a

Parigi a fare la conoscenza di Agnes D'Auberville. Le due giovani donne avevano frequentato la Sorbona negli stessi anni ed era stato lì che si erano conosciute. Dall'epoca della loro gioventù a Parigi erano sempre rimaste, anche in seguito, buone amiche.

Agnes, come Patsy due anni prima, stava cercando anche lei di investire il denaro che aveva ereditato in un campo a cui potesse dedicarsi a tempo pieno. Ecco perché aveva colto al volo l'occasione di aprire la filiale parigina della Havens Incorporated, e si era gettata a capofitto nei lavori di ristrutturazione del piccolo albergo situato nella valle della Loira.

Meredith e Agnes avevano scoperto il *Château de Cormeron*, che si trovava sulle rive dello splendido fiume Indre, proprio al centro della valle della Loira. Effettuato l'acquisto dello *château*, avevano dedicato quasi un anno a ristrutturarlo, in modo che potesse essere trasformato in un albergo. Per molte camere era stato necessario sostituire i pavimenti, e anche qualche soffitto aveva dovuto essere rifatto interamente; erano state costrette a installare il riscaldamento centrale e il condizionatore d'aria, quasi tutto l'impianto idraulico aveva dovuto essere sostituito, e la stessa cosa era successa anche per quello elettrico. Una volta terminati tutti questi lavori, si erano messe ad arredarlo nello stile più appropriato, usando in gran parte mobilio rustico francese, stupendi arazzi antichi, sontuosi tessuti tradizionali e accessori addirittura unici, scovati nei negozietti locali di antichità.

Avevano investito una quantità enorme di energie, di sforzi e di talento, oltre che di denaro, nella ristrutturazione e nel nuovo arredamento dello château, ma la trasformazione si era rivelata talmente strabiliante che, adesso, tutte e due erano persuase di non aver sbagliato. Ne era sicuramente valsa la pena.

Non solo, ma si erano anche sentite straordinariamente gratificate quando lo *Château de Cormeron* si era rivelato un successo incredibile anche come albergo di campagna. Si trovava vicino a molti grandi castelli della Loira come Chinon, Chenonceau, Azay-le-Rideau, Loches, Mont-Poupon, tutti aperti al pubblico e popolari soprattutto fra i turisti stranieri.

I ricchi turisti avevano finito per essere attirati dal loro piccolo e incantevole *Château de Cormeron*, apprezzandone il lusso, i comfort e il servizio superlativo, che stava diventando sempre più conosciuto, come l'ambiente bucolico e la vicinanza ad altri castelli famosi. E poi, il fatto che l'albergo vantasse uno dei più raffinati ristoranti della regione della Loira, era un punto di merito in più.

Agnes D'Auberville era diventata una buona amica, né più né meno come Patsy, oltre a essere una socia su cui fare il massimo affidamento. Fra le tre donne era nata, e continuava, una buona amicizia.

Patsy, come Meredith, era divorziata e aveva due figli, gemelli, maschi, di dieci anni, che studiavano in un collegio lontano da casa. Agnes, che aveva trentott'anni, la stessa età di Patsy, era sposata con Alain D'Auberville, il famoso attore teatrale. Avevano una bambina, Chloe, di sei anni.

Sono stata fortunata con loro, rifletté Meredith mentre completava il giro intorno a Green Park e sbucava in Piccadilly. Ci equilibriamo molto bene, e bisogna dire che tutte e due hanno lavorato sodo per rendere famosa la Havens in Europa. Hanno dato un enorme contributo al suo successo.

Procedendo lungo la facciata del *Ritz*, si fermò all'angolo della strada, in attesa che il semaforo fosse verde. Poi attraversò Piccadilly, procedendo verso il *Claridge's* in Brook Street.

A Meredith era sempre piaciuto camminare per Londra e si accorse di essersi goduta infinitamente quella passeggiata. Si sentiva rinvigorita dall'aria frizzante e dall'esercizio fisico. Svoltando in Hay Hill, la risalì fino a Berkeley Square. Ma, mentre l'attraversava non poté fare a meno di pensare che il piccolo giardino, al centro della piazza, aveva l'aria un po' squallida, quel giorno, con i suoi alberi spogli e qualche chiazza di neve sporca sull'erba vizza e ingiallita.

Dall'altra parte, però, c'era sempre lo splendido panorama degli antichi palazzi di Mayfair, l'unica zona di Londra che lei conoscesse molto bene – una vera gioia per gli occhi! Ormai erano ventun anni che veniva a Londra, e abbastanza spesso, fin dai tempi del suo matrimonio con David Layton nel 1974. Allora aveva ventitré anni... e com'era stata giovane, in molte cose! Eppure, in altre, ricordava di essere stata già molto matura.

L'Inghilterra l'aveva sempre molto impressionata. Quando ci arrivava, si sentiva a proprio agio e le piacevano anche gli inglesi, come popolo, con le loro idiosincrasie contrapposte alle buone maniere e alla cortesia – per non parlare del loro profondo senso dell'umorismo.

David Layton era un inglese trapiantato perché – all'epoca in cui lei lo aveva conosciuto – viveva e lavorava nel Connecticut. Dopo il loro matrimonio al *Silver Lake*, David l'aveva condotta a Londra, perché facesse la conoscenza di sua sorella Claire, del marito e dei figli di lei.

Meredith aveva sempre trovato David molto simpatico e lo aveva amato tanto da accettare di sposarlo; provava sempre un grande rimpianto ogni volta che pensava a come il loro matrimonio fosse naufragato tristemente. I sinceri tentativi, come l'impegno, di farlo funzionare si erano risolti in un nulla di fatto e alla fine il divorzio era sembrata l'unica soluzione e la migliore.

L'unico frutto, la sola cosa buona nata da una unione come quella, così incerta e fragile, era stato il loro figlio Jonathan. E la cosa più triste che, adesso, David questo figlio non lo vedeva mai. Negli anni Ottanta si era trasferito in California e da allora non aveva mai cercato di venire nell'Est a vedere Jonathan. Come non si era mai mostrato particolarmente ansioso di invitare Jonathan ad andare a trovarlo sulla Costa Occidentale.

Peggio per lui, mormorò Meredith tra sé. Ma non poteva fare a meno di rammaricarsi che le cose non fossero andate in modo diverso, se non altro per amore del figlio anche se, in realtà, Jon non dava l'impressione di soffrire molto per tutta quell'indifferenza da parte di David. Di suo padre non parlava mai.

A ogni modo, Meredith era la prima ad ammettere che allevare dei figli da sola, senza l'aiuto del padre, spesso era stata un'enorme fatica. Fortunatamente Jon era venuto su bene, come la sua adorata Cat. Quindi, in conclusione, i suoi sforzi erano stati pienamente premiati... come il duro lavoro, i sacrifici, i continui compromessi, la necessità di adoperare ora la persuasione e la dolcezza, ora la severità, e soprattutto di dare affetto incondizionato, senza aspettarsi mai niente in cambio. Certo, per essere una buona madre aveva dovuto pagare uno scotto pesante, nella vita, ma adesso si sentiva orgogliosa dei suoi figli. E, in uno strano modo, anche di se stessa.

Gli anni nei quali si era vista costretta ad allevare Cat e Jon da sola, oltre a creare e a sviluppare la sua impresa, le avevano lasciato pochissimo tempo per incontrare un altro uomo, e soprattutto per allacciare una relazione duratura e importante. Certo, nel corso degli anni, aveva avuto anche lei qualche corteggiatore, qualche innamorato, ma – chissà come! – i suoi figli e il suo lavoro si erano sempre messi di mezzo, le avevano sempre creato un intralcio. Nel segreto del suo cuore, in realtà, non ne aveva mai sofferto molto. I suoi figli erano stati tutto il suo mondo, anzi lo erano ancora! Ma quattro anni prima le circostanze erano state le più favorevoli del mondo, quando le era capitato di fare la conoscenza di Brandon Leonard. Disgraziatamente lui era sposato. E Meredith non aveva fatto fatica a capire molto presto che non solo Brandon non era separato, come sosteneva, ma che non aveva nemmeno la minima intenzione di lasciare la moglie o di chiederle il divorzio. Insomma, a dirla chiaramente e con poche parole, Brandon voleva la moglie. E voleva anche un'amante. E Meredith, visto che non si vedeva assolutamente nelle vesti della candidata a tale ruolo, aveva messo la parola fine alla loro amicizia, e in termini inequivocabili.

Poi, nel settembre dell'anno precedente, durante un viaggio a Londra, Patsy l'aveva condotta alla inaugurazione di una mostra di scultura nella elegantissima Galleria Lardner di Bond Street.

E lì, ad aggirarsi fra le opere di Arp e di Brancusi, di Moore, di Hepworth e Giacometti, c'era Reed Jamison, il proprietario della galleria.

Alto, bruno, bello, carismatico. L'uomo più affascinante che le fosse capitato di incontrare da molto tempo. E in apparenza molto disponibile. «Stai attenta!» l'aveva avvertita Patsy. Quando le aveva domandato cosa volesse dire, Patsy aveva risposto: «Stai in guardia. È brillante, ma è anche un tipo difficile». Lei aveva insistito di nuovo con Patsy pregandola di chiarirle meglio cosa intendesse. E allora Patsy le aveva risposto in modo enigmatico: «Che Dio ci salvi dal cupo e tormentato eroe byroniano. O poveri noi, vedo l'ombra di Heathcliff!»

Meredith aveva capito solo in parte cosa la sua amica intendesse dire; poi, prima ancora che avesse fatto in tempo a riflettere su quello che le era appena stato detto, Reed Jamison, dopo averle dato una sola occhiata, si era precipitato a farle una corte serrata.

In principio si era sentita attratta e aveva ceduto con facilità al suo fascino ma poi, a poco a poco, durante i mesi successivi, tutto d'un tratto e inaspettatamente aveva cominciato a sentirsi a disagio quando si trovava con lui. E, in cuor suo, a prendere gradatamente le distanze e da Reed e dalla loro relazione.

Quando, nel novembre precedente, Reed era stato a New York per l'ultima volta, Meredith si era accorta che non esisteva più niente di tutto quello che aveva provato per lui. Reed era apparso cupo, imbronciato, polemico e possessivo. Non solo, ma Meredith aveva anche scoperto in lui un atteggiamento nuovo, da prepotente, che l'aveva allarmata.

Così, quella sera stessa, aveva intenzione di dirgli che non poteva più rivederlo, e che la loro relazione, così com'era al momento, doveva finire, e per sempre. Non era entusiasta all'idea di quell'incontro e al pensiero di quello che voleva dirgli ma capiva che andava fatto.

«Ma perché te la prendi tanto?» Patsy le aveva detto qualche ora prima, a pranzo. «Esci pure a cena con lui stasera. Non dire niente. Domani partiamo per il Lake District e lo Yorkshire. Poi tu vai direttamente a Parigi. Non angustiarti per questa storia. Evita quella che sarà sicuramente una discussione sgradevole.»

«Devo dirgli che è finita», rispose Meredith. «Ma come fai a non rendertene conto? Altrimenti continuerà a rimanere nella mia vita, ad assillarmi, a darmi fastidio, fino a quando non gli farò capire chiaro e tondo che non voglio più vederlo, non voglio più avere nessun contatto con lui.»

«Si può sapere cos'è andato storto? Chi ha sbagliato?» domandò Patsy incuriosita.

«È stato Reed a sbagliare. È lui che non va più bene. È un uomo troppo complicato per me.»

«Odio farlo, ma devo ricordarti che io te l'avevo detto», mormorò Patsy.

«Giustissimo. E puoi ripeterlo, sai, Patsy? Perché mi avevi avvertita, e avevi visto giusto! Hai avuto ragione, sul suo conto, fin dal primo momento!»

Poi avevano continuato a parlare d'altro. Ma Meredith non poté fare a meno di chiedersi se Patsy non avesse ragione. Non avrebbe potuto essere infinitamente più semplice uscire a cena con Reed e non dire niente?

Forse è proprio quello che dovrei fare, fu la sua riflessione mentre imboccava Brook Street.

«Buon giorno, signora,» la salutò il portiere in divisa fuori dal *Claridge's* mentre lei cominciava a salire i gradini dell'albergo.

«Buon giorno», rispose con un amabile sorriso e oltrepassò il grande portone che portava all'atrio.

Martin, uno dei concierges, la salutò mentre si avviava verso l'ascensore.

«Meredith!»

Si fermò sui due piedi, agghiacciata. Aveva riconosciuto subito l'educata e colta voce maschile.

Voltandosi lentamente, si impose con uno sforzo di abbozzare un sorriso. Intanto avanzava di qualche passo verso l'uomo che l'aveva chiamata per nome. «Reed! Ciao! Ma non ti pare di essere un po' in anticipo?»

Lui sorrise, affrettandosi a circondarle la vita con un braccio per attirarla più vicina a sé. Le diede un bacio su una guancia. «Sono qui con amici a prendere il tè.» E accennò al grande salone che si apriva sull'atrio dell'albergo, indicandole un gruppetto di persone seduto a un tavolo. In quel momento, infatti, stavano servendo il tè del pomeriggio, con la musica di un quartetto d'archi.

«Tesoro, che gioia rivederti!» continuò Reed fissandola a lungo negli occhi. «Mi sei mancata, ma... se non sbaglio devo avertelo già detto stamattina al telefono. Anzi, stavo venendo proprio a telefonarti in camera, per invitarti a raggiungere me e i miei amici. È stato così che ti ho vista andare verso l'ascensore.» Intanto l'aveva presa per un braccio con una mossa ferma e decisa e stava cominciando a guidarla verso il salone.

Ma Meredith fece resistenza, e non mosse un passo in quella direzione. Scrollando la testa, disse: «Reed, non posso. Sei molto carino a invitarmi e ti ringrazio, ma ho un certo numero di cose che devo assolutamente fare prima di cena». Poi, allungando gli occhi verso il suo orologino da polso, soggiunse: «Sono quasi le cinque. Resta confermato che ci troveremo per lei sei e mezzo, vero?»

«Certamente. A meno che tu non voglia anticipare un po' l'appuntamento. Ascolta, perché non vieni a raggiungerci anche adesso?» Lui insistette, e cercò di nuovo di costringerla ad avviarsi verso il salone.

Meredith disse sottovoce: «Per favore, Reed, non fare una scena proprio qui. Non posso venire a prendere il tè. Ho un certo numero di telefonate da fare e devo cambiarmi per uscire a cena».

Lui le mollò bruscamente il braccio e indietreggiò di qualche passo. «Molto bene», disse con un tono di voce che, di colpo, era diventato lagnoso e pieno di malanimo. «Mi raccomando, non metterti troppo in ghingheri. Stasera ho intenzione di portarti a scorrazzare nei bassifondi!»

Rivolgendogli un sorriso ambiguo, Meredith mormorò: «Ci vediamo fra poco, Reed». E senza lasciargli la possibilità di soggiungere qualcosa, girò rapidamente sui tacchi avviandosi a passo lesto verso l'ascensore.

Non appena si ritrovò nella sua suite, tolse la mantella e sbottonò la giacca del tailleur pantalone color avorio, poi passò subito in camera da letto. Spalancando le ante dell'armadio, rimase a contemplare i vestiti che vi aveva appeso e finalmente si decise a scegliere un tailleur pantalone nero per uscire a cena. Ma intanto, nel segreto del suo cuore, rimpiangeva di aver fatto la conoscenza di Reed Jamison.

6

ALLE sei e mezzo in punto sentì bussare. E capì che poteva essere soltanto Reed Jamison.

Uscendo dalla camera da letto e attraversando il salottino, Meredith continuò ad allacciare i bottoni della giacca e si sforzò di atteggiare il suo viso a un'espressione amabile imponendosi di sorridergli garbatamente, prima di aprire la porta.

«Spero che non sia troppo presto», disse Reed, baciandola su una guancia.

«Sei puntualissimo», rispose Meredith, e poi si tirò indietro per farlo entrare. «Vado a prendere la borsetta e il mantello e possiamo uscire.»

«Oh, ma è troppo presto per il ristorante, tesoro! Perché non beviamo qualcosa qui, prima?» Intanto aveva posato il soprabito su una poltrona e, facendo qualche passo, era venuto a fermarsi al centro del salottino. Dopo aver girato rapidamente gli occhi intorno a sé, si avviò verso il camino, appoggiandosi alla mensola in un atteggiamento pieno di morbida eleganza.

«Va bene», disse Meredith, sforzandosi di mostrarsi affabile anche se non poteva fare a meno di rimpiangere, dentro di sé, che Reed avesse avuto il tempo di salire a prenderla nella suite. A dir la verità, si aspettava che le telefonasse dall'atrio dell'albergo. Premendo il bottone del campanello per chiamare il cameriere del piano e schiarendosi la gola, Meredith gli domandò: «Che cosa gradisci?»

«Uno Scotch e soda, grazie, mia cara.»

«Dove andiamo a cena?» gli domandò ancora, cercando qualche argomento di conversazione che non fosse particolarmente impegnativo.

«Ah-ah, sarà una sorpresa!» esclamò lui.

«Dicevi che stavi pensando di portarmi a scorrazzare per i quartieri malfamati della città!»

«Voglio portarti in uno splendido ristorante cinese. Però è un po' fuori dal solito giro e non tutti lo conoscono. Ma ti piacerà. Ha un incredibile colore locale; quanto a quello che si mangia, è il meglio, in senso assoluto a Londra in fatto di cucina cinese. Per di più è anche genuina... non quella robaccia imbastardita che ti servono nei ristoranti di lusso del West End!»

«Non vedo l'ora di provarlo», mormorò lei e poi si avviò verso la piccola anticamera della suite, perché il cameriere aveva bussato e doveva aprirgli la porta. Dopo aver ordinato i drink, Meredith tornò a sedersi vicino al camino.

Guardandola intensamente e cambiando lievemente posizione, per protendersi un poco verso di lei, Reed disse: «Ti confesso che mi lasci un po' sconcertato. E anche deluso, tesoro».

«Oh?», lo fissò Meredith con aria interrogativa. «Perché non ho voluto fermarmi giù, nel salone, a prendere il tè e a conoscere i tuoi amici?»

«No, no, assolutamente no! Quello non aveva la minima importanza. Ma sono rimasto un po' meravigliato che tu andassi a pranzare con Patsy, quando ti avevo invitato a venire da me.»

Meredith fu colta alla sprovvista. «Ma, Reed, Patsy e io avevamo un mucchio di questioni di lavoro di cui parlare! Te lo avevo già detto la settimana scorsa, quando ero ancora a New York, che in questo viaggio ho una quantità di problemi di cui occuparmi, e...»

«Oh, insomma!» lui la interruppe con una risata sardonica, «Sono sicuro che avresti potuto risolvere per telefono tutto quello che avevi da discutere con Patsy.»

«E invece, no. Niente affatto!» ribatté subito lei, con voce più alta del solito, tanto era esasperata. Reed la irritava in un modo incredibile; per l'ennesima volta si stava rendendo conto che lui, tutto sommato, non prendeva sul serio il suo lavoro. Facendo uno sforzo per non mostrarsi spazientita, riprese a parlare in tono più pacato: «Avevamo questioni di affari da discutere, e ci tenevo molto a vederla».

«Ma non ci tenevi a vedere me.»

«Reed, non essere...»

Bussarono forte alla porta e il cameriere entrò con un vassoio sul quale c'erano le loro bibite. Meredith si alzò, lo ringraziò, e gli mise in mano, come mancia, un po' delle monete che teneva in un portacenere appositamente per quello scopo. Dopo aver servito a Reed il suo Scotch, prese in mano il proprio bicchiere e andò a sedersi sul divano.

«Salute», disse Reed, bevendo una lunga sorsata di Scotch e soda.

«Salute.» Meredith si bagnò appena le labbra e posò subito il bicchiere sul tavolino di fronte al divano. Quella sera non provava il minimo desiderio di bere.

Reed la fissò di nuovo; stavolta stava sorridendo.

Lei si sentì molto sollevata al pensiero che il momento di imbarazzo ormai era passato. E le sembrò che Reed, quella sera, fosse un po' meno imbronciato, un po' meno di cattivo umore rispetto al solito. In ogni caso era senz'altro più di buon umore di poco prima, quando lo aveva incontrato nell'atrio dell'albergo.

«Hai già informato Patsy del fatto che intendi trasferirti a Londra entro i prossimi mesi?» le domandò.

Meredith lo guardò a bocca aperta per la meraviglia. «Che cosa ti fa dire una cosa del genere, Reed? Io non ho intenzione di trasferirmi in nessun posto.»

«Quando sono venuto a New York in novembre mi avevi lasciato capire in modo più chiaro di aver l'intenzione di trasferirti a Londra.»

«No, niente affatto.»

«Oh, Meredith, come puoi dire una cosa del genere! Ti avevo praticamente fatto una proposta di matrimonio, ti avevo anche spiegato come diventasse sempre più difficile per me andare ancora avanti a questo modo, che non potevamo continuare una relazione separati dall'Oceano! Mi pareva di essere stato molto chiaro, quando ti avevo detto che ti volevo qui con me. È il mio più grande desiderio. E ricordo che tu hai accondisceso senza sollevare obiezioni.»

«Reed, ma non è vero. Non ho fatto niente del genere!»

«E invece sì, che l'hai fatto!»

«Te lo sei immaginato, Reed. Mai e poi mai, nel modo più totale e assoluto, posso averti indotto a credere una cosa simile.»

Lui la fissò incredulo, mentre un improvviso lampo di collera gli illuminava gli occhi scuri. «Ricordo perfettamente di averti detto che avevo bisogno di averti qui con me a Londra. E tu hai acconsentito a venire.»

Meredith non ricordava niente di tutto quello e stava per dirglielo quando Reed venne a sedersi sul divano, di fianco a lei.

«Cosa c'è che non va, tesoro? Qualcosa non ti soddisfa? Perché ti stai comportando in questo modo?» le domandò, facendosi più vicino e allungando un braccio lungo lo schienale del divano, dietro di lei. «Non fare la difficile, mia cara! Sai benissimo quello che provo per te. Ho bisogno di te, Meredith, e ho bisogno di te qui. Non a New York, ma qui a Londra, a vivere con me. Te l'ho detto quando sono venuto negli Stati Uniti ed ero partito dal presupposto che tu accettassi di liberarti dei tuoi impegni di lavoro per trasferirti qui il più presto possibile. Per sistemarti stabilmente con me.»

cietà richiede moltissimo impegno e moltissimo tempo da parte mia.»

«Oh non continuare con questa solfa, Meredith! Non riesco a pensare, neanche per un momento, che tu sia una classica, accanita, donna in carriera, come vorresti farmi credere! Io non potrei amare quel genere di donna. Mentre, invece, ti amo.»

Meredith continuò a tacere.

Lui ripeté: «Ti amo».

«Oh, Reed, se tu sapessi come mi dispiace... ma io non provo lo stesso sentimento nei tuoi confronti.»

«Non è quello che mi hai fatto credere», mormorò lui socchiudendo gli occhi.

«Confesso di essermi infatuata di te l'autunno scorso. È verissimo. Ma è stata un'infatuazione, niente di più profondo, niente di più duraturo. Non posso impegnarmi in qualcosa di diverso con te. Non posso, e basta.»

«È stato così bello quello che abbiamo avuto, Meredith. Perché adesso mi dici queste cose?»

Dopo aver respirato a fondo, Meredith decise di gettarsi allo sbaraglio. «Ho cominciato presto a capire che tu non prendi molto seriamente la mia vita. Non la mia vita privata, la mia vita familiare con i figli, e sicuramente non la mia vita lavorativa. Non sono disposta a dimenticare che esistono i miei figli, per amor tuo, come – se vuoi proprio saperlo – non farei per nessun altro. Credimi! E non rinuncerò mai al mio lavoro. Ho dedicato troppi anni e troppo impegno alla mia società.»

«Devo confessare che sei una delusione per me, Meredith. Non ti trovo all'altezza delle mie aspettative», ribatté Reed, con un tono di voce che era improvvisamente diventato gelido e un po' sprezzante. «Proprio per niente. Ti credevo del tutto diversa. Ero convinto che tu fossi una donna all'antica, che anche i tuoi valori di vita fossero all'antica. Che calcolo sbagliato ho fatto! Non riesco a credere a un simile errore di giudizio nei tuoi confronti. È incredibile da parte mia! Oppure devo dire molto più semplicemente che tu mi hai ingannato.» E alzò un sopracciglio scuro.

Lentamente, in tono glaciale, Meredith rispose: «Sai cosa ti dico, Reed? Hai proprio messo il dito su una cosa di vitale importanza. Io sento il peso di quello che tu ti aspetti da me e mi accorgo di non riuscire a sopportarlo. Ho cominciato a rendermi conto in novembre che tu sei convinto di essere la cosa più importante nella mia esistenza. Purtroppo non è così. La ragione per cui volevo vederti stasera era quella di spiegarti tutto, di mettere in chiaro quali fossero i miei sentimenti e di dare un taglio netto alla nostra relazione».

Reed Jamison era allibito. In tutti i suoi quarantun anni di vita non era mai stato respinto o abbandonato da una donna. Era sempre stato lui a por fine a un rapporto o a iniziarlo, lui che aveva controllato e manipolato, che aveva tirato i fili che facevano ballare la marionetta, che aveva sempre ottenuto quello che voleva.

Continuò a fissare Meredith con gli occhi sbarrati. Era l'unica donna che avesse mai avuto la meglio su di lui e una collera terribile lo travolse. Balzò in piedi di scatto, lanciandole un'occhiataccia. «Sono contento di aver scoperto che razza di donna sei veramente! Prima di fare il terribile sbaglio di sposarti!» urlò.

Poi, senza aggiungere una sola parola attraversò a lunghi passi decisi la stanza, afferrò il soprabito e se ne andò, sbattendo la porta alle spalle con tale violenza che il lampadario tintinnò, ondeggiando alla catena cui era appeso.

Meredith corse alla porta, la chiuse a chiave, poi vi rimase appoggiata per un attimo. Tremava da capo a piedi. Quando finalmente riuscì a calmarsi, andò alla scrivania, vi sedette e fece il numero di Patsy. Il telefono cominciò a squillare e squillò a lungo, senza fine. Stava per riagganciare, quando sentì Patsy dire: «Pronto?»

«Patsy, sono io. Reed è stato qui e gli ho detto che tutto era finito fra noi. Se ne è andato... anzi è uscito letteralmente furibondo.»

«Bene, che sollievo! Che tu glielo abbia detto, intendo. E naturalmente lui se ne è andato su tutte le furie. Non è abituato a farsi piantare in asso senza tante cerimonie. Anche quello fa parte del suo problema, capisci? È sempre stato viziato e coccolato dalle donne, ed è persuaso di essere un dono di Dio per tutte le persone di questa terra che portano una gonnella!»

«Sì, capisco cosa intendi. È il classico maschio sciovinista, per usare una frase ormai fuori moda. A ogni modo, gli va a pennello! È qualcosa che credo di aver cominciato a sospettare l'ultima volta che è stato a New York. Lui non prende seriamente né il mio lavoro, né la mia vita. È egocentrico in un modo incredibile e, tutto sommato, non riesce a immaginare che io mi rifiuti di precipitarmi qui a Londra a metter su casa con lui. Ha detto che voleva che lo sposassi.»

«Una proposta di matrimonio! Oddio! Bene, devo proprio dire che lo hai colpito molto, Meredith, cara la mia ragazza! Perché devi sapere che, dal giorno del suo divorzio da Tina Longdon, si è comportato come un pirata della strada, il classico tipo del "mordi e fuggi".»

«Non sono del tutto sicura di capire cosa questo può significare.»

«Ecco, te lo spiego: il genere di individuo che ha un atteggiamento del tipo... Amami ma come voglio io, tesoro. Alle mie condizioni. Grazie di tutto. Addio. Ecco cosa intendo, quando dico che è uno di quei tipi alla "mordi e fuggi". Qui, li chiamiamo così. Conosco parecchie donne che hanno sofferto per colpa di Reed.»

«Ma perché non me lo hai mai detto?»

«Te l'ho detto, Meredith! O perlomeno ho cercato di metterti in guardia come meglio potevo. Ti ho ripetuto che era un uomo difficile.»

«Veramente mi avevi detto che era una specie di malinconico e cupo eroe byroniano, o un'espressione più o meno simile, e io confesso di non aver mai capito proprio bene cosa tu intendessi con una definizione del genere.»

«Oh, quello è soltanto il ruolo che si è scelto, e da anni, ormai! Sotto sotto, non è altro che una posa. Però immagino che faccia sempre un certo effetto e che gli abbia permesso di ottenere molto, anzi moltissimo, dalle donne. Anche se, a dire la verità, non mi sembra proprio che abbia bisogno di cercarsi un ruolo. Anche non considerando il suo aspetto fisico, in genere è un uomo pieno di fascino, per quanto ogni tanto non sappia dominare quel suo carattere così irascibile. E quel modo di fare tanto iracondo.»

«Quello che dici è fin troppo vero. Ma tu credi davvero che le donne si lascino incantare da quel... da quel suo atteggiamento cupo e malinconico?»

«Oh sì, credo proprio. E poi, ammettiamolo, sono molte quelle che ci sono cadute. Gli occhi colmi di fuoco e di ardore, l'espressione intensa, sofferta, il modo di comportarsi così discontinuo, con quei rapidi cambiamenti di umore, possono avere una loro attrattiva. Ci sono donne che perdono letteralmente la testa per gli eroi ottocenteschi angosciati e sofferenti! La loro massima aspirazione è quella di cambiarli, di renderli felici.» Patsy tacque per qualche istante e poi soggiunse: «Non è forse stata proprio una delle cose che ti ha attirato di più in lui?»

«No», rispose Meredith, pronta. «Se vuoi che ti dica la verità, è stato soltanto nel novembre scorso, a New York, che lui è diventato così irascibile, cupo, mutevole di umore. Non so dirti quanto mi abbia dato fastidio!»

Patsy scoppiò a ridere. «Ci credo! A ogni modo, la cosa più importante è che non mi dai per niente l'impressione di aver sofferto a liquidarlo, come di dice!»

Anche Meredith rise. «Infatti! Naturalmente non posso dire di sentirmi al settimo cielo per la gioia, visto che l'ho offeso nei suoi sentimenti migliori. D'altra parte dovevo farlo; bisognava che Reed sapesse tutto. E io avevo bisogno di dare un taglio netto al nostro rapporto.»

«Me ne rendo perfettamente conto.»

«Mi è sembrato che fosse più che giusto fargli sapere, e con la massima precisione, quello che provavo nei suoi confronti. E anche il più presto possibile. È stato molto meglio farla finita in fretta, dare un taglio al nostro legame perché non si trascinasse ancora per molto. Situazioni di questo genere, di solito, si concludono soltanto con tanta amarezza!»

«Lo so bene...» esclamò Patsy. «Tony è rimasto sconvolto per il nostro divorzio per anni e anni. Me ne dà la colpa, naturalmente. Senti, vuoi venire qui a cena? Oppure potremmo uscire, se ti fa piacere, se non vuoi rimanere sola...» La voce di Patsy si spense senza concludere la frase.

«Sei gentile, ma preferisco rimanere in albergo stasera. Mi farò portare su qualcosa e preparerò le valige. Dicevi che vorresti passare a prendermi alle sei domattina, vero?»

«Sì. Mi spiace, ma dobbiamo partire presto, ci attendono almeno quattro ore di viaggio, forse tre e mezza se non troveremo troppo traffico. Passeremo un paio d'ore a Keswick e poi punteremo direttamente su Ripon. Abbiamo un mucchio di cose da fare in un giorno. Anzi, magari dovremo passare la notte a Ripon.»

«Nessun problema. E... Patsy?»

«Sì?»

«Non l'avrò ferito troppo nei suoi sentimenti, vero?»

«Può anche darsi. Non dimenticare l'effetto che gli facevi...»

«Probabilmente ho inflitto un duro colpo al suo ego, e niente più.»

«Oh, senz'altro, Meredith, ne sono certa. Credo anche che il nostro Reed, l'affascinante playboy, si fosse preso una bella sbandata per te. Sappi che questa è sempre stata la mia opinione. Beh, del resto, cosa vuoi farci, Reed ha dovuto finalmente affrontare la sua Waterloo!»

7

MEREDITH non riusciva a prendere sonno.

Per un po' non fece che girarsi e rigirarsi sotto le coperte finché, esasperata, scese dal letto, e infilata una calda vestaglia di lana, andò a sedersi sul divano del salotto. Aveva la mente sconvolta.

Non aveva chiuso le pesanti tende in velluto e il chiaro di luna filtrava attraverso le leggere tende di mussola che coprivano interamente le vetrate. La luce soffusa conferiva a tutto un alone argenteo e la stanza era colma di pace.

Meredith si lasciò andare contro i cuscini di seta del divano, pensando a Reed. Com'era stato sgradevole il loro addio! Ma, soprattutto, com'era stata sciocca lei a lasciarsi coinvolgere in quel legame. A quarantaquattro anni avrebbe ben dovuto sapere a cosa andava incontro!

Com'era sfortunata con gli uomini. Lo era stata sempre.

Ma, anche questo non era del tutto vero.

C'era stato un uomo, una volta; un uomo che era esattamente la persona giusta per lei. Ma era morto. Era morto troppo giovane. Una morte così prematura..., come avevano detto tutti. Quale verità!

La morte a trentasei anni non era un'atroce beffa divina?

Si era posta questa domanda almeno mille volte. E aveva

lottato a lungo, cercando disperatamente di capire se una morte così terribile, così prematura, potesse avere qualche significato. Non era venuta a capo di nulla. No, non aveva nessun significato. Nel modo più totale e assoluto.

Le era rimasto solo un grande vuoto.

Naturalmente c'era stata Cat, che a quell'epoca cominciava appena a muovere i primi passi, e Amelia, la povera Amelia... Avevano provato anche loro, insieme a lei, quel gran senso di vuoto, e quella disperazione... quanto avevano pianto... senza fine... lei e Amelia. Le sue donne. Le donne che lui aveva amato.

Sentirò sempre la sua mancanza, pensò Meredith, mentre la invadeva quell'antica tristezza, ormai tanto familiare, che le chiudeva la gola, con un doloroso nodo. Oh, Jack, perché sei morto? Quante volte se lo era domandata nel silenzio della mente. Ma non c'era risposta. Non c'era mai stata risposta. Non una sola volta, in ventidue anni, l'aveva trovata.

E quante volte si era chiesta quando avrebbe incontrato un altro uomo come Jack. Non le sarebbe mai più successo, ormai lo sapeva, perché gli uomini come lui erano rari, anzi rarissimi. E non erano liberi. Jack si era innamorato prestissimo, nella sua vita, quando aveva soltanto ventidue anni. E aveva sposato l'amore della sua giovinezza, Amelia. Poi, un terribile giorno, lei era stata sbalzata da cavallo. A quell'epoca aveva soltanto venticinque anni, ed era incinta. Aveva perduto il bambino ed era rimasta segnata per il resto della sua esistenza – un'invalida imprigionata su una sedia a rotelle. Ma lui l'amava; avrebbe sempre amato, protetto e circondato di premure Amelia, e lei sarebbe sempre stata sua moglie; questo lo aveva detto a Meredith. E lei aveva capito. Aveva amato Amelia come Amelia aveva amato lei, Jack e Cat. Aveva voluto bene anche alla bambina. Amelia aveva dato la sua benedizione, silenziosa e sorridente come al solito; aveva lasciato capire che approvava, ed era piena di gratitudine per il loro affetto, la loro gentilezza e la lealtà.

Jack.

Biondo, occhi azzurri, abbronzato. Rapido e scattante nei movimenti, pieno di energia. E di buon umore. Così bravo a raccontare frottole incredibili, e a ridere. Così vitale. Nessuna meraviglia che si fosse innamorata di lui immediatamente, la prima volta che lo aveva visto. Un coup de foudre.

Quanto tempo era passato, ormai.

Maggio del 1969.

Lei aveva appena compiuto diciotto anni.

Meredith chiuse gli occhi. Dietro le palpebre vedeva ancora il suo volto. Ricordava perfettamente tutto quel che le era passato per la mente quel giorno, mentre lo guardava, letteralmente ipnotizzata dai suoi occhi.

Che splendido viso per un uomo, aveva pensato, e che bocca espressiva, e che occhi straordinari! Di un azzurro talmente stupendo. Brandelli di cielo, aveva pensato allora. Sì, i suoi occhi sembravano brandelli di un cielo estivo.

Questa notte, dopo tanti anni, Meredith riuscì a rivedere com'era in quel pomeriggio di maggio... e le balenarono davanti agli occhi le immagini di loro tre. Com'erano limpide... com'erano vivide e nette... lei, Jack e Amelia.

I decenni trascorsi erano dimenticati. A Meredith sembrò di tornare vertiginosamente indietro nel tempo... di scivolare nel passato.

«In cosa posso esserle utile?» domandò cortesemente il giovane, alzandosi dai gradini, levandosi gli occhiali da sole dalla montatura in tartaruga e guardandola con attenzione.

Meredith ricambiò il suo sguardo. «Sto cercando un certo signor Silver», rispose, balzando giù dalla bicicletta e rischiando di cadere con quel movimento brusco, improvvisamente si sentì confusa: di colpo si accorse di provare imbarazzo di fronte a quel bell'uomo, così curato ed elegante:

pantaloni grigi e maglione di *cashmere* blu scuro, sopra una camicia azzurra.

L'uomo avanzò e le si avvicinò tendendole la mano. «Beh! lo ha trovato», fece. «Il signor Silver sono io.»

«Il signor Jack Silver?» gli domandò Meredith, stringendogli la mano.

Lui fece segno di sì. «Precisamente. E sono anche l'unico signor Silver vivo e vegeto. Almeno, a quanto ne so. Gli altri sono tutti là.» E le indicò un appezzamento di terreno alle sue spalle.

Lei seguì la direzione del suo sguardo e vide, a destra di un boschetto, un piccolo cimitero cintato da un muro. «Ha un cimitero privato?» gli domandò, palesando una certa rispettosa curiosità.

Lui rispose con un altro cenno di assenso; ma aveva un'espressione interrogativa sul viso domandandole: «In cosa posso esserle utile?»

«Sono qui perché ho letto quell'annuncio sul giornale... per una *receptionist.*»

«Oh sì..., certo..., ma con chi sto parlando, io?»

«Sono Meredith Stratton.»

«Bene. Salve, Meredith Stratton. Piacere di fare la sua conoscenza!» esclamò l'uomo, porgendole un'altra volta la mano. «Sono veramente felice di conoscerla, Meredith Stratton!»

Prese la mano che il signor Silver porgeva e la strinse una seconda volta.

Lui la trattenne. Poi le sorrise – fu uno splendido sorriso, caloroso, che scopriva denti bellissimi. Spiccavano candidi sul viso abbronzato.

Meredith sorrise a sua volta. Quell'uomo le piaceva. Poi lui scoppiò a ridere senza un motivo apparente.

Meredith lo imitò, subito affascinata da quell'uomo che non aveva mai visto in vita sua.

Sempre tenendola per mano, lui la condusse, ancora aggrappata alla bicicletta, ai gradini che portavano alla porta d'ingresso, sui quali era rimasto seduto fino a poco prima. «Entri, ma temo che dovrà lasciare fuori il suo mezzo di trasporto», le disse, e scoppiò in un'altra risatina.

Meredith assentì, gli occhi illuminati dal lampo di un sorriso, e poi sciolse la mano dalla sua stretta, per appoggiare la bicicletta contro la balaustra della veranda.

«Bella, la sua bicicletta.»

«Non è mia, me l'hanno prestata. Era l'unico mezzo che avevo per arrivare fin qui.»

«E da dove viene?»

«Da New Preston. È lì che viviamo, un po' più su del lago Waramaug.» Poi girò la testa, concentrando lo sguardo sul laghetto in fondo a un pendio erboso e a un giardino fiorito. «Ha un bel lago anche lei», mormorò.

«Si chiama Silver Lake», le spiegò il giovane. «Fino a pochi anni fa, aveva un nome indigeno. Cioè, voglio dire, fino a poche centinaia di anni fa. Si chiamava Wappaconaca. Ma un mio antenato acquistò questi terreni e la gente del posto prese l'abitudine di chiamarlo Silver Lake, dal suo nome. Così poi gli è rimasto. E questo, naturalmente, è *Silver Lake Inn*, il piccolo albergo costruito nel 1832 da quello stesso antenato... per essere esatti centosessantatré anni fa.»

Meredith rimase immobile per un attimo a contemplare il piccolo albergo. «È una stupenda costruzione antica.»

«Su, entri. Voglio che faccia la conoscenza di Amelia.»

Nello stesso istante in cui varcò la soglia del piccolo albergo di campagna, Meredith si rese conto che era un posto del tutto particolare. Le pareti erano di un bel rosa pallido, delicatamente screziato, e davano un'immediata sensazione di serenità, come a incoraggiare pensieri e sentimenti lievi e piacevoli. Il pavimento era talmente lucido che brillava come uno specchio; un antico cassettone di legno intagliato, due seggiole dall'alto schienale rigido e un piccolo scrittoio erano chiaramente d'epoca – perfino lei, con il suo occhio inesperto, li giudicò rari e preziosi.

Dappertutto c'erano fiori freschi in alti vasi di cristallo e bulbi che crescevano in ciotole di porcellana; ne sentì la fragranza, un miscuglio di profumi di mimosa, giacinti, narcisi che si confondevano con quello della cera d'api, dei limoni, delle rose secche, e delle mele che cuocevano nel forno.

Mentre si guardava intorno con occhi sgranati, osservando tutto, Meredith fu colta da meraviglia e da un vago timore reverenziale. Ma, nello stesso tempo, era anche pervasa da una certa sensazione di piacere e di eccitazione – come mai aveva provato, in tutta la vita. Nel segreto del suo cuore pregò di ottenere quell'impiego. Gettando lo sguardo su un piccolo scrittoio antico sul quale erano posati un telefono e una lampada di porcellana con un paralume di seta, non poté fare a meno di pensare quanto sarebbe stato bello sedere in quel piccolo atrio, fare la *receptionist*, accogliere gli ospiti... Indubbiamente era una prospettiva ben più attraente che lavorare come *au pair*, come aveva fatto fino a quel momento, occupandosi sempre di bambini... anche se i bambini le piacevano molto.

Jack la precedette imboccando un breve corridoio e aprì una porta in fondo. Una donna sedeva alla scrivania, volgendo le spalle alla porta; stava guardando fuori dalla finestra.

«Amelia», disse Jack «finalmente abbiamo una candidata. Per il lavoro di receptionist».

La donna si voltò lentamente e Meredith si accorse subito che sedeva su una sedia a rotelle. Ricambiando lo sguardo attento e penetrante della giovane donna, rimase con il fiato sospeso. La sua bellezza incantava. Capelli scuri, divisi al centro, scendevano folti intorno al volto pallido, a forma di cuore. Gli zigomi alti, stupendi, la fossetta sul mento e la bocca sensuale non erano niente paragonati agli occhi di un incredibile verde intenso, evidenziati dall'arco perfetto delle sopracciglia. Sembra la protagonista di *Via col vento*, fu il suo primo pensiero.

Amelia disse: «Lei ha un'aria un po' strana. È sicura di sentirsi bene?»

Meredith si accorse di fissarla con troppa attenzione ed esclamò: «Oh sì, sto bene. Mi scusi. Mi spiace di averla fissata a quel modo. È molto poco cortese da parte mia». Le parole le uscirono d'impeto dalle labbra e poi, giovane e ingenua, continuò a parlare d'istinto, senza riflettere: «Lei è così bella. Sembra proprio Vivien Leigh in *Via col vento*. Non gliel'ha mai detto nessuno?»

«No, nessuno. Grazie. È un bellissimo complimento», rispose Amelia con un sorriso e poi scambiò uno sguardo divertito con Jack.

Jack si schiarì la gola e prese in mano la situazione. «Amelia, tesoro, posso presentarti la signorina Meredith Stratton? Signorina Stratton, questa è mia moglie, la signora Amelia Silver.»

Meredith attraversò la stanza dal pavimento di legno lucido e strinse la mano esile della donna, poi indietreggiò lentamente, sempre stupita e commossa da una bellezza tanto perfetta.

«La prego, si accomodi, signorina Stratton», mormorò Amelia. «Si metta a suo agio.»

«Grazie.» Meredith sedette lentamente su una poltrona, aggiustando sulle ginocchia la gonna di cotone. «Mi sentirei molto meglio se mi chiamasse Meredith, signora Silver. Quel signorina Stratton mi sconcerta un po'.»

Di nuovo un lieve sorriso comparve per un attimo sulle belle labbra di Amelia. «Sarei felicissima di chiamarla per nome e di darle del tu.»

Jack, che aveva preso posto sul sedile nel vano della finestra, di fianco alla moglie, osservò: «Meredith viene da New Preston. O, perlomeno, di lì è arrivata in bicicletta questo pomeriggio». Continuando a parlare, si rivolse direttamente a Meredith: «Ma, lei è australiana di origine, vero?»

La ragazza annuì. «Di Sydney. Ma come ha fatto a capirlo? Oh, il mio orribile accento quando parlo, è stato quello, vero?»

«Non è orribile», disse Amelia. «Però la sua voce un po' nasale indica subito la provenienza australiana. Ma, mi dica, quando è venuta ad abitare nel Connecticut?»

«L'anno scorso. A luglio sarà un anno. Sono venuta con i Paulson, una famiglia americana che ho conosciuto a Sydney. Il signor Paulson lavora per un'agenzia di pubblicità, e io lavoravo per loro come *au pair*.»

«E adesso vuole lasciarli. Possiamo sapere per quale motivo?» provò a indagare Jack.

«Voglio cambiare lavoro, signor Silver. Ma le cose sono un po' più complicate, a dire la verità. Il signor Paulson è stato trasferito di nuovo, stavolta in Sudafrica, e sta per partire con la famiglia per Johannesburg. Mi hanno chiesto di andare con loro, ma io non voglio. Voglio vivere negli Stati Uniti. Non voglio andarmene mai più dal Connecticut. È il posto più bello che io abbia mai visto.»

«Ma... e la sua famiglia? I suoi genitori rimasti in Australia? Come pensa di sistemare le cose?» Amelia sembrava un po' perplessa. «Sono sicura che la rivorranno a casa, no?»

«Oh, no, niente affatto... cioè voglio dire... ecco, vede... loro sono... morti. Sono morti, sì. In un... incidente d'auto. Quando avevo dieci anni.» E Meredith annuì quasi a confermare quello che stava raccontando. «Quando avevo dieci anni.»

«O povera figliola!» esclamò Amelia. E la sua espressione cambiò di nuovo, mostrando comprensione e simpatia. «Che cosa orribile! L'avrà lasciata con il cuore spezzato! E laggiù, non ha nessun altro? Nessun parente?»

«No, non c'è nessuno.»

«Ma dev'essere terribile trovarsi così sola al mondo!» Amelia voltò la poltrona in modo da trovarsi a faccia a faccia con Jack. «Non è triste, tesoro?»

«Sì, certo.»

«Quanti anni ha?» le domandò ancora Amelia, rivolgendole un caldo sorriso di incoraggiamento.

«Diciotto. Ho compiuto diciotto anni all'inizio di maggio.»

Jack disse: «Mai lavorato come *receptionist*? Non ha nessuna esperienza di lavoro in albergo?»

«No, però sono brava a trattare con le persone. O, perlomeno, così dice la signora Paulson. E in questi ultimi due anni l'ho anche aiutata a tenere in ordine i conti di casa, il libretto degli assegni, e cose del genere. Mi ha perfino insegnato un po' di ragioneria. Dice che ho le qualità adatte per questo tipo di lavoro, signor Silver. Se crede, può telefonarle quando vuole. È anche disposta a darle una lettera di referenze. Sarà pronta questo pomeriggio, più tardi. Posso portargliela stasera stessa, se crede.»

«Non sarà necessario», disse Amelia per tagliar corto, e poi rivolgendosi a Jack, soggiunse: «Credo che dovresti parlare subito di Meredith alla signora Paulson. In questo preciso momento. Non le dispiace, Meredith, se le telefoniamo adesso?»

«No di certo. Sarà a casa, a preparare i bagagli. Anzi credo che più o meno si aspetti una telefonata da parte loro.»

«Qual è il numero, Meredith?» le domandò Jack avvicinandosi alla scrivania per sollevare il ricevitore del telefono.

Glielo disse; e Jack lo compose. Dopo pochi attimi parlava con la signora Paulson o, meglio, la stava a sentire. Diceva molto poco e sembrava che non riuscisse a inserire neanche una parola ogni tanto, in quel profluvio di parole.

Amelia taceva, al suo posto, in attesa che il colloquio si concludesse.

Meredith tenne le mani strette convulsamente in grembo, perché tutto d'un tratto si sentì ansiosa, tesa. Anche se sapeva che la signora Paulson avrebbe detto le cose giuste, non poteva fare a meno di essere preoccupata. Questo lavoro, per lei, era importante.

Quando finalmente poté riattaccare, Jack disse a Meredith: «Non ha fatto che elogiarla, dice che lei è una ragazza intelligente, diligente e onesta, una gran lavoratrice... e mi ha anche confermato che si è occupata dei bambini molto bene». Meredith si fece raggiante e si tranquillizzò. Poi guardò Amelia con aria piena di aspettativa.

Amelia disse: «È bello avere la conferma che la signora Paulson la giudica così bene».

«Certamente. E poi mi ha anche detto che verrebbe a parlarle», propose Meredith. «Avrebbe piacere di conoscerli.»

Jack tornò a sedersi nel vano della finestra, come prima. Poi disse ad Amelia: «Proseguendo, la signora Paulson è molto dispiaciuta di perdere Meredith, però capisce le sue ragioni, se vuole rimanere nel Connecticut. E, in ogni caso, è persuasa che Meredith sia tagliata per qualcosa di meglio di quello che ha fatto finora». Poi, rivolto a Meredith: «Dice che ha lavorato con molto impegno ed è stata molto brava con i suoi bambini. A quel che pare, le vogliono un gran bene!»

«E io voglio bene a loro», replicò Meredith. «Ne sentirò la mancanza, signor Silver, ma non voglio andare in Sudafrica.»

«Non mi sento di criticarla, se vuole rimanere nel Connecticut», mormorò Amelia. «I Litchfield Hills, in particolare, sono stupendi. E allora, quando pensa di poter cominciare?»

«La settimana prossima.» Meredith si mise a sedere un po' più dritta e passò rapidamente con gli occhi da Amelia a Jack. «Allora ho ottenuto l'impiego?»

«Sì», disse Amelia. «La raccomandazione della signora Paulson è superlativa, e per noi è più che sufficiente. Non credo che riusciremmo a trovare nessuno migliore di lei, Meredith. Non sembra anche a te, Jack?»

«Sì, sono pienamente d'accordo. Però, e tu lo sai, c'è un piccolo problema.»

«E quale sarebbe, Jack carissimo?»

«Dove abiterà Meredith?»

Sorpresa da queste parole, Meredith guardò i Silver a bocca aperta. «Qui nell'albergo!» esclamò. «L'annuncio del giornale diceva: Vitto e alloggio potranno essere forniti su richiesta. Altrimenti io non mi sei presentata per questo lavoro. Ed era anche la cosa che piaceva alla signora Paulson... che io potessi vivere qui con voi, all'albergo. Che non dovessi cercarmi un alloggio fuori, e stare da sola.»

«Effettivamente noi abbiamo una camera; però è su, in soffitta», le spiegò Jack. «Non è molto bella. L'unica buona camera da letto per il personale è quella occupata dalla vicegovernante. A dir la verità, per quel che riguarda gli alloggi per il personale, siamo un po' a corto.»

«Non importa se la camera è in soffitta», disse Meredith, improvvisamente terrorizzata al pensiero che quell'impiego le sfuggisse dalle mani. «Lo giuro!»

«La nostra speranza era di trovare una *receptionist* che abitasse qui nelle vicinanze e venisse a lavorare durante la giornata», sorrise Amelia. «Ma nessuno si è fatto vivo! Eppure l'annuncio ormai è sul giornale da parecchie settimane. Fino a oggi, naturalmente, quando si è presentata lei!» E Amelia rivolse a Jack un lungo sguardo indagatore. «Forse potremmo rendere un po' più presentabile quella camera, facendola ridipingere e tappezzare. Potremmo metterci qualche bel mobile, renderla un po' più elegante e accogliente. Fra l'altro, non bisogna dimenticare che è piuttosto spaziosa.»

«Io non so se...», cominciò Jack, ma si interruppe subito perché si era accorto che sulla faccia di Meredith era apparsa un'espressione avvilita. Prendendo una decisione improvvisa, si alzò in piedi di scatto. «Lasci che le faccia vedere la camera.» E rivolgendosi a sua moglie, spiegò: «Secondo me, dovrebbe essere Meredith a giudicare se quella camera le va bene, o no. Sentiamo un po' cosa ne pensa!»

«Hai perfettamente ragione. Vada di sopra con Jack, Meredith. L'accompagnerà lui all'ultimo piano.»

Pochi minuti più tardi Meredith e Jack si trovavano in quella che era la vera e propria soffitta dell'albergo. Meredith provò un gran sollievo quando si accorse che c'erano anche due piccole finestre, i classici abbaini, e che la camera era effettivamente molto grande, proprio come Amelia aveva detto. Si mise a girellare qua e là, la guardò ben bene e poi disse a Jack Silver: «Ma a me piace moltissimo! È strana, simpatica. Riuscirò presto a renderla accogliente. Non si preoccupi, starò benissimo quassù».

Jack si limitò a rispondere con un cenno di assenso, poi ridiscesero insieme.

«Beh, cosa ne pensa, cara?» domandò Amelia, alzando un sopracciglio con aria interrogativa quando li vide entrare.

«È decisamente insolita, signora Silver, ma per me andrà benissimo. La renderò comoda e accogliente. Vuole che cominci la settimana prossima?»

«Se fosse possibile... Aspetto proprio con impazienza il suo arrivo, Meredith, sa?»

«Anch'io. E porterò con me le referenze.»

«Come vuole. Per il momento, arrivederci», disse Amelia e poi andò con la sedia a rotelle dietro la scrivania. «Devo tornare a questo noiosissimo lavoro di ufficio, che ultimamente mi hanno scaricato addosso.»

Jack e Meredith uscirono. Jack la seguì sotto la veranda, quando lei cominciò a scendere i gradini. «Al momento non abbiamo molto da fare, qui all'albergo», le confidò, «ma le cose cambieranno nel giro di un paio di settimane. Quando pensa di poter venire?»

«Lunedì. Cioè fra quattro giorni. Va bene per lei, signor Silver?»

«Certo. Benissimo. Mi toglierà un gran peso dalle spalle, mi creda! E, così, potrò dedicarmi ad altri lavori dei quali adesso si sta occupando Pete O'Brien al posto mio. È l'amministratore della proprietà. In questo periodo non sa più a che santo votarsi; letteralmente! Anche Amelia si sentirà più tranquilla, non appena avremo sistemato lei. A volte si stanca talmente! E per quanto io mi sia dato da fare, non sono riuscito a trovare nessuno che potesse aiutarla un po'.»

Meredith fece un cenno di assenso, facendogli capire che si rendeva conto della situazione e che riusciva a identificarsi con i loro problemi. «Dev'essere difficile. Ma non si preoccupi, signor Silver, potrò aiutarla anch'io a sbrigare il lavoro d'ufficio. Anzi le assicuro che mi piacerebbe molto farlo nel tempo libero.» Gli diede un'occhiata, sembrò incerta per un attimo e infine gli domandò a bassa voce: «Potrei sapere con esattezza cosa è successo alla signora Silver? Perché è sulla sedia a rotelle?»

«Amelia ha avuto un incidente mentre era a cavallo, undici anni fa. La sua spina dorsale è rimasta danneggiata. E da quel giorno è paralizzata dalla vita in giù.»

«Che orrore! Come mi spiace... È così bella!»

«Sì, è vero... ed è bella anche dentro, mi creda. È una bravissima persona, Meredith. Dico sul serio. La migliore che io abbia mai conosciuto. Così coraggiosa, così paziente...»

Ci fu un breve silenzio e poi Meredith disse: «La ringrazio per avermi dato l'impiego. Le giuro che non la deluderò. E mi metterò d'impegno, lavorerò sodo».

«Ne sono sicuro.»

Meredith si avviò a prendere la bicicletta; poi, tutto d'un tratto, girando di colpo su se stessa, rimase immobile a guardare il piccolo lago. Riusciva a intravederlo fra gli alberi, la superficie luccicante sotto il sole del tardo pomeriggio. «Avete molti animali e piante selvatiche al lago?» si decise a domandare, infine, con una voce stranamente malinconica.

«Certo, e per tutto l'anno. Sono ben felice di dirlo! Probabilmente c'è qualche stormo di uccelli anche adesso. Anatre, e soprattutto oche del Canada. Vuole che andiamo a dare un'occhiata?»

Meredith acconsentì e andò a prendere la bicicletta che portò a mano in mezzo a loro.

Dopo un po' Jack disse: «Le piace andare in bicicletta?»

«Qualche volta. Perché?»

«Io ne ho una, e spesso la uso per girare nella tenuta. Non posso dire di conoscerla palmo a palmo, perché sono ben centocinquanta acri, ma ho fatto il possibile per ispezionarla come meglio potevo. E c'è molto da vedere. In gran parte, tutte cose interessanti.»

«È una tenuta molto grande, vero?»

«Sì, ma non è certo grande come alcune regioni dell'interno dell'Australia, scommetto!»

Lei rise. «L'unica parte dell'Australia che conosco io è Sydney.»

Lui si strinse nelle spalle. «In ogni caso resta sempre un paese molto grande.»

«Sì, certo. E tutta questa tenuta è sua, signor Silver?»

«Sì. Il mio bis-bis-bisnonno, Adam Silver, e sua moglie Angharad, l'acquistarono nel 1832, come le dicevo. Costruirono il piccolo albergo, la casa adiacente, quella in cui abitiamo Amelia e io, e poi diverse altre piccole costruzioni che si trovano qua e là nella tenuta. E, naturalmente, fin da quei giorni è sempre stata la nostra famiglia a mandare avanti l'albergo.»

«Una catena ininterrotta», disse lei, mentre nella sua voce si insinuava di nuovo una nota di timore reverenziale.

Jack si limitò ad annuire.

Continuarono a camminare affiancati, imboccando un largo sentiero che tagliava attraverso i prati verdi e il giardino, dove i fiori stavano cominciando a sbocciare, e si fermava al bordo del lago.

«So che si chiama Silver Lake perché questo è il vostro nome, però bisogna dire che effettivamente il lago è proprio come l'argento. E com'è calmo!»

Meredith si appoggiò al manubrio della bicicletta facendo

ombra agli occhi con una mano. «Mi è sempre piaciuto vivere vicino all'acqua, almeno fin da quando posso ricordare. Non so perché, ma mi fa sentire...» Tacque, perché si era accorta di non saper come concludere quello che stava dicendo. Le mancava la parola giusta per descrivere la sua commozione, i sentimenti che provava.

«Che cosa le fa provare, Meredith?»

«Non lo so con sicurezza... non sono mai riuscita a definire con precisione il sentimento che mi suscita.»

«Felicità? Contentezza? Sicurezza? Non può che essere un sentimento buono quello che prova, altrimenti non le piacerebbe trovarsi così vicino all'acqua!»

«È vero. Suppongo che mi faccia sentire... beh, tutte le cose che lei ha appena detto. Ma a volte mi sento anche triste come se avessi perso qualcosa... qualcosa di prezioso. E l'acqua me la fa tornare in mente.»

Lui non le diede alcuna risposta ma si limitò a scrutarla più attentamente, prima di riportare il suo sguardo sul lago. D'un tratto le indicò qualcosa, gridando eccitatissimo: «Oh, guardi! Laggiù! Ecco l'airone azzurro che torna ogni primavera. Riparte in volo dopo pochi giorni e raramente torna qui, al nostro lago, fino all'anno successivo. È meraviglioso. E sono sicuro che è sempre lo stesso uccello».

«Che strano! Non riesco a immaginare per quale motivo lo faccia. Se io fossi un uccello non vorrei mai lasciare Silver Lake. Vorrei vivere qui per sempre, per sempre... È così bello!»

Jack Silver adesso si era messo a guardarla con gli occhi sgranati, colpito da quelle parole, che lei aveva pronunciato piano piano.

Meredith incrociò il suo sguardo. E rimase letteralmente sconcertata dalla sua intensità. Jack continuava a fissarla con occhi nei quali stava a poco a poco affiorando un'espressione che le riusciva indecifrabile. E intanto si accorgeva di non riuscire a distogliere i suoi, di non riuscire a girare la testa dall'altra parte...

Fu Jack a spezzare l'incanto che pareva sorto fra loro. Tutto d'un tratto disse in tono quasi brusco: «Sono lieto che lei sia venuta a lavorare al *Silver Lake Inn*, Meredith. Ho la sensazione che le cose andranno bene. Amelia la trova simpatica. Io la trovo simpatica. Spero sinceramente che anche noi le riusciremo simpatici.»

«Senz'altro, signor Silver. E... se sapesse come sono contenta anch'io di venire qui a lavorare!»

Tornarono verso il piccolo albergo in silenzio, per qualche minuto assorti tutti e due nei loro pensieri.

«Ci vediamo lunedì, signor Silver», disse Meredith, salendo sulla bicicletta e cominciando a pedalare.

«Chiamami Jack!» lui le gridò dietro.

«Va bene, lo farò», gli rispose Meredith voltandosi leggermente e salutandolo con la mano prima di scomparire, giù per il lungo viale d'accesso.

Jack rimase a seguirla con lo sguardo fino a quando non riuscì più a vederla. Era sbalordito perché si era accorto che gli dispiaceva vederla andar via. Non voleva. C'era qualcosa che lo attraeva in modo incredibile in quella ragazza, così fresca e dolce e tanto bella... Anche se era convinto che non si fosse assolutamente accorta, almeno fino a quel momento, di essere tanto bella. Non lo sapeva di sicuro! Come non doveva assolutamente rendersi conto di fare un gran colpo con quelle gambe lunghe, i capelli castani schiariti dal sole, gli occhi verde-grigio. Si accorse di soffrire già per la sua mancanza, anche se la conosceva appena da un paio di ore. E questo lo meravigliò ancor più di quello che stava pensando, e provando.

Lo squillo insistente del telefono svegliò Meredith bruscamente. Mentre si alzava di scatto per andare a rispondere, si accorse di essersi addormentata sul divano.

«Pronto?»

«Buon giorno, signora Stratton. Questa è la sveglia. Sono le cinque», la informò la centralinista dell'albergo.

«Grazie», rispose lei, riappoggiando il ricevitore sulla forcella del telefono e accendendo una lampada. Con un'occhiata all'orologio si accorse che erano proprio le cinque; si meravigliò di aver passato tutta la notte sul divano senza svegliarsi nemmeno una volta. Doveva essere molto stanca. Del resto, l'ampio e soffice divano era comodo e accogliente come un letto.

Presto Patsy sarà qui, pensò, entrando rapidamente in camera da letto, togliendo la vestaglia e avviandosi verso il bagno per fare la doccia. Intanto pensava con sollievo che le valige erano già pronte. Le aveva fatte la sera prima.

Un'ora più tardi era giù, nell'atrio del *Claridge's*, ad aspettare la sua socia, che doveva accompagnarla in automobile nel nord dell'Inghilterra.

8

Era una mattina grigia, con il tempo uggioso e una densa foschia quando Patsy e Meredith si allontanarono dal *Claridge's*. Un cielo di piombo minacciava pioggia e infatti, quando Patsy imboccò l'autostrada puntando il muso della Aston-Martin in direzione nord, cadeva già un diluvio.

Meredith si appoggiò più comodamente alla spalliera del sedile, ascoltando la radio distrattamente, perché il suo cervello era concentrato sulle questioni di affari che andavano affrontate. A un certo momento chiuse gli occhi e poi, quasi contro la propria volontà, cominciò a sonnecchiare, cullata dal calduccio dell'automobile e dalla musica trasmessa dalla radio.

«Dormi pure, se vuoi», disse Patsy, lanciandole un rapido sguardo prima di mettere di nuovo a fuoco gli occhi sulla strada che aveva davanti. «Non mi dà fastidio? Non sentirti costretta a fare conversazione se sei stanca!»

«No, sto bene», replicò Meredith, spalancando di nuovo gli occhi e mettendosi a sedere dritta. «Anche se ho passato la notte sul divano, devo dire che ho dormito benissimo.»

«E perché hai dormito sul divano?»

«Ero ancora completamente sveglia all'una del mattino. Forse avevo troppe cose a cui pensare. Così ho deciso di alzarmi, e dopo un po' che ero seduta sul divano devo essermi appisolata.»

«Spero che tu non sia rimasta sveglia quasi tutta la notte tormentandoti al pensiero di Reed Jamison, eh?» Patsy aggrottò le sopracciglia, lanciandole uno sguardo preoccupato.

«No, assolutamente no.»

«Bene, perché non merita sicuramente che ti tormenti per lui.»

«Sono pienamente d'accordo. Anzi è stato un sollievo dirgli chiaro e tondo quello che pensavo, sai, Patsy?» Meredith scoppiò in una risatina secca. «Probabilmente è stata la prima e l'ultima volta che mi ha dedicato tutta la sua attenzione.»

«Cosa vuoi dire?»

«Sono sempre stata convinta che Reed non prestasse ascolto, fino in fondo, a quel che avevo da dire. Mi è sempre sembrato impegnatissimo a formulare la sua risposta, più preoccupato di quello che stava per dire che di badare al significato delle mie parole.»

«C'è un sacco di persone che soffre di quella stessa malattia», mormorò Patsy. «Credo che sia un diverso genere di egocentrismo. Ma del resto, se ci pensi bene, sembra che oggi nessuno stia veramente ad ascoltare gli altri quando parlano. All'infuori di te. Sei la migliore ascoltatrice che io abbia mai conosciuto.»

«Ecco una cosa che ho imparato da Amelia. È stata lei a insegnarmi che ascoltare è importante. Ripeteva sempre che non si impara niente se a parlare siamo sempre e soltanto noi! Come aveva ragione! Ma, del resto, in genere aveva ragione su quasi tutto, e mi ha fatto imparare moltissimo.» Ci fu un breve silenzio e poi Meredith soggiunse: «È stata davvero la persona più straordinaria che mi sia mai capitato di conoscere».

«A me spiace di non averla mai conosciuta», disse Patsy. «È curioso che tu ne parli proprio stamattina, perché appena ieri sera stavo pensando a lei, e riflettevo su quanto è stata profonda l'influenza che ha avuto sulle nostre esistenze, anche se, per quello che riguarda la mia, l'ha avuta soltanto indirettamente, come è logico. Però, prova un po' a pensare... se John Raphaelson non fosse stato il suo avvocato, e poi anche il tuo, tu non avresti mai conosciuto suo fratello, che era uno dei migliori amici di mio padre e, di conseguenza, noi non ci saremmo mai incontrate, ti pare?»

Meredith sorrise. «È vero. Se tu sapessi come avrei voluto anch'io che tu potessi conoscere Amelia! Era una persona così speciale.» Meredith si lasciò sfuggire un lieve sospiro. «Pensa, se fosse vissuta, adesso avrebbe sessantadue anni. Per niente vecchia, assolutamente!»

«E Jack? Quanti anni avrebbe avuto, lui?»

«Ne aveva quattro meno di Amelia quindi adesso ne avrebbe cinquantotto... anzi, ne compirebbe cinquantotto alla fine di questo mese.»

«Che triste per te che siano morti così giovani.»

«Sì... Amelia si è sforzata di tirare avanti dopo la morte di Jack, ma era come se ogni luce si fosse spenta, per lei. E alla fine, vi rinunciò. Ho sempre pensato che sia morta perché aveva il cuore spezzato... se è possibile una cosa del genere!»

«Oh io credo che sia possibile, Meredith. Per esempio sono convinta che sia successo così anche per mia madre... Ha perduto talmente in fretta la voglia di vivere, dopo la morte di papà! Mi sono convinta che avesse perduto qualsiasi interesse per la vita, una volta che lui non c'è stato più. Anzi ho scoperto, perché me lo ha raccontato la zia dopo la morte della mamma, che lei diceva sempre: 'Voglio andare da Winston.' Poi, un po' per volta, smise addirittura di mangiare. E mangiava già così poco! È stato come se avesse perduto l'appetito... per ogni cosa, vita compresa. Credo che avesse preso la decisione di morire.»

«Anche Amelia si è comportata più o meno allo stesso modo anche se lei ha vissuto ancora un anno, dopo la morte di Jack. E non c'è da meravigliarsene, a pensarci bene! Le persone che sono state insieme per tanto tempo, finiscono per dipendere completamente l'una dall'altra e quando una di loro si ritrova completamente sola... Tutto d'un tratto, è un vero trauma.»

«Si sentono abbandonate. E questo genere di solitudine è una condizione praticamente insopportabile da affrontare.»

«Una volta Amelia ha detto la stessa cosa. Anzi, ha detto addirittura che la solitudine era un altro genere di morte. Voleva bene a me e voleva bene a Cat, ma Jack era la luce della sua vita. Senza di lui sembrava che avesse perso ogni scopo, che le mancasse una *raison d'être*. Ti ho mai raccontato che si conoscevano fin da quando erano bambini?»

«Veramente, no. E sono cresciuti insieme?»

«Per un certo tempo, sì. Il padre e la madre di Amelia avevano una casa dove andavano sempre d'estate, a Cornwall Bridge, non molto distante da Silver Lake, ed erano amici dei Silver. Jack e Amelia si erano conosciuti quando erano ancora ragazzi. Amelia aveva quattordici anni e Jack, dieci. Diventarono i migliori amici del mondo. Erano entrambi figli unici, capisci, figli unici di figli unici, e quindi non c'erano né fratelli, né sorelle o cugini. 'Ho intenzione di sposarti, quando diventerai grande' Jack le ripeteva sempre e Amelia rideva. Rispondeva che, per lei, non sarebbe assolutamente stato possibile sposarsi con un uomo più giovane. Invece si sposarono quando avevano passato da poco i vent'anni. Poi Amelia ebbe quell'incidente a cavallo... come sarebbero state diverse le loro esistenze se non fosse stata sbalzata di sella a quel modo! Ma era il suo destino... o, perlomeno, così mi ripeteva sempre.»

«Che cosa intendeva dire?»

«Proprio questo, Patsy. Ripeteva che nessuno di noi può azzardarsi a cercar di cambiare il destino. O a evitarlo. *Que será será* mormorava in continuazione, quel che sarà, sarà. In un certo senso era il suo motto, e anche la sua filosofia. Ripeteva che era stato il destino a portarmi a Silver Lake quel giorno del maggio 1969. Ripeteva che io stavo semplicemente vivendo quello che il destino mi aveva riservato, né più né meno come faceva lei. E anche Jack. 'Io dovevo finire su questa sedia a rotelle, Meri, non so perché, ma doveva essere così' mi diceva, e lo ripeteva molto spesso.» Meredith tacque per qualche istante scrutando Patsy di sottecchi. «A dar retta ad Amelia, era stato il destino a portarmi da loro. E, come ti ho già detto, molte altre volte essi hanno cambiato la mia vita esattamente come io ho cambiato la loro, e in quanti modi differenti! Per il meglio... per tutti noi. Mi hanno dato amore, calore e comprensione, e l'unica vera casa che io avessi mai conosciuto fino a quel giorno. Da parte mia, a loro ho dato qualcosa che avevano sempre desiderato, di cui avevano sempre sentito la mancanza...»

«Tu sei stata una sorella per loro, la sorella che nessuno dei due aveva mai avuto.»

«Sì, in un certo senso sono veramente stata una specie di sorella acquisita. Ma quello che intendevo era che io, a loro, ho dato Cat. La mia creatura è stata una figlia anche per loro, non soltanto per me. E come le volevano bene!»

«Lo so, e penso come sarebbero felici se potessero vederla oggi! Perché crescendo è diventata davvero una splendida giovane donna. Credi che finirà sul serio per fidanzarsi con Keith?»

«Sicuramente. E presto, anche! Catherine è dotata di un ottimo istinto e l'altra sera non mi avrebbe detto niente se non avesse 'sentito' che Keith è lì lì per decidersi a farle la sua brava proposta di matrimonio.»

«Spero di essere invitata alle nozze.»

«Non fare la sciocca! Certo che sarai invitata. Cat ti è molto affezionata e non ha mai dimenticato come sei stata meravigliosa con lei, l'anno in cui ha vissuto a Londra con te. E neanch'io, quanto a questo. Proprio perché c'eri tu, sapevo di poter dormire tranquillamente ogni notte, di non dovermi torturare al pensiero di mia figlia sola in un paese straniero.»

«Sono stata felice di occuparmi di lei, di farle da sorella maggiore. Organizzerai il ricevimento a Silver Lake?»

«Oh, sì, senz'altro. Cat non vorrà di sicuro farlo altrove, perché adora quel posto quanto me. Fra l'altro, mi pare anche lo scenario perfetto per un matrimonio. Blanche è eccitatissima e sta già facendo un sacco di progetti! L'altra sera ha già cominciato a parlare di tendoni e di menu... Di conseguenza, sono sicura che ormai ha deciso su tutto, a cominciare dalle decorazioni floreali per finire con l'organizzazione parcheggio delle automobili! Comunque tu verrai sicuramente e sarai ospite in casa mia.»

«Che meraviglia, grazie! Oddio, Meredith... essere innamorati è una cosa splendida e io sono emozionatissima per Cat e felice che abbia trovato l'uomo giusto. Vorrei poterlo trovare anch'io.»

«Quando lo cerchi, non lo trovi mai.» Meredith appoggiò la testa allo schienale e chiuse gli occhi. «E poi, sai? Un uomo non sempre è la risposta giusta.»

«Come è vero ciò che dici!» Patsy scrutò la strada davanti a sé, imprecando sottovoce. La fitta pioggia schiaffeggiava il parabrezza, e tutto fuori sembrava annebbiato a dispetto dei tergicristalli. «Mi auguro che questo tempo orribile cambi al più presto. È insopportabile!»

«Vuoi che guidi un po' io?»

«No, no, va benissimo così. E poi io conosco questa strada come le mie tasche. Non dimenticare che porta dritta al nord dell'Inghilterra.»

«Il tuo posto preferito.»

«O, perlomeno, uno dei preferiti», disse Patsy, sorridendo tra sé.

Meredith ridiventò silenziosa, assorta nei suoi pensieri.

Patsy era concentrata sulla guida. Soffiava un forte vento, e lei pensò che fuori doveva fare molto freddo; già da un po' la strada era diventata viscida, ghiacciata, di colpo scivolosa, a causa della pioggia gelata e del nevischio.

Mentre guidava guardando fisso davanti a sé, si mise a riflettere su Meredith e su come, tanti anni prima, fosse arrivata a Silver Lake senza sapere che la sua vita sarebbe stata trasformata di punto in bianco, dalla sera alla mattina. Che storia incredibile, la sua! Sapeva che Meredith era diventata indispensabile, e molto in fretta, ad Amelia; fra le due donne si era sviluppata una relazione addirittura simbiotica. Una volta Meredith le aveva spiegato come Jack a poco a poco si fosse abituato a contare su di lei, come già era successo con Amelia, e avesse cominciato a insegnarle tante cose sulla gestione dell'albergo, a insegnarle tutto quello che sapeva in quel campo. Sì, Meredith le aveva confidato molte cose degli anni trascorsi con i Silver... Però non le aveva mai raccontato altro che la riguardasse direttamente. Per esempio, non le aveva mai parlato degli anni dell'infanzia in Australia. Anzi, tutto quello che apparteneva all'epoca precedente a Silver Lake sembrava circondato da un fitto mistero. Come se fosse un'altra parte della sua vita, una parte segreta, della quale Meredith non voleva che nessuno sapesse niente. Patsy non era portata a ficcare il naso nei fatti altrui, in genere, né a porre domande, perché era abituata così. E rispettava il desiderio di riservatezza di Meredith.

Intanto, voltandosi verso di lei, Meredith le domandò: «Potrà sembrarti curioso, ma ho la netta impressione che tu preferisca l'albergo di Ripon. Fra i due, *Skell Garth* è il tuo favorito, sì o no?»

Un po' sconcertata, Patsy esclamò: «Perché lo dici?»

«Perché lo so, molto semplice! Ho tirato le conclusioni dalle poche cose che mi hai detto. E del resto, tu sei talmente innamorata dello Yorkshire! In fondo, è lì che sei cresciuta.»

«Come ho continuato a ripeterti fin dal principio, voglio che sia tu a giudicare, Meredith. E lo dico sul serio. Non voglio influenzarti, non voglio spingerti anticipatamente a fare una scelta piuttosto che un'altra.»

«Cosa c'è che non va nell'albergo del Lake District?»

«Niente. Hai visto le fotografie.»

«Sì, e sembra splendido, come il giardino e il panorama. Non solo, ma tu mi hai detto che è lussuoso, arredato in un modo magnifico... Eppure c'è un ma nel tuo cervello... Io ti conosco, sai?»

«Troppi cuscini», mormorò Patsy.

Meredith scoppiò in una risata. «Non riuscirò mai a fartelo dimenticare, vero?» disse, ricordando un suo particolare commento a proposito di un albergo di campagna che avevano preso in considerazione per un eventuale acquisto, sei mesi prima. «Quindi, quello che in realtà stai dicendo è che lo trovi esagerato, eccessivo.»

«Ecco, direi di sì... lusso e comodità in abbondanza, e mi sembra che il posto ti faccia anche sentire tanto coccolata. Eppure, nonostante i tessuti bellissimi, e i tappeti, e i bei mobili antichi, a *Heronside* non c'è niente di unico o di diverso dal solito. Non c'è niente che non sia assolutamente perfetto. Tu mi hai sempre detto che è importante che una camera, abbia qualcosa di non perfettamente intonato. Hai sempre detto che questo rende più interessante un posto.»

«L'insolito aggiunge un pizzico di carattere, ed è un elemento che noi abbiamo sempre considerato.» Meredith osservò più attentamente la sua amica e socia, e annuì piano, come se seguisse un proprio pensiero segreto. «Io sento che *Heronside* non ti piace.»

«Non mi dispiace», rispose Patsy. Era la verità.

«Ascolta, perché ci stiamo andando? Perché non raggiungere direttamente Ripon?»

«Perché è uno splendido albergo di campagna, e io voglio che tu lo veda con i tuoi occhi. Non occorrerebbe spenderci molti soldi, perché è stato interamente ristrutturato due anni fa. E i panorami sono magnifici. E poi, non sono del tutto convinta che il mio giudizio personale sia quello giusto. È la verità, Meredith! Voglio, insomma, che sia tu a prendere la decisione.»

«E va bene, allora la prenderò. Ma tu non ti sbagli spesso, Patsy. Abbiamo gusti molto simili.»

9

La mattina era limpida e fredda – proprio quel genere di giornata luminosa, con l'aria frizzante, che a Meredith piaceva. Il cielo era di un azzurro abbagliante, senza una nuvola, e splendeva il sole; per quanto non desse molto calore, rendeva la giornata più radiosa.

Erano da poco scoccate le nove del martedì mattina quando Meredith, ben imbacuccata in un cappotto di montone e con i piedi infilati da robusti stivali, si incamminò attraverso Studley Park. Il maestoso viale fiancheggiato dai tigli, lungo il quale stava camminando a passo svelto, portava alla Studley Church, appena visibile in cima al colle. Sapeva, dalle indicazioni della signora Miller, che nel giro di pochi minuti si sarebbe trovata all'abbazia.

Il pomeriggio del giorno prima, quando era arrivata a Ripon con Patsy, si erano recate direttamente a Skell Garth House. La casa, situata fra i due minuscoli villaggi di Studley Royal e Aldfield, si trovava sulle rive di un fiumiciattolo, lo Skell, e – sulla riva opposta – si ergeva Fountains Abbey.

Dopo le presentazioni, Patsy aveva spiegato ai Miller che desideravano fermarsi per la notte a *Skell Garth*. Ciò non presentava alcun problema, dato che si era a metà settimana, e per di più d'inverno. C'era abbondanza di camere libere e Claudia Miller le aveva pregate di scegliere quelle che preferivano.

«Mi sembra che vadano bene le due comunicanti all'ultimo piano», aveva detto Patsy mentre seguivano i padroni dell'elegante albergo salendo la scala principale. «Sapete quali intendo, vero? Quelle con la vista su Fountains.»

Appena entrarono nella prima camera, Patsy trascinò Meredith verso la finestra. «E adesso, guarda! Non è un panorama addirittura spettacolare!» esclamò. «Ecco Fountains Abbey! I resti di quella che fu una delle due abbazie più belle di tutta l'Inghilterra!»

Meredith si ritrovò a contemplare le rovine dell'abbazia, al di là dei prati che scendevano in lieve pendio e dei giardini di *Skell Garth House*, coperti da un manto di neve. Le sembrò di non riuscire più a staccarne gli occhi. L'abbazia si ergeva in mezzo a candidi prati scintillanti di neve, immensa, scura come un monolito, stagliata nettamente contro un cielo dove la luce verdastra del tramonto si spegneva a poco a poco – un antico tributo a Dio. Rimase senza fiato, profondamente colpita da tale bellezza. E si affrettò a confermare che l'abbazia era davvero magnifica. Pensò che quella fosse l'unica parola adatta a descriverla.

«È una delle abbazie meglio conservate dell'intero Paese», le aveva fatto notare Bill Miller. «Gli scalpellini vi lavorano in continuazione, per impedire che la pietra si sgretoli, che crolli qualcosa. È un tesoro nazionale, sai?»

In quel momento, e per una ragione che non riusciva a capire, Meredith aveva deciso di andare ad ammirarla più da vicino; si sentiva stranamente attratta da quelle rovine.

Dopo il tè con i Miller, il pomeriggio era stato dedicato a una minuziosa visita guidata di *Skell Garth House*, la cui costruzione risaliva al diciannovesimo secolo. E quando avevano finito di parlare con i proprietari, esaminando tutti gli aspetti del piccolo albergo e prendendone in considerazione i pro e i contro, fuori ormai era diventato buio. Ci andrò domani, prima di partire, decise Meredith tra sé e sé, pienamente decisa a visitare quelle rovine – anche se non sapeva spiegarsi con chiarezza tale determinazione.

Al mattino aveva appena finito di far colazione, quando Claudia Miller era entrata in sala da pranzo per vedere se lei avesse bisogno di qualcos'altro. Meredith ne approfittò per chiederle come si faceva a raggiungere l'abbazia dall'albergo.

«Dovrà arrivarci a piedi, ed è il modo migliore. Si metta un paio di stivali di gomma, se li ha portati con sé, o di cuoio, ma che siano robusti! Passando dalla parte della chiesa di Studley, c'è ancora un po' di neve per terra.» Poi Claudia le fornì indicazioni più precise.

Ecco, ci sono quasi arrivata, si disse Meredith quando finalmente raggiunse la cima del colle, in fondo al viale dei tigli. Osservò Studley Church, così pittoresca in mezzo alla neve, e l'obelisco che si trovava vicino alla chiesa; poi spostò lo sguardo verso il lago sottostante, che luccicava sotto il sole. Oltre a esso scorreva il piccolo fiume, lo Skell... Ed ecco a breve distanza, un po' più a monte, l'abbazia!

Meredith rimase ancora un momento in cima al colle, facendosi ombra agli occhi con la mano, per non essere abbagliata dal sole. Stava pensando che Fountains adesso le sembrava ancora più maestosa e imponente di quanto non le fosse apparsa il pomeriggio del giorno prima. Ma era naturale che fosse così, obiettò a se stessa. In fondo, adesso era anche molto più vicina e poteva osservarla a occhio nudo, non attraverso la finestra di una casa un po' lontana.

D'un tratto, inaspettatamente, fu colta da un brivido. Ebbe la sensazione di essere colpita da una folata di vento freddo che la gelò fino alle ossa. Eppure non c'era vento quella mattina. Qualcuno è passato sulla mia tomba, mormorò sottovoce, e poi si domandò per quale motivo avesse fatto quel pensiero, e si stupì, anche, di conoscere una frase così insolita e strana. Non l'aveva mai usata in vita sua.

Provò una strana sensazione. Rimase immobile, con tutti i sensi all'erta. E subito capì di che si trattasse... era la curiosa sensazione di essere già stata lì, prima; di essersi già trovata proprio lì, in quel posto preciso, su quello stesso colle, a contemplare dall'alto quelle rovine medievali. Le sembrava che il panorama che si apriva sotto di lei fosse familiare, ben noto e conosciuto. Rabbrividì di nuovo. Qualcosa di *déjà vu*, così lo chiamano i francesi, qualcosa di già visto, rammentò a se stessa. Eppure non era mai stata lì, in vita sua; non era mai stata nello Yorkshire.

Quel luogo antico faceva affiorare qualcosa in lei. Pareva che quelle rovine la chiamassero, la attirassero con insistenza... Si rimise in cammino, e cominciò a scendere a passo rapido giù per il colle, facendo scricchiolare la neve ghiacciata sotto gli stivali. Dopo un po' stava quasi correndo, scivolando e sdrucciolando nella fretta di arrivare. Più di una volta rischiò quasi di cadere ma, bene o male, riacquistò l'equilibrio e continuò ad avanzare correndo.

Ed ecco che finalmente, con il fiato un po' corto, entrò impetuosamente fra le rovine fermandosi al centro dell'antico monastero cistercense.

Non c'era più il tetto, e i resti dell'antico edificio erano aperti verso il cielo, che pareva fluttuare alto come un immenso baldacchino azzurro... E i finestroni, dove le vetrate ormai erano andate in pezzi da tempo, sembravano archi giganteschi protesi verso quel cielo vuoto. Meredith rimase immobile per un attimo e poi cominciò a voltarsi lentamente, la testa buttata indietro mentre contemplava quelle mura di pietra che si ergevano svettanti, dalla linea ineguale, frastagliata in cima... diroccate... e le immense colonne intatte solo in parte... il lastricato di pietra qua e là pieno di crepe e coperto da uno strato di neve candida e purissima.

Si sentì avvolgere dalla strana sensazione di trovarsi fuori dal tempo.

Mentre si guardava intorno, senza che nulla le sfuggisse, si accorse di avere il cuore stretto e di provare uno strano senso di vuoto. Tanto acuto, tanto forte, tanto soverchiante che le salirono le lacrime agli occhi. Di colpo sentì la gola chiusa da un tale nodo di commozione, da rimanere sconcertata e sconvolta.

Qui qualcosa mi è stato portato via... qualcosa che per me aveva un valore immenso. Sono già stata qui, prima. Conosco questo antico luogo... non so come, ma in un certo modo, è una parte di me. Cosa ho perduto qui? O Dio, cos'era? Qualcosa che avevo ancora più caro della vita. Una parte della mia anima... una parte del mio cuore. Ma perché ho questa sensazione? Cosa significano per me queste rovine? Non aveva risposte immediate da potersi dare.

Rimase perfettamente immobile al centro dell'abbazia semidiroccata. Lacrime inattese le scesero a fiotti sul viso, calde contro le guance gelide. Chiuse gli occhi, senza riuscire a capire cosa le stesse succedendo; era come se il suo cuore si spezzasse. Qualcosa le era stato portato via. O qualcuno. Qualcuno a cui voleva bene. Ma cos'era? Con sicurezza, non lo sapeva. In quel momento l'unica cosa di cui fosse veramente sicura era che stava provando un senso infinito di privazione.

Aprendo gli occhi, muovendosi lentamente, si accostò a un muro del monastero, appoggiando la testa contro le pietre consunte dal tempo. C'era un tale silenzio, una quiete infinita; la calmarono.

In distanza, molto lontano, udì il richiamo di un uccello solitario in volo, alto nel cielo. Poi un'improvvisa folata di vento si ingolfò fra le rovine, un vento che sospirava, sussurrava e gemeva... poi di nuovo tutto fu silenzioso, di nuovo fu la pace.

Cominciò a incamminarsi verso il chiostro, muovendosi

come una sonnambula. Conosceva la strada. E una volta entrata, si accorse di essere anche protetta dal vento. Non c'era il minimo rumore. Soltanto il silenzio più totale, sotto le ampie volte dei locali che si aprivano sui chiostri.

Dolore, pensò. Perché provo dolore e disperazione e un senso di offesa? Cosa c'è in questo posto che mi provoca tutto questo. Cosa significa Fountains per me? Non lo sapeva. Era un mistero.

Quando Meredith tornò a *Skell Garth House* un'ora dopo, Patsy la stava aspettando nel salotto.

«Oddio, ma tu sei congelata!» gridò la socia, vedendola entrare. «Vieni a sederti vicino al fuoco e bevi qualcosa di caldo prima di andare all'aeroporto!»

«Guarda che sto benone!» Meredith si tolse il cappotto e si avvicinò al focolare rimanendo per qualche attimo a riscaldarsi le mani di fronte alle fiamme.

«Ti giuro che non ci credevo, quando Claudia mi ha detto che eri andata a Fountains Abbey. Con questo tempo! Se mi avessi aspettato, quando scendevo a colazione, ti avrei potuto accompagnare con la macchina. O perlomeno, se non proprio fin là, almeno il più vicino possibile.»

«Mi sono goduta la passeggiata.» Meredith sedette su una poltrona e girò la testa per fissare le fiamme che ardevano scoppiettando.

«Vado a ordinare un po' di tè», disse Patsy, alzandosi in piedi di scatto. «Avresti piacere di mangiar qualcosa? Qualche crostino caldo imburrato, magari? So che li ami quanto me!»

«No, grazie, non adesso. Però il tè, sì, quello mi farebbe piacere.»

Quando Patsy tornò indietro, scoccò una strana occhiata a Meredith. «Potrà sembrare una cosa strana da dire, ma sei così pallida! Come se avessi visto un fantasma.» Poi abbozzò una risata e soggiunse: «Magari un paio di monaci cistercensi che hanno passeggiato con te fra le rovine dell'abbazia?»

Poiché Meredith non le rispose con una franca risata, come al solito, ma la guardò con una strana espressione e rimase in silenzio, Patsy la fissò con maggiore interesse.

«Insomma, è successo qualcosa, Meredith?» provò a indagare.

In un primo momento Meredith tacque, ma poi le rispose: «No, non c'è niente che non vada. Però confesso di aver avuto una curiosa esperienza a Fountains».

«Cos'è accaduto?»

«Mi sono sentita attirare da quelle rovine. Era come se una calamita mi facesse andare avanti, mi facesse procedere verso di loro. Pensa che ho fatto praticamente quasi di corsa tutta la strada per arrivare all'abbazia da Studley Church! Un paio di volte ho rischiato di cadere. Il fatto è, Patsy, che non vedevo l'ora di arrivare laggiù, di ritrovarmi in mezzo a quelle rovine. E quando finalmente mi ci sono trovata, ho avuto l'impressione di conoscere quel posto incredibilmente bene. Mi era stranamente familiare. E poi mi è successo qualcosa... ho sentito un enorme senso di vuoto, il senso di aver perduto qualcosa. Talmente soverchiante che ne sono rimasta scossa. Non riesco a spiegarlo, credimi, non riesco proprio!» Meredith fissò Patsy con gli occhi sbarrati. «Probabilmente penserai che sono ammattita... a ogni modo, Fountains Abbey ha senz'altro un significato importante per me, ne sono sicura. Qualcosa di speciale. Eppure non so dirti perché sia così. Fino all'altro giorno non ne avevo mai sentito parlare. E non ci ero mai stata in vita mia.»

Per un attimo non ci fu risposta da parte di Patsy, che infine disse: «No, mai. O, se non altro, non in questa vita. A ogni modo, non si può escludere che tu ci possa essere stata in qualche esistenza precedente. Nel passato... in una vita che appartiene al passato. Credi nella reincarnazione?»

«Non so.» Meredith scrollò il capo. «Dire che non ci credo sembra così arrogante...» Si strinse nelle spalle, non nascondendo – tutto d'un tratto – di sentirsi stranamente sconcertata. «Chi sa veramente qualcosa di certo su questo strano mondo nel quale viviamo!»

«Forse hai visto un film... magari un documentario sullo Yorkshire in cui mostravano le rovine dell'abbazia. Forse è questo il motivo per il quale ti è così familiare», insinuò Patsy.

«No, non credo. Ma, allora, come spiegheresti quello strano senso di vuoto, di aver perduto qualcosa, che ho sentito?»

«Quello, non posso proprio spiegarlo, sai?» disse Patsy.

Una piccola cameriera arrivò con il vassoio del tè e le due donne tacquero.

Quando si ritrovarono di nuovo sole, Patsy osservò a bassa voce, fissando Meredith con uno sguardo penetrante: «Eri piuttosto emozionata ieri sera... voglio dire che eri eccitata all'idea di comprare *Skell Garth House*. Spero che la tua strana esperienza di questa mattina non ti abbia fatto cambiare idea».

«No, assolutamente, Patsy. Anzi, tutto il contrario! È evidente che Fountains Abbey ha un significato per me, anche se confesso di non riuscire a capirne interamente il motivo. Nonostante tutto, lo vedo come un segno favorevole per il futuro. E in ogni caso, questo piccolo albergo di campagna mi piace. Il giudizio che te n'eri fatta è molto centrato.» Rivolse un caldo sorriso alla socia. «Nel suo genere è una piccola gemma, e non c'è dubbio che, a confronto di *Heronside*, ha molto più di quello che noi cerchiamo. Là c'erano davvero troppi cuscini! *Skell Garth* è pieno di fascino, ma anche un po' fuori dal comune, ha molta atmosfera, è accogliente e confortevole. Certo, è un po' malandato, ma non sarà necessario spendere cifre favolose per rimetterlo a nuovo.»

«Secondo me, tutto quello di cui *Skell Garth House* ha bisogno è un buon rinnovamento all'interno. E tu sei la persona più adatta a occuparsene, Meredith.»

Meredith annuì con la testa, ma non aggiunse alcun commento.

Patsy sollevò la tazza di tè. «Allora, brindiamo al nostro nuovo albergo. Che possa essere prospero e felice.»

«A *Skell Garth House*.»

10

LUC de Montboucher passò con lo sguardo da Agnes d'Auberville a Meredith e disse: «Dovete calcolare che ci vorranno almeno sei mesi per la ristrutturazione. E cercare di ridurli a quattro soltanto significherebbe semplicemente andare incontro a un disastro».

«La nostra speranza era di poter aprire l'albergo per l'estate...» disse Agnes.

«Non se ne parla neanche!» esclamò lui, interrompendola bruscamente. «C'è troppo da fare, e una parte della ristrutturazione è sostanziale... per esempio, tutti quei cambiamenti architettonici che desiderate. E che sono necessari, posso aggiungere. Poi c'è da pensare a un nuovo impianto elettrico, a quello idraulico, a rifare finestre e pavimenti. Buona parte delle pareti dovranno essere intonacate di fresco.» Alzò le mani in un tipico gesto mediterraneo, per concludere: «In tutta franchezza, Agnes... Meredith... sei mesi saranno un periodo di tempo molto limitato per la persona che prenderà in appalto i lavori, e vi prego di tener conto del fatto che vi avverto di questa eventualità fin da ora. Mi auguro con tutto il cuore che riesca a mantenere le promesse e a rimanere nei tempi prestabiliti».

«Eppure il *Manoir de la Closière* non è un edificio di

grandi proporzioni», osservò Agnes, e poi rivolgendosi a Meredith, soggiunse: «Ormai sei stata a visitarlo già un paio di volte, questa settimana. Vuoi dirci qual è la tua opinione?»

Era venerdì. I tre stavano pranzando al *Relais Plaza* dell'albergo *Plaza Athénée* di Parigi, dopo aver passato l'intera mattina a discutere le nuove idee per la trasformazione dell'antico maniero.

Meredith posò la forchetta e ricambiò l'occhiata della socia francese con uno sguardo penetrante. «Hai ragione, Agnes, quando dici che non è un edificio di grandi proporzioni ma si trova in uno stato terribile, anzi da far spavento! Mi sembra ben peggiore di quello in cui abbiamo trovato lo château. Quindi devo confessare di essere d'accordo con Luc. Il suo parere è giusto. E ho molti dubbi che si possa riuscire a concludere la ristrutturazione in minor tempo di quello che lui propone. Anzi posso aggiungere che credo azzardato, se non addirittura avventato, calcolare che possano essere sufficienti soltanto sei mesi per finire tutto.» Poi, guardando Luc, chiese: «Non pensi che sarebbe più saggio fissare la data di consegna dei lavori finiti a otto mesi da oggi?»

Prima che lui avesse la possibilità di rispondere, Agnes esclamò, accalorandosi: «Ma se abbiamo ristrutturato e arredato completamente a nuovo *Château de Cormeron* in un anno! Ed era ben più grande!»

«Lo so. D'altra parte bisogna ammettere che la residenza nobiliare di campagna di Montfort-L'Amaury non era stata conservata altrettanto bene», le fece notare Meredith. «Secondo me, non è giusto aspettarci che Luc debba mettersi a lavorare sulla base di tempi che non sono assolutamente realistici. Ha ragione, alla fin fine sarebbe un bel disastro, e basta!»

Agnes taque.

Luc annuì, rivolgendo a Meredith un caldo sorriso. «Grazie di aver capito i miei problemi.»

Meredith lo trovava simpatico. Era un uomo attraente,

dal classico fascino latino ma, nello stesso tempo, schietto e sincero.

«E, allora, quando vorreste che aprissimo l'albergo?» domandò Agnes.

«Penso che bisognerà rimandare alla primavera prossima... quella del 1996. Non credo che esistano alternative. Mi sembra che Luc abbia le idee abbastanza chiare riguardo a quello che vogliamo. Presto saprà anche che cosa è possibile fare e che cosa non lo è. Immagino che potrebbe far iniziare i lavori fra un mesetto, a partire da oggi. Giusto, Luc?»

«Giustissimo. Finirò i progetti in modo che li approvino al più presto. Se vi piaceranno e mi darete il via farò venir qui l'imprenditore per la fine di gennaio. Così potrà cominciare subito la demolizione degli interni. Se non sorgeranno problemi imprevisti, dovremmo riuscire a finire per giugno. Farò il possibile per portare a termine il lavoro in sei mesi, non otto, come tu suggerivi. Grazie per avermi offerto quei due mesi extra, ma credo che non ne avremo bisogno.»

«È bello saperlo», disse Meredith. Poi, rivolgendosi ad Agnes, continuò: «Non appena saranno finite le opere di muratura potremo far venire gli altri operai necessari... imbianchini, tappezzieri, eccetera eccetera. E credo che riusciranno a finire la parte che li riguarda in quattro mesi, senza particolari difficoltà. Del resto, a partire dalla settimana prossima, tu e io possiamo cominciare a studiare i colori per l'arredamento».

«Bene, d'accordo», mormorò Agnes. «Se pensi che ci vorrà un anno intero, sarà così e basta!» scoppiò a ridere, tornata calma tutto d'un tratto, e alzò le spalle. «Devo ammettere che raramente sbagli, quando si tratta di un lavoro di ristrutturazione.» Infilzando con la forchetta un boccone di pesce, concluse: «Il mio problema è che sono esageratamente ansiosa. Non vedo l'ora di ritrovarmi con il nuovo albergo funzionante e aperto al pubblico!»

«Non c'è niente di male in questo», rispose Meredith.

«Ma se cercassimo di farlo a rotta di collo, sono sicura che andremmo incontro a un mare di guai.»

«Sono contento che siamo tutti d'accordo», disse Luc. «E consentitemi di aggiungere che quell'antica residenza di campagna è incantevole, ha possibilità infinite, soprattutto perché il terreno circostante, quello adattato a parco e giardino, è splendido. Credo che abbiate fatto una buona scelta.»

«Grazie a te, Agnes», disse Meredith. «Sei stata tu ad adocchiare quella casa!»

Agnes, che non nascondeva di essere contenta di quegli elogi e non rivelava più nemmeno un briciolo del nervosismo che aveva manifestato prima, quando si era parlato del tempo necessario per la ristrutturazione, bevve una lunga sorsata di vino bianco. «Allora è tutto sistemato. Luc porterà a termine il più in fretta possibile i progetti e, quando saranno pronti, li manderà immediatamente a New York. E adesso...», tacque per un attimo e si allungò a stringere il braccio di Meredith. «...quali sono i tuoi progetti per il fine settimana?»

«Niente di particolare, a dir la verità. Pensavo di prendermela comoda, di fare qualche acquisto e magari, domenica, di andare al *Marché aux Puces*. Ma per favore, non preoccuparti per me, Agnes! So che hai già il tuo bel da fare!»

Agnes fece una smorfia. «Purtroppo è vero, con Alain e Chloe tutti e due a letto con l'influenza. Grazie a Dio, non me l'hanno attaccata!»

«Mi spiace che non stiano bene. A maggior ragione non devi darti troppo da fare per me. Io me la caverò benissimo anche da sola.»

Luc alzò il bicchiere, bevve un po' di vino, e poi si lasciò andare contro lo schienale della sedia, scrutando Meredith che gli sedeva di fronte. Dopo un po' si decise a dire: «Se non hai proprio niente di speciale da fare durante questo fine settimana, mi piacerebbe invitarti nella mia casa di campagna. Partirò domattina; potremmo andarci insieme, e ti riaccompagnerei a Parigi nelle prime ore della mattina di lunedì».

«È un'offerta molto gentile da parte tua, questa, Luc», mormorò Meredith e rimase un po' incerta. «Non so... Non vorrei approfittare...»

«Neanche per sogno! Sono stato io a invitarti. E sarei molto felice se tu volessi accettare. Non sarà un fine settimana strepitoso, e con tanti ospiti, se è questo che ti preoccupa. Anzi, è meglio che ti avverta subito! Saremo soltanto noi due, soli soletti, e non è escluso che tu possa trovarlo noioso. D'altra parte, la campagna è splendida e forse ti piacerà.»

«Beh, grazie...» cominciò Meredith e s'interruppe, ancora incerta.

Agnes passò con lo sguardo dall'uno all'altro dei suoi compagni di tavola e poi si alzò in piedi di scatto dicendo rapidamente: «Luc ha una casa antica decisamente stupenda. Nella valle della Loira. È veramente unica, Meredith, ti piacerà da morire. Devi andarci per il fine settimana».

«Sì, vieni! Ti prego, Meredith», insistette Luc.

«E allora, va bene, verrò», disse Meredith, prendendo improvvisamente una decisione. «Di nuovo, grazie, molte grazie per avermi invitato.»

Dopo aver pranzato, Agnes e Meredith tornarono a piedi negli uffici della Havens, situati in una stradina poco distante da Rue de Rivoli.

«Ormai sono già diverse settimane che mi sono messa a raccogliere campionari di tessuti e di tappezzerie», le spiegò Agnes non appena si ritrovarono comodamente sedute nel suo regno, un locale letteralmente rigurgitante di roba.

Lasciandosi cadere di schianto su un divano, si tirò vicino due enormi sacchetti di plastica, quelli della spesa, e disse: «Su, sii buona, Meredith, vieni a sederti qui vicino a me e diamo un'occhiata a tutta questa roba. Ho pensato che poteva essere una buona idea avere già qualcosa sottomano, in modo da poter cominciare a studiare con notevole anticipo la decorazione delle camere».

«Devi aver girato tutta Parigi per fare una razzia del genere!» rise Meredith, raggiungendola sul divano e affondando le mani in una delle grandi borse di plastica. «Non ho mai visto tanti campioni tutti insieme!» Tirò fuori un pezzo di tessuto blu e rosso e si mise a fissarlo con attenzione. «Questo mi piace... sembra un Manuel Canovas... oh già, infatti lo è sul serio!»

«Ha tutti i requisiti adatti, sai», disse Agnes, affondando anche lei le mani in un'altra delle borse di plastica.

«Chi? Manuel Canovas? Credevo fosse sposato.»

«No, non Manuel Canovas. Luc de Montboucher. È di lui che stavo parlando.»

«Oh.»

«Mi vuoi spiegare perché dici oh con quel tono? Perché ti meravigli tanto?»

«Che cosa stai cercando di fare, Agnes? Da quando in qua ti sei messa a combinare matrimoni?»

«Veramente non ci pensavo affatto!» e Agnes rise. «Non mi era neanche passato per l'anticamera del cervello, fino a quando lui non ti ha invitato in casa sua per il fine settimana. È stato in quel momento che sono rimasta come folgorata... è pieno di fascino, ha grande successo e, cosa più importante è scapolo.»

«Divorziato?»

«No, credo che non si sia mai sposato.» Agnes aggrottò le sopracciglia e si morse un labbro. «No, aspetta un momento... forse sì, è stato sposato, ma lei è morta. Non riesco a ricordarmene. È un amico di Alain e quindi dovrò fare un piccolo controllo su quello che ti sto dicendo.»

«Quanti anni ha, secondo te? È sulla quarantina?»

«Se ben ricordo, dovrebbe essere un po' più vecchio. Diciamo che potrebbe avere quarantatré anni, ecco. Ma stasera, quando torno a casa, lo domando ad Alain e posso telefonarti all'albergo.»

Meredith rise, scrollando la testa. «Mi ha semplicemente invitato nella sua casa di campagna per il fine settimana, non mi ha proposto di sposarlo!»

«Lo so. D'altra parte, mia cara Meredith, ho l'impressione che sia rimasto piuttosto colpito dalla tua personalità. Ho notato che in questi ultimi giorni ti guardava molto spesso... e con grande interesse, posso anche aggiungere. E in quel certo modo...»

«E che cosa vorrebbe significare quel certo modo?»

«Con curiosità. È perfettamente chiaro che vuole cercare di conoscerti meglio. Ti piace?»

«Naturale! Altrimenti non avrei accettato l'invito di andare con lui nella valle della Loira.»

«È un architetto di grande talento. Ma, del resto, questo l'hai potuto già giudicare dai disegni delle sue opere che ci ha mostrato ieri in ufficio. Siamo state fortunate che abbia accettato di fare questo lavoro. E come ti dicevo, ha tutti i requisiti adatti, il che è della massima importanza.»

«A sentire quello che dici, devi conoscere la sua villa», mormorò Meredith, per cambiare argomento.

«Sì, Alain e io ci siamo stati un paio di volte. D'estate... mai in quest'epoca dell'anno. Ma è un'incantevole, antica casa di campagna. Fra Talcy e Menars.»

«Non è più o meno dalle parti del nostro albergo?»

«Più su, appena al di là di Blois, più vicino a Orléans, rispetto a Cormeron. Ti ricordi quella volta che Alain e io ti abbiamo portato a Chambord?»

Meredith fece segno di sì.

«Ecco, Chambord è praticamente di fronte a Talcy, sull'altra riva della Loira.»

«Credo di capire quello che stai dicendo. Di che genere di casa si tratta?»

«Grande... Clos-Talcy appartiene alla sua famiglia da secoli e secoli. È in ottimo stato di conservazione, perché è stata sempre molto ben curata. Credo che Luc ci vada quasi ogni fine settimana; è solo a poche ore di macchina, più vicina a Parigi di Cormeron.»

«Sono contenta di aver portato qualche capo adatto alla campagna», disse Meredith, che cominciava tutto d'un tratto a domandarsi se non si fosse andata a cacciare in qualche guaio, accettando l'invito per quel fine settimana.

«Oh, non devi preoccuparti, sai? Credo che lui sia abituato a fare una vita molto semplice, quando è in villa», osservò Agnes e le mise in mano un campione di tessuto. «Questo, ti piace?»

Meredith lo esaminò e fece segno di sì: «Sai benissimo che io adoro la *toile de Jouy* rossa. Andrebbe a perfezione con mobili neri o con accessori neri».

«Certo che Luc ti stava guardando in quel certo modo, *chérie*», osservò Agnes, sogguardando Meredith. «Guarda che non me lo invento, sai?»

«E io ti credo», rispose Meredith, e poi cominciò a ridere, divertita da Agnes e da quei suoi sogni romantici.

11

Il primo colpo d'occhio che ebbe di Clos-Talcy fu un'immagine doppia – la casa vera e propria e il suo riflesso nel grande lago ornamentale davanti.

«Oh, che meraviglia!» fu il grido che si lasciò sfuggire quando Luc de Montboucher l'accompagnò, a piedi, oltre la curva del grande viale d'accesso, richiamando la sua attenzione oltre il lago e indicandole, in lontananza, la casa.

«Volevo che tu la vedessi di qui, non dall'automobile», le spiegò. «Il panorama da questo punto della strada lascia tutti sbalorditi, e devo confessarti che è anche uno di quelli che preferisco... Naturalmente è il riflesso della villa nel lago, che trovo particolarmente intrigante.»

«Che casa perfetta su uno sfondo perfetto», mormorò Meredith quasi tra sé. Immobile, al fianco di Luc, si mise a osservare il castello con interesse. Era costruito in mattoni rosati e pietra chiara, sormontato da un tetto di ardesia grigio scuro. Dal tetto si innalzavano un gran numero di snelli e slanciati comignoli; sulla facciata poté contare trentotto finestre e cinque abbaini.

Nell'acqua del lago si riflettevano, oltre alla facciata del castello, i molti alberi imponenti che lo circondavano. Meredith pensò che quella doppia immagine aveva una simmetria meravigliosa. E, sicuramente non le era mai capitato di godere di una visione più incantevole, con nessuna delle residenze di campagna che le era capitato di vedere.

Rivolgendosi a Luc, domandò: «È molto antico, il castello?»

«È stato costruito agli inizi del diciassettesimo secolo; i giardini sono stati disegnati cinquant'anni più tardi da Le Nôtre, il famoso architetto di paesaggi di quell'epoca.»

Poi, prendendola sottobraccio, continuò: «Ma vieni! Torniamo indietro, risaliamo in macchina. Più tardi, dopo aver pranzato, ti farò fare il giro del parco. Ma potremo anche passeggiare per i giardini, se ti farà piacere. Però devo avvertirti subito che, purtroppo, in questo periodo dell'anno sono piuttosto spogli».

«Oh, quello non mi importa; anzi, mi piacciono i giardini d'inverno. Molto spesso sono interessanti. Naturalmente sono diversi, ma sempre affascinanti.» Proruppe in una risatina secca. «Beh, in ogni caso, almeno qualcuno, se non proprio tutti!»

«A dir la verità anch'io amo i giardini d'inverno», osservò Luc aprendo la portiera dell'automobile e aiutandola a salire. Poi girò intorno alla vettura per riprendere il suo posto.

Avviato il motore, imboccò il maestoso viale fiancheggiato da platani e riprese: «Per fortuna quest'anno non abbiamo avuto molta neve e quindi più tardi potremo fare una piacevole passeggiatina».

Meredith annuì e girò la testa per guardare fuori dal finestrino. Vide un altro lago, ma più piccolo del primo, e questo la spinse improvvisamente a confidarsi: «Sono sempre stata attirata dalle case sull'acqua o da quelle che all'acqua si trovano molto vicino, anche se non ho la minima idea del perché!»

«Oh, è una sensazione che capisco molto bene», replicò Luc, lanciandole un rapido sguardo e poi riportando immediatamente gli occhi sulla strada. «Anch'io provo la stessa attrazione. C'è qualcosa di meraviglioso nell'acqua in mezzo a una grande estensione di terreno, perché fa spiccare, e nel modo più naturale, tutto quanto la circonda, oltre a qualsiasi edificio che si trovi nelle vicinanze. Qui, a Talcy, abbiamo abbondanza di acqua. Oltre al lago ornamentale, c'è quello più piccolo che hai appena notato, e in più abbiamo uno stagno con i pesci, vicino al frutteto. Un torrente che scorre tra i boschi, una cascata, e innumerevoli fontane.» Scoppiò in una risatina bassa, soffocata. «Avevo un antenato che, evidentemente, doveva nutrire una vera passione per le fontane... Qui nel parco ne abbiamo più di una dozzina e alcune sono veramente magnifiche... anche se non toccherebbe a me dirlo. Ti accorgerai che, a Talcy, non sarai mai molto lontana dall'acqua che scorre.»

Meredith sorrise. «Che bellezza!... Pensa un po', Luc, anche tutti i miei alberghi sono vicini all'acqua, con l'eccezione di *Montfort-L'Amaury*. È stata l'unica cosa che non mi è piaciuta quando ho visto per la prima volta quell'antica residenza di campagna qualche giorno fa!»

«Se vuoi, ti potrei creare un lago o uno stagno vicino al nuovo albergo», si offrì Luc. «Non è poi così difficile e l'antica villa è circondata da una proprietà terriera di discrete proporzioni. Che cosa ne pensi?»

«Potrebbe essere simpatico. Ne parlerò con Agnes. Magari tu, da parte tua, potrai darmi un'idea di quello che verrebbe a costare.»

«*Mais certainement*... Di sicuro! Ah, eccoci, Meredith. Finalmente siamo arrivati.»

Luc era entrato in un vasto cortile in acciottolato e aveva parcheggiato; evidentemente l'entrata principale del castello si trovava lì. Larghi gradini conducevano a un massiccio portone a doppio battente in legno scuro, illeggiadrito da ornamenti di ferro battuto. Prima ancora che scendessero, un uomo di mezza età in maniche di camicia, panciotto nero e grembiule verde a righe, era uscito scendendo di corsa i gradini, mentre un largo sorriso gli illuminava la faccia gioviale.

«*Bonjour*, Vincent!» esclamò Luc scendendo dall'automobile e affrettandosi ad aiutare Meredith a scendere.

«*Bonjour, Monsieur*», rispose l'uomo. Luc e Meredith si incamminarono verso di lui. E l'uomo strinse la mano di Luc.

«Meredith, questo è Vincent Marchand», disse Luc «che con quel tesoro di sua moglie, Mathilde, manda avanti la casa. Vincent, questa è la signora Stratton.»

«*Madame*», disse l'uomo, chinando il capo in un saluto cerimonioso.

Meredith gli sorrise. «Piacere di fare la sua conoscenza, Vincent», disse tendendogli la mano.

E lui, stringendogliela energicamente: «*Grand plaisir, Madame*». Poi, con un cenno del capo, si avviò in fretta verso l'automobile spalancando il baule e tirando fuori il bagaglio. Li seguì subito, dopo aver afferrato alcune valige, su per i gradini.

Luc precedette Meredith in un vasto atrio che aveva pareti di pietra che si innalzavano slanciate verso il soffitto e pavimento in pietra. A due delle pareti in calcare chiaro erano appesi arazzi di Gobelin e un lampadario in bronzo e cristallo pendeva, appeso a una lunga catena, dall'alto soffitto. L'unico arredo era una lunga console in legno dorato e riccamente intagliato, sulla quale si trovavano due grosse urne in pietra piene di fiori secchi, sormontata da un enorme specchio dalla cornice dorata. In un angolo, si intravedeva la statua in pietra di un cavaliere chiuso nell'armatura.

Luc disse: «Lascia che ti aiuti», e quando Meredith si fu liberata rapidamente dal cappotto di montone, andò ad appenderlo in un armadio incassato in una parete.

Dopo un attimo, una porta in fondo all'atrio si spalancò per far passare una donna alta, dalla corporatura robusta, che accorse ad accoglierli con passo agile e svelto.

«*Monsieur*!» esclamò, rivolgendo a Luc uno sguardo addirittura radioso, prima di lanciarne un altro, pieno di curiosità, a Meredith.

Luc la baciò sulle guance. «*Bonjour*, Mathilde. Vorrei presentarti la signora Stratton. Come ti ho detto al telefono, sarà la mia ospite per il fine settimana.»

Annuendo con la testa e sorridendo, Mathilde si fece avanti. Le due donne si strinsero la mano. Poi Mathilde disse: «Adesso le faccio vedere la sua camera, *Madame*». Lanciando un rapido sguardo a Luc, si affrettò a continuare: «Come lei ha suggerito, *Monsieur*, ho preparato per la signora Stratton la camera che era della sua nonna».

E Luc, guidando Meredith verso lo scalone, soggiunse: «Spero che ti piacerà la camera che ti ho scelto, era la preferita di mia nonna. Anzi, ne sono sicuro... dà sul lago... quel piccolo lago ornamentale che è stato il tuo primo colpo d'occhio su Talcy. Comincio a pensare che quella sia stata una scelta fortunata da parte mia».

«Sì, sicuramente. E non dubito che la camera mi piacerà moltissimo.»

Mathilde la precedette al piano superiore. Meredith la seguì con Luc. Dietro, per ultimo, veniva Vincent con le due valige di Meredith.

Mathilde si incamminò, sempre davanti, per un lungo corridoio sul quale si aprivano numerose finestre; alle pareti erano appesi molti quadri, il pavimento era coperto da un folto tappeto. Meredith, mentre seguiva la donna a passo lesto, cercò di allungare un'occhiata a questo e a quello, e si rese conto che si trattava di ritratti di famiglia, probabilmente di personaggi non tanto importanti, visto che li avevano relegati in quel corridoio.

«*Voilà*!» esclamò improvvisamente Mathilde, spalancando una porta. «Questa è la camera di *Grand-mère* Rose de Montboucher, alla quale tutti hanno voluto molto bene.»

«E della quale tutti avevano anche tanta paura», soggiunse Luc, strizzando l'occhio a Meredith. «In certi momenti era un vero terrore! Ma era anche molto, molto bella.»

Accorgendosi che Meredith si guardava intorno, le spiegò: «Questo è il salottino, al di là di quella porta ci sono la camera da letto e il bagno. Ma, per continuare nelle spiegazioni, mia nonna si è innamorata di questa suite quando il nonno l'ha portata a Talcy per la prima volta, e ne ha fatto il suo regno. A proposito, quello è uno dei suoi ritratti. Là, appeso sopra la mensola del camino».

Meredith seguì il suo sguardo.

I suoi occhi si fissarono sul dipinto che raffigurava una giovane donna di una bellezza straordinaria. Riccioli rosso-oro incorniciavano un visetto arguto, dall'espressione arguta, sorretto da un lungo collo candido. I suoi occhi erano azzurro vivo sotto le sopracciglia color bronzo, delicatamente arcuate; la bocca larga, generosa.

Avvicinandosi al camino, Meredith fissò con ravvivato interesse il ritratto. L'artista era riuscito a catturare qualcosa della personalità della donna che stava dipingendo... c'era un senso di intimo calore nel suo sorriso e il volto rivelava una grande felicità. Rose de Montboucher indossava un abito di chiffon di un tenuissimo colore rosato, con il collo morbidamente drappeggiato, e un filo di perle. Meredith giunse alla conclusione che quel ritratto doveva essere stato dipinto negli anni Venti.

«Tua nonna era una donna assolutamente stupenda, su questo non si discute!» esclamò, voltando la testa per guardare Luc. «Penso che probabilmente fosse anche un po' maliziosa, perché lo rivelano un lampo particolare in quei suoi occhi straordinari, e quel sorriso... che sembra contagioso!»

Luc fece segno di sì con la testa. «Non avresti potuto giudicarla in modo più preciso. Io sono convinto che fosse una donna deliziosamente maliziosa, e che possedesse anche una specie di *joie de vivre* tutta speciale. Perché in lei c'era una gaiezza così schietta e sincera che la gente la trovava irresistibile. L'ho conosciuta quando era molto più vecchia che nel ritratto, ma anche allora avevo la sensazione che fosse sempre lì lì per combinare qualche scherzo, ogni momento! Del resto, era quello che mi diceva mio padre. Una ne fa e cento ne pensa. Era il suo primogenito, il preferito dei quattro figli. Ricordo che la nonna aveva uno straordinario senso dell'umorismo ed era splendida come narratrice. A volte penso che dovesse essere andata a baciare la famosa Pietra di Blarney. La leggenda dice che chi bacia la pietra del castello di Blarney in Irlanda viene dotato di una grande eloquenza».

«Era irlandese?»

«Precisamente. Il nonno la conobbe a Dublino, a un ballo. Era andato a fare una partita di caccia.»

Mathilde uscì, sempre a passo agile e scattante, dalla camera da letto, con Vincent al seguito. «Gradisce un aiuto per vuotare le valige, *Madame* Stratton? Posso mandare Jasmine ad aiutarla.»

Meredith scrollò la testa. «Grazie, Mathilde, ma posso cavarmela da sola.»

La governante annuì, le rivolse un rapido sorriso, lanciò uno sguardo a Luc, lo salutò chinando la testa e poi uscì in fretta dalla camera. Vincent la seguì, cercando di tenere il suo passo.

«È l'ombra di Mathilde», mormorò Luc, quando si ritrovarono soli. «Sia l'uno che l'altra sono il sale della terra... Hanno vissuto a Talcy tutta la loro vita. Come i genitori, prima di loro. Hanno due figlie, Jasmine e Philippine, e un maschio, Jean-Pierre. E tutti lavorano qui, al castello. Adesso ti lascio, Meredith, così puoi rinfrescarti un po', se vuoi. Sei proprio sicura di non aver bisogno che Jasmine venga ad aiutarti con i vestiti?»

«No, davvero. Va bene così. E grazie.»

Luc scostò la manica della giacca dall'orologio al polso,

e lo guardò. «Ah, è appena passato mezzogiono. Allora, che cosa ne dici se ci ritrovassimo fra un'ora in biblioteca? Va bene anche per te? Hai tempo a sufficienza?»

«Naturalmente.»

Lui abbozzò un sorriso, girò sui tacchi e si avviò alla porta.

Meredith disse: «Luc, ma dove è la biblioteca?»

Lui si voltò di nuovo, di scatto, con un sorriso. E le rispose quasi mortificato: «Oh, non so come scusarmi! Dimenticavo che tu non conosci la casa. La biblioteca è la stanza di mezzo della *enfilade*... cioè quella serie di stanze, tutte comunicanti, che si aprono sulla destra dell'atrio d'ingresso. Prenderemo lì un drink prima di pranzare».

«Sì, sarà un piacere.»

La porta si richiuse senza rumore alle spalle di Luc. Meredith tornò a voltarsi verso il ritratto della nonna e rimase ancora lì immobile a studiarlo per qualche istante.

«Gli occhi irlandesi sono ridenti», mormorò poi, a mezza voce, pensando a un'antica, famosa ballata. Ed effettivamente gli occhi di Rose de Montboucher erano illuminati da un sorriso. Del resto, il suo volto era spiccatamente irlandese. Né avrebbe potuto essere qualcos'altro. Indietreggiando di qualche passo, Meredith rimase a osservare il ritratto ancora per qualche attimo, con la testa lievemente piegata da un lato. Socchiuse un poco gli occhi, scrutando con sempre maggiore attenzione. Rose de Montboucher mi ricorda qualcuno, pensò. Ma non aveva idea di chi si trattasse. Forse le ricordava suo nipote. No, Luc no. Perché aveva i capelli scuri con gli occhi castano scuro. Una donna con i capelli rosso-oro e limpidi occhi azzurri... Questa immagine, come il minuscolo frammento di un antico ricordo, le affiorò alla mente ma fu qualcosa di fuggevole che si dissolse prima ancora che lei riuscisse a concentrarsi, e a metterlo meglio a fuoco. Scrollando il capo, rivolse al ritratto un ultimo sguardo e passò nella camera da letto comunicante.

Appena entrò, un sorriso la illuminò tutta. La camera era incantevole, accogliente, con un bel fuoco che scoppiettava allegramente nella grata e le lampade, dal paralume di seta, tutte accese. Era decorata con un accurato gioco di colori, un mélange di grigi e di delicati grigio-azzurri. Le pareti erano tappezzate di seta moiré grigio-argento. I drappeggi vaporosi delle lunghe tende, alle tre alte finestre, erano di taffetà grigio-argento, e il grande letto a baldacchino adorno di cortine dello stesso taffetà che, al primo colpo d'occhio, si sarebbero dette ricamate a mano. Ma, osservandole più da vicino, Meredith si rese conto che le rose rosse, rosa e gialle, e i tralci verdeggianti erano stati dipinti a mano sulla seta grigia. Intorno al camino erano state disposte numerose poltrone e un piccolo divano a due posti, rivestito di velluto damascato grigio perla; in un angolo c'era una toilette antica, di raro pregio, interamente composta di specchi veneziani.

Affascinata, Meredith si aggirò lentamente per la camera da letto, osservando ogni cosa con attenzione, ammirando lo stile e l'eleganza, annuendo fra sé, con ammirazione e compiacimento man mano che i suoi occhi si posavano su un particolare dipinto o pezzo d'arte. C'erano alcuni oggetti, nella camera, un po' sciupati, a volte logori, ma – nel complesso – la sensazione che ne irradiava era quella di un'eleganza da tempi antichi, del lusso e della sontuosità di un'epoca ormai passata per sempre. Non solo, ma dava anche un grande senso di serenità e di quiete, come il salottino comunicante, che era stato decorato con un gioco di tinte che andavano dal grigio rosato all'azzurro-fumo e al verde – tutti colori che riprendevano quelli del tappeto Aubusson che copriva il pavimento.

Attraversando la camera da letto, Meredith venne a fermarsi davanti alla toilette veneziana. Sulla superficie a specchio erano allineate le spazzole d'argento con le iniziali di Rose de Montboucher, e vi si trovava anche una collezione di bottigliette da profumo di cristallo, insieme a scatole per la cipria, sempre di cristallo, col coperchio d'argento, e da altre più piccole per il rouge per le guance.

Ad un lato una fotografia in cornice d'argento che raffigurava un bell'uomo, bruno, in abito da sera. Meredith si chinò a fissarlo; per un attimo le parve che fosse il ritratto di Luc. Ma poi si rese conto che non era possibile; il taglio dello smoking era chiaramente quello degli anni Venti. Evidentemente si trattava del nonno di Luc, il marito di Rose. Ecco a chi deve assomigliare Luc, disse tra sé. Al nonno... ne è il ritratto perfetto.

Dopo aver vuotato le due valige, Meredith prese il beauty-case e passò nel bagno. E quando fu sulla porta si fermò di botto, sui due piedi, strabiliata di fronte alle sue proporzioni e al fuoco che ardeva, scoppiettante, nel camino di marmo bianco.

La stanza da bagno era enorme, con una finestra smisurata, che sembrava librarsi in volo verso l'alto, coperta da tende drappeggiate di pizzo bianco, e una vasca antica appoggiata su piedi di leone, completa del cordone per chiamare la servitù. Meredith si domandò se funzionasse ancora, ma preferì evitare di tirarne uno per avere la conferma.

12

NEL suo studio al pian terreno, aperto sulla facciata posteriore del castello, Luc de Montboucher era seduto al tavolo da disegno, con una serie di progetti davanti.

Erano stati disegnati da un suo collega, ma Luc aveva tutte le intenzioni di esaminarli prima di pranzo, in modo da poter dare l'approvazione definitiva. Ma, in realtà, fino a quel momento ai progetti aveva prestato ben poca attenzione.

Aveva il cervello in tumulto, totalmente concentrato su Meredith Stratton.

Dallo stesso momento in cui l'aveva conosciuta, il mercoledì mattina, nella antica residenza di campagna di Montfort-L'Amaury, l'aveva giudicata un personaggio intrigante; anzi, a dire la verità, era rimasto profondamente colpito dalla sua personalità. Da architetto e designer qual era, veniva facilmente e istintivamente attratto da tutto ciò che fosse bello alla vista. Quindi, in un primo tempo, a incantarlo era stato soprattutto l'aspetto esteriore. Si era accorto che gli piacevano la sua altezza, la bionda bellezza e la pelle chiara, come gli occhi grigio-verdi, che gli pareva dicessero tanto di lei e del suo carattere.

Meredith era una donna piacente, con una straordinaria

personalità e moltissimo stile. Luc si accorse di provare una specie di fremito di sincero e genuino piacere ogni volta che posava gli occhi su di lei. Non solo, ma apprezzava anche la sicurezza di sé che Meredith rivelava, come la compostezza e l'autocontrollo – perché li trovava rassicuranti. La volubilità un po' frivola di certe donne lo rendeva invariabilmente nervoso.

Fin dalle prime ore passate con lei, Luc si era reso conto di quanto Meredith fosse abile, pratica e professionale come donna d'affari, come fosse ben organizzata e sapesse prendere decisioni rapide. Quindi era più che logico che questi particolari del suo carattere gli facessero un effetto straordinario. Anche perché il suo amore per l'ordine ne rimaneva profondamente colpito.

Non riusciva a sopportare le donne caotiche che si trascinavano dietro, inevitabilmente, un sacco di fastidi e di guai, che vivevano in un eterno disordine e che creavano caos e disordine nella vita altrui. In più, trovava piene di fascino l'energia e la personalità effervescente di Meredith; gli davano un senso di appoggio e di sicurezza, un *élan* tutto speciale – come da molto tempo si stava accorgendo di non provare più.

Un vero peccato che vivesse così lontano, a New York, fu la sua riflessione, mentre batteva ritmicamente con la matita sul tavolo da disegno. D'altra parte non era in capo al mondo! Una lontananza del genere non si poteva certo dire che rendesse impossibile una relazione. Dopo tutto, esisteva pure un volo supersonico! Con il Concorde lui avrebbe potuto essere a Manhattan in tre ore e mezzo, al massimo quattro. Solo venti giorni prima aveva fatto il viaggio da Parigi a New York per andare a visitare un cliente. Ed era stato tutto di una semplicità incredibile.

Luc voleva, aveva assoluto bisogno di conoscere meglio Meredith Stratton. Molto meglio. Intimamente. La trovava piena di fascino, sessualmente parlando, più di qualsiasi altra donna che gli fosse capitato di conoscere negli ultimi anni. E quindi si era reso conto, già il mercoledì sera, dopo il loro primo incontro di affari, che la desiderava. E se un uomo non riusciva a capire una cosa del genere dopo il primo incontro, quando – allora – lo avrebbe mai capito? Ecco quello che si domandò di punto in bianco. D'altra parte era praticamente sicuro che la stessa cosa valesse anche per una donna.

Quasi contro voglia, si era confidato con Agnes – ma solo fino a un certo punto. Si era semplicemente limitato ad accennare al suo interesse per Meredith, al desiderio di conoscerla meglio. Le aveva fatto queste confidenze il giovedì sera, quando le aveva telefonato a casa. Non aveva potuto evitarlo. E aveva anche invitato i D'Auberville e Meredith a Talcy per il fine settimana. Ma Agnes aveva dovuto rispondergli con un rifiuto, perché Alain e Chloe erano a letto con l'influenza.

Ad ogni modo, lei gli aveva raccomandato di fare ugualmente il suo invito a Meredith. «Non preoccuparti», lo aveva rassicurato. «Farò la proposta di pranzare tutti insieme venerdì mattina, dopo la nostra riunione; così potrai trovare il modo di invitarla al castello. Vedrai, ti ci porterò io a poco a poco... e, a quel modo, l'invito potrà essere formulato nel modo più naturale possibile!»

Quando lui si era mostrato un po' riluttante, Agnes – con una risata – aveva esclamato: «Non essere un vigliacco, Luc! Non fare il pusillanime. Meredith non ha assolutamente niente da fare in questo fine settimana; a Parigi non ha altri amici all'infuori di noi. Tra l'altro, sarà un caso... ma sono riuscita a capire che tu le piaci e quindi accetterà senz'altro l'invito. E, per te, la sua compagnia sarà un piacere. È una donna meravigliosa. Tutti le vogliono bene».

Voler bene, amare, si disse lui. Riuscirò mai ad amare di nuovo? Eppure era quello che desiderava, e con tutto il cuore! Le donne gli piacevano, le ammirava e le rispettava, e voleva una moglie. Né gli garbava l'idea di vivere da solo per il resto della sua esistenza.

Fino a quel momento l'amore si era dimostrato sfuggente, elusivo. Dopo Annick, la sua vita si era fermata. Lui era rimasto inebetito, attonito. Poi, però, a poco a poco aveva cercato di riprendersi, e lo sapeva Dio se non aveva tentato con tutte le sue forze, di ricominciare a vivere, di avere una relazione che lo appagasse. Ma senza successo. C'erano stati soltanto dei fallimenti, e molti.

Certo, negli ultimi anni aveva conosciuto un paio di donne che si erano rivelate creature assolutamente simpatiche e gradevoli da frequentare... però nessuna delle due aveva fatto scattare in lui la classica «scintilla». Così aveva cominciato a domandarsi se, per caso, la capacità di far scattare di nuovo quella scintilla lo avesse abbandonato per sempre... tanto che, in quell'ultimo periodo, era arrivato a concludere, e se ne era convinto, che per lui non ci fosse assolutamente più nessuna speranza. Fino a Meredith. Lei lo aveva talmente incantato e affascinato inconsapevolmente – e, quindi, senza mettersi d'impegno a riuscirci – che ne era rimasto letteralmente scombussolato. Era talmente raro un sentimento come quello che provava adesso, talmente forte il desiderio, anzi l'esigenza di diventare parte di un'altra persona, parte della sua vita... che, adesso, gli pareva essenziale non lasciarsela sfuggire.

Capita molto spesso a un uomo di provare qualcosa di simile? No, forse una volta soltanto nella vita. Ma si corresse subito. Nel suo caso, sarebbe stato per ben due volte; perché aveva provato anche per Annick quello che provava adesso per Meredith.

Meredith Stratton, mormorò a fior di labbra, e scrisse il suo nome sul blocco di fogli che aveva davanti. Poi rimase a fissarlo con gli occhi sbarrati.

Chi sei, Meredith Stratton? E perché sei così turbata? Da dove ha origine quel pozzo profondo di tristezza che hai dentro di te? Chi ti ha ferito tanto crudelmente da lasciarti segnata nell'animo per sempre? Chi ti ha spezzato il cuore? Istintivamente Luc capiva che Meredith aveva provato una infelicità profonda. Leggeva la sofferenza in quegli occhi velati, vi scorgeva una tristezza infinita. Avrebbe voluto addolcire il suo dolore, scacciare quella tristezza, se avesse potuto; ed era convinto che, se lei gliene avesse offerta l'occasione, ci sarebbe riuscito.

Aveva preferito non fare ad Agnes domande che riguardassero Meredith, per quanto lo desiderasse moltissimo. Aveva provato un certo imbarazzo all'idea di curiosare nella sua vita privata. Era qualcosa che lo infastidiva, a cui non era abituato. Sotto molti aspetti sentiva di conoscere davvero Meredith, di sapere come lei fosse realmente, quale tipo di persona esistesse dentro di lei. Una donna buona e brava.

Qual era la frase che la sua adorabile nonna irlandese ripeteva sempre? «Leale e schietta», gli diceva spesso Rose de Montboucher. «Tuo nonno è un uomo schietto e fedele, Luc. Tutto d'un pezzo.»

E la stessa cosa valeva per Meredith.

Il piccolo orologio nero sul tavolo da disegno gli disse che erano quasi le dodici e mezzo. Lasciando cadere la matita, improvvisamente pieno di impazienza, Luc si alzò in piedi per stiracchiarsi e muovere un po' le gambe. Era stanco di star seduto; si sentiva intorpidito dopo il lungo viaggio in macchina che aveva fatto quella mattina, venendo da Parigi.

Lasciato lo studio, salì di corsa la scala di servizio e imboccò il corridoio che portava alla sua camera da letto. Togliendosi in fretta il blazer, passò in bagno dove si spruzzò un po' di acqua fredda in faccia, si asciugò e pettinò i capelli.

Poi si scrutò nello specchio. C'era già qualche filo grigio, nei capelli neri; si guardò con maggiore attenzione, pensando che la sua immagine era quella di un uomo teso, affaticato. C'era una sottile rete di rughe intorno agli occhi. Giunse alla conclusione che sembrava più vecchio dei suoi quarantatré anni.

Anche Meredith doveva aver superato da poco la quarantina. Ne era sicuro. Forse era stato qualcosa che Agnes aveva detto a proposito della sua età, prima che lei arrivasse da Londra. Si domandò se fosse troppo vecchia per avere un figlio, e poi fece la riflessione che anche questo dipendeva soprattutto dalla donna stessa. Lui ne aveva sempre desiderati. Perché la sua famiglia continuasse. Ma anche se non ne avesse avuti, alla lunga non sarebbe poi stata una tragedia! Che lotta, la vita! Improvvisamente si rese conto di desiderare soprattutto una cosa, di tendere la mano verso la vita, e di non farsela sfuggire, come di non farsi sfuggire la felicità. Amare qualcuno non aveva niente a che vedere con la possibilità di far nascere dei figli.

Meredith. Lei potrebbe farmi felice. Lo sento nel profondo del cuore. Lo sento nelle mie ossa. E le ossa non mentono, Luc, gli ripeteva sempre Nonna Rose quando era un adolescente, e cominciava a diventare adulto. Molte cose ti diventano chiare se te le senti nelle ossa, figliolo, soggiungeva. Le ossa fanno tutto, e sono tutto: anche la razza, Luc. Guarda i cavalli. Anche quando c'è il vigore, c'è la forza vitale, non basta. Ci vuole la razza, per un cavallo da corsa. E io conosco i miei cavalli, Luc, sono un buon giudice. *Oui, Grand-mère*, rispondeva doverosamente lui. Luc, oggi per favore parla inglese. Sì, nonna. Fìdati sempre di quello che ti senti nelle ossa, ripeteva lei. Loro non mentono mai, Luc, mai. Oh, Nonna Rose, pensò, sorridendo tra sé a quel delizioso ricordo che gli era affiorato alla memoria, quel ricordo di lei... Eri proprio una bella originale!

Scostandosi dallo specchio, Luc tornò in fretta in camera da letto, tirò fuori dall'armadio una giacca di tweed grigio, la infilò sul maglione nero e sui pantaloni grigio scuro, e uscì.

Scese a passo lesto lo scalone principale, attraversò il grande atrio d'ingresso e entrò in biblioteca, guardandosi intorno.

Il fuoco scoppiettava nel focolare, il vassoio dei liquori era ben fornito, c'era anche una bottiglia di Dom nel secchiello d'argento, secondo le istruzioni che aveva dato a Vincent. Non restava che aspettare Meredith.

Avvicinandosi a una delle grandi porte-finestra, si mise a contemplare il giardino pensando a com'erano affascinanti i *parterres*; le siepi verde cupo, accuratamente potate, apparivano coperte da una leggera spruzzata di neve che sembrava quasi mettesse in maggiore risalto le loro complesse forme geometriche. Rifletté che era stato un vero colpo di fortuna che nessuna delle sue sorelle avesse deciso di venire a Talcy per quel fine settimana. Le adorava, e i loro mariti gli erano molto simpatici, ma provava un gran sollievo, una gran gioia, all'idea di avere la casa tutta per sé. Non aveva grandi progetti di seduzione, non era quello il suo stile; gli piaceva che ogni cosa avvenisse naturalmente. Però voleva che Meredith si sentisse rilassata e a suo agio, non come se l'avesse invitata solo per metterla in mostra davanti alla sua famiglia.

Ci fu un rumore lieve, il suono di un passo.

Staccandosi dalla finestra, girò gli occhi, pieno di attesa, verso il soggiorno comunicante. Meredith stava venendo verso di lui; provò quello stesso fremito di piacere che provava sempre quando la vedeva, quel brivido segreto di eccitazione.

Facendosi avanti, esclamò: «Eccoti! Vieni dentro, Meredith, vieni vicino al fuoco dove fa più caldo! E adesso, dimmi un po': gradiresti una coppa di champagne?»

«Sarebbe magnifico, Luc», rispose lei attraversando a passo lieve la stanza.

Luc andò ad aprire la bottiglia di Dom Pérignon, ma non seppe resistere al desiderio di lanciarle uno sguardo di soppiatto. Aveva indossato una giacca a quadrettini beige, su pantaloni e maglione di *cashmere* color avorio. La trovò stupenda. Dominò il sorriso che gli era salito alle labbra. Naturale, che era stupenda! Ormai si andava sempre più convincendo che, quando si trattava di Meredith Stratton, i suoi giudizi non potevano che essere ampiamente positivi.

Dopo aver portato le coppe di champagne vicino al fuoco, Luc venne a sedersi sul divano di fronte a Meredith e disse: «Spero che tu abbia tutto quello che ti occorre, che ti sia trovata a tuo agio nelle stanze di nonna Rose».

«Oh sì, certo, ti ringrazio moltissimo. Le trovo adorabili... e quel bagno, poi! Oddio, c'è addirittura un camino...!» rise e soggiunse: «Che lusso. Mi sento viziata e coccolata in un modo incredibile».

Luc rise con lei. «Tutte le suite delle camere da letto, su quel piano, hanno il camino nella stanza da bagno. Ma a dir la verità non le adoperiamo spesso. In fondo, servono soltanto per gli ospiti, e quando il tempo è freddo. È un tale impegno, tenere il fuoco acceso in continuazione! All'epoca del mio bisnonno, e perfino a quella del nonno, avevano eserciti di domestici per farlo, per badare a ogni cosa. Oggi è difficile trovare il personale adatto, ed è molto costoso; così io cerco di ridurre certe cose, come per esempio il fuoco nei camini, al minimo indispensabile.»

«Non mi sento di criticarti.» Lo guardò, rivolgendogli un caldo sorriso. Luc le piaceva moltissimo e voleva sapere qualcosa di più sul suo conto. «Sei cresciuto qui?» gli domandò, piena di curiosità.

«Sì, esatto. Con le mie sorelle Isabelle e Natalie. Sono più giovani di me, ma ci siamo divertiti molto insieme. Una tenuta come questa è un posto meraviglioso per i bambini.»

«Deve essere stata un'infanzia idilliaca.»

«Penso di sì, anche se a quell'epoca non sempre sembrava esserlo, sai? Mio padre era piuttosto rigido. E giustamente.»

La osservò per qualche istante oltre l'orlo della coppa di

champagne. «Mi sembri un po' triste, malinconica. Qualcosa non va?»

«Oh no, anzi», si affrettò a rispondere lei. «Stavo solo pensando a quanto è stata diversa la mia infanzia...» Ma si interruppe bruscamente, stupita. Chissà che cosa l'aveva spinta a dire quello che aveva detto... Le capitava molto di rado di confidare a qualcuno qualche particolare sulla sua infanzia.

Benché non avesse nessun modo di leggerle nel pensiero, Luc fu colto dal sospetto che Meredith avesse parlato più di quello che era nelle sue intenzioni. Lo capiva dall'espressione sconcertata della sua faccia. Allora, si affrettò a domandarle: «Ma anche tu sei cresciuta in campagna, non è così, forse? Nel Connecticut?»

Lei scrollò la testa. «No, niente affatto. Immagino che Agnes ti abbia raccontato che sono originaria del Connecticut e che laggiù io ho la casa di famiglia e un piccolo albergo. Tutto questo è vero, ma io sono cresciuta in Australia. E ho trascorso la mia infanzia a Sydney.»

«Sei australiana?»

«Sì. O se non altro, sono nata in Australia, e quella è la mia nazionalità originaria. Ma a ventidue anni sono diventata cittadina americana.» Appoggiandosi più comodamente contro i cuscini ricamati, Meredith gli rivolse un lungo sguardo schietto e penetrante, e concluse: «Questo è successo per l'esattezza ventitré anni fa».

«Hai quarantacinque anni? Ma non sembra possibile! Ti assicuro che non li dimostri.» Luc sembrava sinceramente sorpreso.

«Ti ringrazio. In effetti, Luc, ho ancora quarantaquattro anni. Ne compirò quarantacinque all'inizio di maggio.»

«Io ne ho quarantatré... ne avrò quarantaquattro il tre giugno.» Ci fu una piccola pausa. Poi lui continuò, un po' guardingo, perché non voleva far riaffiorare tristi ricordi: «Dal tono della tua voce mi ero quasi fatto l'impressione che tu non abbia avuto un'infanzia molto felice».

«Infatti. È stata bruttissima. Anzi, diciamo pure che è stata orribile. Nessun bambino dovrebbe passare quello che ho passato io.» Gli rispose tutto d'un fiato, impetuosamente, con enfasi. Poi si morse un labbro, e girò la testa dall'altra parte fissando le fiamme nel camino.

Ecco qual è la fonte della sua sofferenza, pensò Luc, o se non altro di parte di essa. Ma c'è molto di più che lei tiene nascosto. Rimase in silenzio per qualche istante, lasciandole lo spazio e il tempo necessari a riacquistare l'autocontrollo.

Poi si decise a dire: «Mi spiace sentire che sei stata infelice, Meredith. Che cosa ti è successo?»

«Sono rimasta orfana quando ero molto piccola. A dieci anni. Mio padre e mia madre sono morti in un incidente d'auto. E da allora sono stata sballottata di qua e di là... è stato duro, difficile...» Si impose di nuovo di tacere, si strinse nelle spalle, si sforzò di sorridere, senza sfuggire il suo sguardo. E quando concluse ciò che voleva dire, anche i suoi occhi erano pieni di schiettezza e di candore, come quelli di Luc: «Ma tutto questo è successo molto tempo fa. In fondo, me ne sono praticamente dimenticata».

Non è per niente vero, fu il commento che lui fece tra sé, e le domandò: «Quando sei andata in America?»

«A diciassette anni. Sono arrivata nel Connecticut lavorando come *au pair* per una famiglia americana che, prima, viveva a Sydney. In seguito ho lavorato per Jack e Amelia Silver. E loro... ecco, possiamo dire... che hanno cambiato radicalmente la mia esistenza.» Un sorriso luminoso si disegnò sulla sua faccia. «Cioè, mi spiego, quello che voglio dire è che per loro io sono diventata come una specie di sorellina minore. Vedi, Luc, non erano molto più vecchi di me. Avevano passato di poco la trentina. Ad ogni modo, mi hanno trattata come se fossi una persona di famiglia. Amelia e Jack mi hanno ricompensato... e abbondantemente per tutti quegli anni così brutti.»

Luc annuì, evitando di fare qualche commento. E rimase

immobile a fissarla in quegli occhi grigio-verdi. La tristezza di poco prima pareva dileguata anche se lui sapeva che, nel segreto del suo cuore, era rimasta ancora, nascosta. E si domandò se sarebbe stato capace di farla scomparire completamente... Ma non ne era del tutto convinto. Sapeva, però, di voler sicuramente una cosa: tentare, almeno.

«Mi stai guardando così fisso, Luc!» disse Meredith. «C'è qualcosa che non va nel mio trucco... o cos'altro?»

«No, niente del genere.» E i suoi occhi castano scuro ebbero improvvisamente uno scintillio. «Se vuoi che ti dica la verità, ti stavo semplicemente ammirando. Sei una donna molto bella, Meredith.»

Lei si accorse che una vampata di rossore le saliva dal collo alle guance, inondandole tutta la faccia, e rimase mortificata di se stessa. Quanti uomini le avevano fatto dei complimenti... Perché adesso arrossiva per quelli di Luc? «T-ti ringrazio», riuscì a balbettare, e si accorse di provare un gran sollievo quando, tutto d'un tratto, dal telefono si levò uno squillo.

Luc si alzò per andare a rispondere. «Clos-Talcy. *Bonjour*». Dopo aver ascoltato per qualche istante, disse: «Rimanga in linea un momento, prego», e la guardò. «È tua figlia, Catherine.»

Il viso di Meredith si illuminò di colpo. Balzò in piedi di scatto, in un attimo fu alla scrivania e gli tolse il ricevitore di mano, ringraziandolo.

Luc si limitò a risponderle con un rapido cenno del capo e poi andò alla finestra e rimase lì, immobile, a guardar fuori. Questa donna gli metteva in subbuglio il cervello. Sentiva di conoscerla a fondo, perché l'istinto glielo diceva e, allo stesso tempo, trovava in lei qualcosa di sfuggente che lo lasciava sconcertato. Un'aria di mistero la circondava. E lui la giudicava irresistibile.

«Ciao, Catherine, come stai, tesoro?» domandò Meredith, e poi si dispose ad ascoltare con attenzione, mentre la voce della figlia le giungeva da New York. Il suo sorriso si accentuò. «Sì, sono felice per te, cara. Anzi letteralmente emozionata.» Strinse con maggior forza il ricevitore che impugnava, continuò ad ascoltare e poi disse nel microfono: «Sì, rientrerò lunedì a Parigi, e no, non sarò a casa ancora per almeno un'altra settimana». Poi ci fu ancora una pausa prima che rispondesse: «Sì, va bene, ti chiamerò mercoledì. Tanti saluti affettuosi a Keith da parte mia. Non dimenticarti di raccontarlo a Jon. Ti auguro uno splendido fine settimana. Ti voglio bene, Cat. E adesso, ciao. A presto».

Posò il ricevitore e sorrise a Luc quando lui si voltò di nuovo a guardarla con un'espressione di attesa negli occhi.

«Mia figlia si è appena fidanzata. Ieri sera. A sentirla, direi che è al settimo cielo!» Meredith batté le palpebre e girò rapidamente la testa dall'altra parte, sforzandosi di ricacciare indietro le lacrime. Era infinitamente felice per Catherine e per un attimo la commozione aveva avuto il sopravvento.

«Che splendida notizia. Qui ci vuole un brindisi, e un altro bicchiere di quel vino con le bollicine... come lo chiamava Nonna Rose.»

Dopo aver riempito di nuovo le coppe di cristallo, Luc levò il proprio e lo accostò a quello di Meredith facendolo tintinnare lievemente. «Ecco, brindo all'amore... e a un lieto fine», mormorò fissando intensamente con i suoi occhi scuri quelli di Meredith.

E Meredith ricambiò quella lunga occhiata, accorgendosi di arrossire di nuovo. «All'amore e a un lieto fine, Luc», ripeté. E poi bevve un sorso di champagne. Infine, tornò al divano e vi sedette. Tutto d'un tratto, alla presenza di Luc de Montboucher provava un vago senso di imbarazzo.

Luc la seguì ma rimase in piedi, le spalle al camino dove il fuoco scoppiettava. «Quanti anni ha tua figlia?» le chiese.

«Venticinque. E ho anche un figlio, Jonathan, che ne ha ventidue. Sta studiando giurisprudenza a Yale.»

Sul viso di Luc lampeggiò un sorriso mentre esclamava: «Io ci ho studiato architettura. Ho preso lì la specializzazione, dopo aver fatto gli studi alla Sorbona. Che coincidenza! Gli piace?»

«Sì, gli piace.»

«Ne sono contento. Piaceva molto anche a me. Sono stati gli anni migliori della mia vita.» E scoppiò in una risatina soffocata.

«Davvero?»

«Almeno fino a un certo punto. Ho avuto anche altri anni buoni. Prima. Dopo.» Bevve un sorso di champagne mentre sul suo viso si disegnava un'espressione assorta, riflessiva.

«Luc?»

«Sì?»

«Sei mai stato sposato?»

«Oh sì. Ma Agnes non ti ha raccontato niente di me?» e alzò un sopracciglio con aria interrogativa.

«No.» Meredith corrugò la fronte. «Che cosa ti fa pensare che dovesse farlo?»

«Oh, nessuna ragione speciale», si affrettò a rispondere lui, e si strinse nelle spalle. «Pensavo semplicemente che potesse averlo fatto, tutto qui. Eh sì, sono stato sposato. Mia moglie è morta sei anni fa. Annick godeva di una splendida salute, e il giorno dopo moriva di cancro. È stata una forma violenta, se ne è andata molto in fretta. Soltanto sei mesi dopo che il male le era stato diagnosticato. Aveva appena trentasette anni.» Tacque per qualche momento, si schiarì la gola. «Siamo stati sposati otto anni.»

«Luc, come mi spiace. Che cosa tragica. Che perdita terribile dev'essere stata per te.» Meredith alzò a guardarlo due occhi incupiti e tristi, augurandosi di non averlo turbato troppo con le sue domande. Che sciocca era stata, che scervellata, a tirar fuori il discorso della moglie!

«Non abbiamo avuto figli», soggiunse Luc, a completare quelle informazioni.

Meredith non disse niente e rimase con lo sguardo perduto verso il fondo della stanza, assorta nei suoi pensieri.

Luc posò il suo bicchiere sul tavolino che si trovava fra i due divani; buttò un paio di ciocchi sul fuoco, lo attizzò. Sollevando di nuovo il bicchiere, bevve un sorso.

La stanza era diventata improvvisamente molto silenziosa. Gli unici rumori erano quelli della legna che scoppiettava nel focolare, del ticchettio dell'orologio.

Infine Meredith gli disse: «Indipendentemente da quello che ne possiamo pensare, nessuno ha mai una vita facile. Ci sono sempre dolore e sofferenza, inquietudini, problemi, cattiva salute. E la perdita di qualche persona cara... in un senso o nell'altro.»

«Proprio così... È verissimo quello che dici. La mia nonna irlandese non era solo molto bella ma anche molto saggia. E continuava a ripeterci, anche quando ormai eravamo diventati adulti, che la vita era sempre stata dura, che doveva esserlo, che non sarebbe mai stata nient'altro che dura. È la sorte terrena di noi poveri mortali, diceva, e quindi dovevamo cogliere al volo quel po' di felicità che ci veniva offerto appena possibile. E, se trovavamo la persona giusta, dovevamo tenercela ben stretta, e non lasciarla più andare. Mai più. Ecco quello che diceva e ho il forte sospetto che Nonna Rose dicesse la verità.»

«Io non ho mai incontrato la persona giusta», disse Meredith, stupita di se stessa e rimpiangendo immediatamente di aver detto quelle parole subito dopo che le erano uscite dalle labbra.

«Io, sì. Ma lei è morta.» Luc per un attimo rimase con gli occhi fissi nel vuoto, assorto, come se contemplasse qualcosa che era visibile soltanto a lui. Poi soggiunse: «Non ho mai conosciuto nessun'altra. Però non ho rinunciato a sperare...». La guardò in modo significativo. Ma sembrò che Meredith non cogliesse il senso di quell'occhiata.

«Il padre di Catherine è morto», gli rispose, poi di colpo. «Ma, in ogni caso, era un uomo sposato... e io non avrei mai potuto diventare sua moglie. Dal padre di Jon ho divorziato... è stata tutta una storia sbagliata, quella... non eravamo proprio per niente la persona giusta l'uno per l'altra...» e lasciò che la frase rimanesse così, sospesa a mezz'aria... non finita.

«Quando è stato? Molto tempo fa? Il tuo divorzio?»

«Sedici anni.» Confessioni, pensò. E ancora confessioni. Si può sapere che cosa mi sta succedendo tutto d'un tratto? Per quale motivo mi sono messa a raccontargli tante cose così private e segrete sul mio conto? Quest'uomo è un estraneo.

«Incontrerai la persona giusta, Meredith», disse Luc. «So che la incontrerai.» Avrebbe voluto aggiungere che forse l'aveva già incontrata, ma preferì tacere.

All'altra estremità della biblioteca Mathilde si presentò sulla soglia di una porta. Si schiarì la gola.

Luc le lanciò un'occhiata. «Ah, Mathilde. Il pranzo è servito?»

«*Oui, Monsieur.*»

«*Merci.*» Rivolgendosi a Meredith, soggiunse: «Non so tu, ma io ho una fame da lupo!»

«Sì, anch'io.»

Mentre la precedeva attraverso la biblioteca verso la sala da pranzo, Luc spiegò: «Ho pregato Mathilde di prepararci un pasto semplice. Zuppa di verdura, una omelette, insalata verde, formaggio e frutta. Spero che sarà tutto di tuo gusto».

«Direi che sarà perfetto», rispose Meredith, lanciandogli un'occhiata.

Luc le rivolse un caldo sorriso, la prese sottobraccio e la condusse in sala, dove Mathilde aspettava di servire il pranzo.

D'un tratto Meredith si accorse che non aveva più importanza tutto quello che aveva raccontato a Luc sul proprio conto. Sapeva che non l'avrebbe giudicata; aveva molta fiducia in lui.

E poi, con Luc de Montboucher, si sentiva al sicuro.

13

DOPO pranzo Luc accompagnò Meredith a fare un giro nel parco. Mentre camminavano, parlarono di una grande varietà di cose ma, a un certo momento, quasi senza volerlo la conversazione ritornò sull'argomento della nonna. Luc le raccontò parecchie storie divertenti che avevano come protagonista Rose de Montboucher, intrattenendola molto piacevolmente.

Ad un certo momento lei disse: «Il modo in cui parli di *Grand-mère* Rose me la fa vivere, realmente, davanti agli occhi! Vorrei averla conosciuta».

«Credo che ti sarebbe anche piaciuta molto», rispose Luc lanciandole uno sguardo. «Era una vera e propria originale, sai? Un carattere forte, coraggioso e pieno di spirito. In fondo si può dire che sia sempre stata lei a mandare avanti la nostra famiglia. La dirigeva con un pugno di ferro. Nel solito guanto di velluto, naturalmente!» Scoppiò in una risatina soffocata e continuò: «A mio padre piaceva moltissimo burlarsi di lei e prenderla garbatamente in giro e, quando arrivava il giorno del suo compleanno, aveva sempre l'abitudine di farle un brindisi, levando il calice e dicendo: 'Ecco, brindo a quel grand'uomo che si chiama Rose', prendendo a prestito la battuta da Voltaire».

«Che ha detto quelle precise parole alla Grande Caterina quando se la trovò davanti, in Russia, per la prima volta», osservò Meredith. «È uno dei miei personaggi storici preferiti e ho letto sul suo conto un gran numero di biografie. Lei, sì, era forte, e anche coraggiosa. E dettava legge. Sceglieva lei le regole alle quali adeguare la propria esistenza.»

«Verissimo. Infatti è stato proprio così. D'altra parte è quello che fanno quasi tutte le donne forti, non ti pare?»

«Sì, certo... Ma, a volte, vi sono costrette, perché non hanno altra scelta.»

Luc la prese sottobraccio per farle imboccare un sentiero che si staccava dal viale principale e conduceva al frutteto. «Nel 1871 quando il mio bis-bisnonno acquistò Talcy dalla famiglia Delorme, volle anche costruire quella vasca per i pesci che c'è laggiù. In realtà è una specie di stagno, alimentato dal torrente che attraversa il bosco, ma devo dire che da parte sua è stato un'opera di ingegneria addirittura meravigliosa.»

Si arrestarono sul bordo dello stagno e Meredith scrutò le fangose profondità. «Ma... dentro ci sono proprio i pesci!» esclamò, non nascondendo la propria sorpresa.

«Naturalmente. Quando ero bambino, avevo l'abitudine di venir qui a pescare. Ci venivamo tutti, anche le mie sorelle, armati di lenza e ami. E qualche volta Nonna Rose si univa a noi. Era piuttosto brava, come pescatrice.»

«Non faccio fatica a immaginarlo.» Calò il silenzio tra loro, mentre giravano intorno allo stagno, e poi lo lasciavano per avviarsi verso il bosco. Dopo un momento, Meredith mormorò: «La nonna ha avuto una grande influenza su di te, vero?»

«Oh, sì. È stata lei ad allevarci, capisci? Mia madre è morta di parto, facendo nascere il nostro fratellino Albert, che era prematuro. E nella stessa settimana è morto anche lui. Saranno trentatré anni quest'estate, per l'esattezza.»

«Che cosa triste e dolorosa per te e per le tue sorelle... per tutta la vostra famiglia.»

«È stato un colpo durissimo per tutti noi, e in special modo per mio padre. Non si è più risposato e credo che abbia pianto la scomparsa di mia madre fino al giorno della sua morte.»

«Quando è successo, Luc?»

«Quasi due anni fa. Non era molto vecchio, aveva soltanto settantun anni, un'età che, di questi tempi, non può essere considerata molto avanzata. È morto all'improvviso, di un colpo. Era nelle scuderie e non ha mai capito che cosa gli sia successo, grazie a Dio! Sarebbe stato tremendo se fosse rimasto infermo, perché era un uomo molto attivo, un grande sportivo.»

«E la nonna? Lei, quando è morta?»

«Nel 1990, all'età di novant'anni. È stata benissimo fino alla fine, non era per niente senile o decrepita, anzi molto attiva e non aveva perduto niente delle sue facoltà mentali. Oh, certo... da queste parti era ancora lei a dirigere, e a comandare. Una sera è andata a letto e non si è più svegliata. È morta così, nel sonno, serenamente. E di questo io sono stato felice, perché non ha sofferto. Per fortuna. Come mio padre, del resto.»

«Credo che sia il modo migliore di andarsene, quando si è ancora sulla breccia, in piena attività», disse Meredith, pensando ad alta voce. «Oppure durante il sonno, com'è successo alla tua nonna. Morire di vecchiaia è la cosa più naturale.» Meredith si voltò a guardarlo, e gli sorrise. «Il suo ritratto, quello che c'è nel mio salotto, è incantevole, non ti pare? Stavo cercando di calcolare quanti anni poteva avere quando è stato dipinto.»

Luc corrugò la fronte mentre rispondeva: «Con sicurezza, non lo so. Ad ogni modo aveva appena sposato Arnaud de Montboucher, mio nonno, ed era venuta a vivere a Talcy quando ha posato per quel quadro. Di conseguenza, doveva aver da poco passato la ventina».

«Proprio quello che pensavo. Mi ricorda qualcuno, ma non riesco a capire di chi si tratti.»

«Mia sorella Natalie le somiglia molto, ma tu non hai mai conosciuto Natalie. Oppure, sì?»

Meredith si mise a ridere, e scrollò la testa: «No, non l'ho mai conosciuta».

«Natalie assomiglia alla nonna dal punto di vista fisico perché effettivamente è piuttosto bella, ma è tutta diversa nel carattere. Come Isabelle. Sono io l'unico che ha ereditato le doti fondamentali di Rose», le confidò Luc.

«Dunque bisogna proprio dire che lei su di te ha lasciato chiara la sua impronta, vero?»

«Assolutamente. Sono arrivato alla conclusione che penso come lei, e ho anche la tendenza a fare le cose come le faceva lei. Quando qualcuno ti fa sentire la sua influenza nell'infanzia, te lo porti dentro di te, sempre. Così credo, almeno. Come un marchio indelebile. Chi è stato che ha lasciato la sua impronta su di te, Meredith?»

«Nessuno», rispose lei quasi con fierezza, e poi si morse un labbro perché si era improvvisamente resa conto di aver parlato con un tono che poteva sembrare offeso e irato. Addolcendo la voce, continuò: «Io, invece, ho tirato avanti alla bell'e meglio da sola, cercando di cavarmela come potevo, insegnando a me stessa come andavano fatte le cose. Nessuno mi ha influenzato. Non c'era nessuno nella mia vita che potesse farlo... ma proprio nessuno! Ero completamente sola».

Da qualche istante avevano smesso di camminare, fermandosi vicino a una delle fontane. Adesso si erano voltati e si trovavano faccia a faccia, mentre si parlavano. Il senso di tristezza che pervadeva le parole di Meredith commosse profondamente Luc, che provò una gran voglia di aprire le braccia e di stringerla al cuore. Ma non ne ebbe il coraggio. Stava per dirle qualcosa che potesse confortarla, quando lei improvvisamente sorrise. Il senso di privazione, la sofferenza per la mancanza di qualche cosa di importante e prezioso, scomparvero istantaneamente.

Meredith disse: «Ma c'è stato qualcuno più tardi, quand'ero un po' più grande... a diciotto anni. Amelia Silver. Lei mi ha mostrato come fare certe cose, mi ha insegnato ad apprezzare l'arte e gli oggetti d'antiquariato. Aveva un gusto squisito e un autentico senso artistico. Anche suo marito Jack ha influito su di me in diversi altri modi».

«Vivono ancora nel Connecticut, i Silver?»

«Oh no, sono morti tutti e due. Già da molti anni, più di venti. E purtroppo, sono morti giovani.»

«Mi spiace. Erano come una famiglia per te, vero?»

Lei fece segno di sì con la testa, evitando per un attimo di guardarlo e girandosi dall'altra parte. «Avevo ventidue anni quando Jack è morto e ventitré quando Amelia lo ha seguito nella tomba. Li ho avuti nella mia vita soltanto per pochi anni.»

Accorgendosi che la tristezza tornava ad affiorare in Meredith, Luc la prese per mano. «Su, vieni, scendiamo fino al lago... È così pittoresco... una delle parti più belle del parco.»

Quando arrivarono al lago che si trovava sul lato opposto della casa, Meredith iniziò a non sentirsi bene. Era stata colta da un'ondata di nausea e le sembrava che una strana stanchezza fosse calata su di lei. Una stanchezza intensa, totale. Tutto d'un tratto le parve di aver la sensazione di essere lì lì per cadere e si aggrappò più forte al braccio di Luc, dicendo con voce fievole: «Non so che cosa mi sia successo, ma mi sento malissimo. Ho la nausea e tutto d'un tratto sono stanca morta».

Luc la guardò preoccupato. «Mi auguro che non siano i sintomi dell'influenza e che Agnes non ti abbia passato qualche bacillo!»

«Non credo. E poi, Agnes non era malata.»

«No, ma la sua famiglia sì. Oppure pensi che sia stato il vino a pranzo? Potrebbe essere stato quello a farti male?»

Meredith fece segno di no con la testa. «Non ho bevuto moltissimo. E a ogni modo adesso ricordo che sentivo già un vago senso di malessere quando sono arrivata a Parigi martedì sera. Avevo passato la mattinata girando per le rovine di un'antica abbazia nello Yorkshire e faceva un freddo tremendo. Tant'è vero che, alla sera, ho pensato di essermi presa un bel rafreddore! Invece la mattina dopo stavo di nuovo benissimo; quindi forse ero soltanto molto stanca, e nient'altro.»

«Può darsi. Torniamo a casa. Devi riposare per il resto del pomeriggio.» E così dicendo le circondò la vita con un braccio e insieme ritornarono passo passo verso il castello.

Luc accompagnò Meredith di sopra, nella suite che le aveva destinato, e la circondò di mille premure. La obbligò a togliersi gli stivali e la costrinse a sdraiarsi sul divano. Aggiunse altri pezzi di legna al fuoco che ardeva nel camino e le portò un pesante scialle di cashmere, con il quale si affrettò a coprirla.

«Non addormentarti», le disse sorridendole. «Torno subito con un po' di tè ben nel caldo, al quale aggiungerò un po' di miele. Ti farà molto bene... era una delle cure di Nonna Rose.» Lasciò la stanza, richiudendosi la porta alle spalle senza rumore.

Meredith si adagiò con la testa appoggiata a un mucchio di soffici cuscini di velluto e chiuse gli occhi; era così insonnolita che non riusciva quasi a tenerli aperti.

E probabilmente si appisolò perché si svegliò con un sobbalzo quando Luc, chinandosi su di lei, le scostò delicatamente dal viso una ciocca di capelli. Un gesto così intimo da parte sua la lasciò sconcertata per un momento. Poi si rese conto che non le importava... Anzi, tutto d'un tratto le pareva perfettamente naturale.

«Ho messo il tè qui sull'ottomana», le disse Luc a voce bassa, ancora venata di preoccupazione. «Bevine un po' finché è caldo. Adesso me ne vado e ti lascio riposare.» E le diede una forte stretta alla spalla.

«Grazie, Luc, come sei gentile! Mi spiace di aver dovuto abbreviare la nostra passeggiata, ma io...»

«Non pensarci più!» la interruppe lui vivacemente. «Non è importante.»

«Vorresti spegnere la luce, per favore?»

«Certo. E adesso, riposa.» E se ne andò.

Meredith si voltò su un fianco, si rannicchiò, ripiegata su se stessa sotto lo scialle di cashmere e si mise a fissare le fiamme che ardevano allegramente nel focolare. I ciocchi sibilavano sommessamente, e a tratti si levavano qualche scoppiettio e uno sciame di scintille che volavano su per il camino. Ad un certo momento alzò gli occhi e fissò a lungo il ritratto di Rose de Montboucher.

La luce del pomeriggio stava calando in fretta e, a poco a poco, la camera si colmava di ombre ma il fuoco nel camino, con le sue danzanti lingue di fiamma, irradiava un riverbero rosato. In quella tenue luce incandescente, a Meredith parve che il ritratto di Rose prendesse vita. Sembrava animata; i suoi occhi, del colore azzurro del delfinio, erano brillanti e scintillavano di allegria; i riccioli rosso-oro incorniciavano come un alone di rame brunito un viso dall'espressione orgogliosa. Com'era bella... così radiosa.

Le palpebre di Meredith si abbassarono. E si abbandonò all'ondata di calore. La sua mente era dominata da quel viso... e i ricordi vi si affollavano, urgenti, in lotta fra loro per prevalere... e poi si spezzettavano in impercettibili frammenti. Cadde in un sonno profondo. E sognò.

Il paesaggio era vasto e si estendeva sterminato, a perdita d'occhio, per chilometri e chilometri. Vuoto e pieno di desolazione. C'era qualcosa di stranamente sinistro in quel posto dove gli alberi mancavano, dove niente cresceva sulla terra arida e isterilita.

Lei non aveva fatto che camminare e camminare, almeno

per quanto riusciva a ricordarsi. Le sembrava di aver camminato da sempre. Si sentiva stanca. Eppure una determinazione segreta la incitava ad andare avanti. Sapeva che erano lì, in qualche posto. I bambini. Li aveva seguiti. Ma dove potevano essere? I suoi occhi scoccarono rapidi sguardi tutt'intorno. Il paesaggio era vuoto, deserto; non c'era alcun luogo in cui potessero nascondersi.

Aiutami a trovarli, ti prego. Oh Dio, aiutami a trovarli, supplicò. E subito comprese che le sue preghiere cadevano su un terreno arido. Qui non c'era nessun Dio. Impossibile che ci fosse, in questo vuoto sterminato. Questo inferno era senza Dio.

E poi, inaspettatamente, vide qualcosa che si muoveva lungo il pallido orlo del lontano orizzonte. Cominciò a correre. La terra, arida e piena di crepe, d'un tratto venne sostituita da una pianura melmosa e le sue scarpe affondarono in quella melma. Ogni tanto vi rimanevano risucchiate e la sua avanzata ne veniva rallentata. Ma lei persistette. Presto il terreno tornò arido, asciutto e compatto. E lei cominciò a correre, a correre.

Quei puntini neri all'orizzonte si fecero a poco a poco più vicini, e d'un tratto giganteggiarono di fronte a lei come se avessero fatto un balzo all'indietro. Vide un bambino che teneva per mano una ragazzina. Ma non appena le si furono avvicinati, ecco che improvvisamente si ritirarono, poi vennero di nuovo avanti; tutto continuò così, e sempre più in fretta. E lei ricominciò a correre e di nuovo fu quasi lì lì per raggiungerli. Camminavano lentamente, quei due, sempre mano nella mano, perfettamente al passo. Lei si mise a gridare, li chiamò perché l'aspettassero. Ma loro non l'aspettarono. Continuarono a camminare come se non l'avessero nemmeno sentita. Il cielo era mutato, trasformandosi in uno strano colore verde-grigiastro; cominciò a soffiare un forte vento che, a folate, la sospingeva avanti. All'improvviso il bambino si alzò in aria, come se una raffica di vento lo avesse fatto sollevare verso l'alto. E scomparve nel cielo.

La ragazzina era rimasta sola adesso. D'un tratto si voltò e cominciò a camminare verso di lei. Meredith affrettò il passo per andarle incontro, così pallida, esile e patetica, con il viso livido, affilato, e i grandi occhi tristi. Portava calze e scarpe nere, e un pesante cappotto invernale. In testa aveva un berrettino nero e, intorno al collo, una lunga sciarpa a righe. Il cartellino di riconoscimento che portava appuntato al risvolto del cappotto era enorme. La ragazzina lo indicò col dito. Meredith lo guardò, cercando di decifrare il nome che vi era scritto sopra, ma senza riuscirci.

Di colpo, cogliendola di sorpresa, la ragazzina cominciò a correr via. Meredith cercò di inseguirla ma i suoi piedi erano bloccati, imprigionati nella melma. Gridò alla ragazzina di tornare indietro ma quella non si fermò e, invece, continuò a correre e correre e correre fino a quando non scomparve, uscendo definitivamente dal paesaggio.

Ci fu un crepitio e poi un frastuono terribile, come un bombardamento, e ogni cosa esplose intorno a lei...

Meredith si mise a sedere con un sussulto. Aveva la faccia e il collo fradici di sudore. Era disorientata e le occorse qualche momento per riuscire a capire dove si trovasse. Poi si rese conto di essere nel salottino di nonna Rose, a Talcy. Fuori imperversava un forte temporale, i lampi saettavano attraverso un cielo diventato improvvisamente cupo, il tuono con il suo violento rimbombo faceva tintinnare i vetri delle finestre. Rabbrividì rannicchiandosi sotto lo scialle di cashmere nel quale Luc poco prima l'aveva avvolta, fissando il fuoco che cominciava a spegnersi nella grata del focolare. Il terrore era lì, dentro di lei, e la dilaniava.

Chiudendo gli occhi, cercò di scacciarlo anche perché non riusciva a capire per quale motivo dovesse sentirsi così spaventata. In fondo si trovava lì, al château, perfettamente al sicuro, malgrado l'uragano che si era scatenato fuori.

E poi le tornò in mente. Capì il motivo per il quale era così piena di paura. Il sogno. Quel sogno ricorrente, che le si era presentato tante volte nella vita. Erano anni che non succedeva più. Eppure, tutto d'un tratto, l'antico sogno familiare era tornato a ossessionarla, a spaventarla di nuovo, come aveva fatto in passato.

14

RIENTRATA a Parigi, Meredith si accorse che i suoi pensieri tornavano spesso al fine settimana trascorso a Clos-Talcy. Luc de Montboucher, in modo particolare, era al centro delle sue riflessioni.

Le piaceva, anzi provava per lui qualcosa di più di una pura e semplice simpatia, e la sua gentilezza l'aveva profondamente colpita.

La gentilezza era sempre stata importante per lei – forse perché ne aveva ricevuta così poca in vita sua. Anzi, niente del tutto, da bambina. E il fatto di esserne sempre stata priva, mentre diventava adulta, l'aveva costretta a crearsi intorno una specie di armatura di ferro. Soltanto la signora Paulson era riuscita a schiudersi un varco in quella specie di duro guscio protettivo; e poi, naturalmente, i Silver, quando era andata a lavorare per loro a Silver Lake.

Quindi, come era stata importante per Meredith da bambina, la gentilezza aveva continuato a esserlo anche quand'era diventata donna, anzi una donna matura, che aveva passato la quarantina. Ma, a parte questa sua caratteristica, aveva anche trovato Luc particolarmente affascinante come uomo.

Era molto bello, di una bellezza bruna, con i lineamenti regolari e scolpiti, anche se per quello che la riguardava, questo non costituiva il suo pregio maggiore. Già da molto tempo chiunque avesse soltanto un bel viso aveva cessato di suscitare il suo interesse.

Ammirava la sua intelligenza, il talento, e quella integrità che, d'istinto, intuiva inattaccabile. Non solo, ma Luc aveva anche un buon senso dell'umorismo. E, in molte cose, gli stessi suoi gusti – amavano i buoni libri, la musica classica, una coppa di champagne ghiacciato davanti a un bel fuoco scoppiettante nel camino in una serata d'inverno... per non parlare delle case costruite sull'acqua, delle finestre antiche e delle delicate pitture di Marie Laurencin. Tutto sommato, Luc era un uomo che faceva sicuramente molto colpo ed era felice di averlo conosciuto e di aver accettato il suo invito.

Erano tornati a Parigi in automobile nelle prime ore del lunedì mattina e Meredith aveva passato buona parte del pomeriggio con lui e Agnes a visitare di nuovo il *Manoir de la Closière* a Montfort-L'Amaury, esaminando punto per punto tutti i cambiamenti che intendevano farvi eseguire. Quella sera Luc l'aveva invitata a cena al *Relais Plaza*, mentre la sera prima avevano cenato al *Gran Vefour*.

In quegli ultimi giorni avevano riso e si erano divertiti molto; e lei aveva cominciato ad accorgersi fino a che punto, e quanto profondamente Luc l'avesse colpita. E, anche, come cominciasse a provare simpatia, se non addirittura affetto, nei suoi confronti.

Lo conosceva soltanto da una settimana ma doveva ammettere che lo trovava un uomo straordinariamente interessante. Capiva che avrebbe sentito la sua mancanza, una volta tornata a New York. Mentalmente stava già facendo i progetti per il prossimo viaggio che intendeva fare a Parigi. Ma aveva molti affari da sbrigare a Manhattan; in più doveva anche siglare il compromesso per la vendita dell'*Hilltops* ai Morrison. Non solo, ma non vedeva l'ora di trovarsi con Cat, abbracciarla, circondarla di tenerezza e festeggiare il suo fidanzamento con Keith.

D'altra parte, aveva calcolato che tutto questo avrebbe richiesto al massimo una decina di giorni; poi poteva ritornare a Parigi a bordo di un Concorde. A Parigi, comunque, la sua presenza era essenziale per la ristrutturazione e tutti i cambiamenti che intendevano fare all'antica residenza di campagna. Il lunedì tutti e tre avevano stabilito, di comune accordo, che l'edificio andava rimodernato e attrezzato con tutto quanto c'era di più nuovo, sotto ogni aspetto, pur senza perdere il suo carattere fondamentale e il suo fascino. E, di conseguenza, questo richiedeva la sua impronta, in fatto di arredamento d'interni, perché assumesse quello stile e quelle caratteristiche che dovevano proclamarlo subito un'altra creazione della Havens Incorporated.

Nella quiete della sua suite, all'albergo, la sera prima si era anche domandata che cosa sarebbe successo una volta che i lavori di ristrutturazione dell'albergo fossero finiti; e personalmente, per quello che la riguardava, aveva già trovato subito una risposta. Il piccolo albergo avrebbe richiesto un anno, come minimo, per essere rimesso a nuovo; e lei, quindi, avrebbe passato gran parte del suo tempo a Parigi. La Ville Lumière. La città degli amanti.

Le cose si sarebbero risolte da sole, disse a se stessa, per rassicurarsi, nelle prime ore del mattino. Già da molto tempo era arrivata alla conclusione che la vita aveva un modo tutto suo di preparare, e presentare, le soluzioni.

Giorno dopo giorno, passo dopo passo, fu quello che si disse andando a letto. È l'unica cosa da fare; poi vedremo quello che succederà. Tutto deve seguire il suo corso normale.

Sapeva fin troppo bene come una relazione che sembrava promettente potesse facilmente finire in nulla, stemperarsi e dissolversi in un profluvio di recriminazioni e di malumore, se non peggio. In fondo, non era forse successo con Reed Jamison? L'espressione del suo viso cambiò, ripensando a lui. Che incontro sgradevole era risultato, alla fine! D'altra parte, Reed e Luc non avrebbero potuto essere più diversi, i due uomini erano letteralmente all'opposto in ogni cosa... e, comunque, fare un confronto fra loro era stupido, perfino odioso.

Luc era così schietto, così onesto! Meredith ormai si andava persuadendo che avrebbe sempre saputo con esattezza come stavano le cose fra loro. Con lui non ci sarebbero stati né piccoli trucchi meschini, né brutti tiri. Era un uomo premuroso, responsabile, maturo che – come ben sapeva – la rispettava; e, sicuramente, anche lei rispettava Luc.

Aveva passato buona parte del martedì con Agnes e si era molto meravigliata che la socia francese non avesse mostrato una eccessiva curiosità per il suo fine settimana, perché le aveva fatto soltanto poche domande, e delle più banali. D'altra parte, erano state molto impegnate con i progetti per l'albergo e avevano avuto un gran daffare, correndo qua e là per Parigi. Avevano visitato un numero sterminato di negozi d'antiquario e di ditte specializzate in tessuti d'arredamento, scattando una quantità di foto di mobili antichi e facendo una sostanziosa raccolta di campioni di tessuti e di tappezzerie. Poiché avevano gusti simili, e più o meno le stesse idee, per quello che riguardava la decorazione e l'arredamento degli interni di quello che doveva diventare un piccolo, elegante, albergo di campagna, sotto questo rispetto non c'era stato nessun problema.

Fu il mercoledì pomeriggio, mentre si trovavano nello studio di Agnes, negli uffici della Havens, che Meredith accennò a Luc. Stavano facendo una scelta di campioni di tessuti e li disponevano l'uno accanto all'altro su un pannello di legno, cercando di creare uno schema di colori accettabile.

Tutto d'un tratto Meredith disse: «Ieri sera Luc mi ha invitato di nuovo al castello. Per questo fine settimana».

Agnes alzò gli occhi a guardarla. «Non mi sorprende affatto. Gli piaci molto.»

«E lui piace a me.»

Agnes rise. «Come alla maggior parte delle donne. È irresistibile. Mi sono sempre domandata per quale motivo non si sia più risposato.»

«Forse ci vuole tempo perché riesca a superare il dolore per la perdita di sua moglie.»

«Oh! Allora ti ha parlato di lei?»

«Sì, ed è più di quanto non abbia fatto tu, dopo avermelo promesso. Su quell'argomento, ho fatto un sacco di *gaffes*, tanto che a un certo punto ho avuto addirittura paura della sua reazione. Sembrava così sconvolto!»

«Mi spiace di non averti telefonato, come ti avevo promesso, ma Chloe è stata così male che non sapevo più da che parte voltarmi... con tutto il daffare che avevo! Alain e io abbiamo potuto scambiare due parole in pace soltanto domenica pomeriggio, e non potevo di sicuro telefonarti a Talcy per spettegolare sul padrone di casa, di cui eri ospite, ti pare?»

«No, questo posso capirlo! E sono contenta che tu non l'abbia fatto perché mi sarei trovata in imbarazzo.»

«Alain ha frequentato Luc, a intervalli, per molti anni, Meredith, ma non si può dire che lo conoscesse molto bene. Soltanto in quest'ultimo anno i nostri rapporti sono diventati un poco più stretti, soprattutto perché è stato lui a fare i progetti per una casa per la sorella di Alain. Ma anche così, di Annick non parlava mai... il suo passato era un po'... ecco, diciamo... vago per noi. E, poi, non siamo dei ficcanaso, come sai...» Non concluse la frase, limitandosi a volgere gli occhi verso Meredith e ad alzare le spalle.

Meredith disse: «Capisco. Si possono conoscere le persone, ed essere anche in amicizia con loro ma, nello stesso tempo, non sapere molto della loro vita privata». Si appoggiò meglio allo schienale della poltrona e accavallò le lunghe gambe. «Se tu sapessi quante cose ci sono in Luc che mi piacciono, Agnes! Intendo come persona. È molto schietto, onesto. E poi, ti ascolta sul serio, ti presta attenzione. Oggi questa è una rarità!»

«Secondo me è quel tipo d'uomo che merita di essere preso sul serio. D'altra parte so, ed è un fatto assodato, che non è il tipo del playboy. Proprio per niente, sai? Come non è neanche un dongiovanni.» Agnes lanciò un'occhiata penetrante a Meredith e provò ad insistere: «Credi che te la sentiresti di avere una relazione con lui? Un legame, ma su un livello serio?»

Da parte di Meredith ci fu una breve esitazione, poi rispose: «Sì, credo che potrei, Agnes. È il tipo d'uomo che mi piace, quello che credevo che non sarei mai più riuscita ad incontrare. Gli uomini come Luc, di solito, quando si innamorano fanno sul serio».

«Hai perfettamente ragione, *ma chérie*, ma io sono convinta che Luc non si sia impegnato sentimentalmente per una scelta ben precisa. Almeno fino a ora. Però a me ha detto che tu gli piaci e che avrebbe voluto conoscerti meglio.»

Meredith guardò Agnes con tanto d'occhi. «Oh, e quando sarebbe successo, questo?»

«La settimana scorsa, subito dopo averti conosciuto.»

«E tu non me lo hai detto! Grazie mille. Che amica, eh?»

Agnes scoppiò in una aperta risata. E le rispose, scrollando la testa mentre i suoi occhi grigi brillavano di divertita allegria: «Non mi aveva raccomandato di non parlartene, ma io ho pensato che ci vuole coraggio anche per adoperare un po' di discrezione... Sai come vanno queste cose! E, in ogni caso, non volevo correre il rischio di spaventarti e, magari, di farti scappare. Ho pensato che, con ogni probabilità, mi avresti dato una rispostaccia dicendomi che ero una sciocca romantica. Prova un po' a considerare, Meredith, i vari uomini che ti ho presentato in questi ultimi otto anni. Erano pieni di fascino, e con tutti i requisiti adatti, ma tu non hai mai dato la sensazione di provare un briciolo di interesse per loro. Ma proprio neanche un briciolo...!»

«Infatti, è proprio come dici.»

«E invece provi interesse per Luc?»

Meredith annuì.

«Mmmm, non posso dire di criticarti, ha qualcosa di molto sexy. Sensuale, credo, o sbaglio?»

15

LAVORARONO insieme nello studio di Luc dal momento dell'arrivo a Talcy fino alle sette, il giovedì sera. E poi ricominciarono di nuovo alle nove, la mattina dopo.

Anche stavolta fu una giornata lunga, interrotta soltanto dal pranzo. Verso la fine del pomeriggio del venerdì Luc posò la matita e alzò gli occhi, rivolgendoli a Meredith, che era seduta a un piccolo scrittoio, e stava incollando su alcuni pannelli di legno campioni di tessuti, di moquette, e di pittura per le pareti, cominciando a creare i primi schemi di arredamento per l'albergo.

«Non avrei dovuto farti una cosa del genere», le disse lasciandosi andare contro la spalliera della poltrona e indugiando su di lei con gli occhi.

«Che cosa vuoi dire?» gli domandò Meredith, guardandolo.

«È da ieri mattina che ti tengo chiusa in questo studio... e tutto questo perché volevo lavorare, ma volevo anche averti vicina mentre lavoravo!»

Lei non disse niente e si limitò a ricambiare il suo sguardo.

Luc continuò: «Ho fatto tutto in fretta e furia, impegnandomi il più possibile per finire i progetti per il laghetto e completare il relativo disegno. Ad ogni modo, mi sento colpevole nei tuoi confronti. Avrei dovuto mandarti fuori a fare quattro passi o una corsa a cavallo o, perlomeno, lasciarti riposare...»

«Luc, è stata una gioia stare qui con te», lo interruppe Meredith. «Lavorare vicino a te. E, in ogni caso, anche a Parigi avrei fatto né più né meno quello che ho fatto qui... scegliere campioni, preparare questi pannelli. Ti assicuro che è stato meraviglioso passare questo tempo qui, insieme.»

«Davvero?»

«Oh sì.»

«Meredith?»

«Sì, Luc?»

Lui aprì la bocca per dire qualcosa, poi cambiò idea e si alzò, venendole vicino. Posò sullo scrittoio di fronte a lei il foglio di carta che teneva in mano. «Questo è un disegno del laghetto. Ecco come apparirà, una volta finiti i lavori.»

«Oh Luc, che meraviglia! E come assomiglia allo stagno con i pesci che c'è qui a Talcy!»

«Come posizione, ho scelto quel piccolo bosco che si trova dietro la casa padronale a Montfort-L'Amaury, più o meno allo stesso modo in cui lo stagno è vicino al frutteto, qui da noi. Lo trovo pittoresco, non ti pare?» Parlando si era chinato su di lei, e con un dito seguiva il contorno del disegno del laghetto, del boschetto, e della casa padronale sullo sfondo.

Meredith poteva sentire il suo alito caldo sul collo. Si accorse di essere rimasta perfettamente immobile. Non osava quasi respirare. Aveva le gote in fiamme. A poco a poco dentro di lei era come se dilagasse un calore inaspettato. Si sentiva travolgere da un'ondata di desiderio.

«Volevo farti piacere, Meredith», disse Luc.

Meredith girò lievemente la testa su una spalla per guardarlo, e sollevò appena il viso. «Mi piace infinitamente, Luc. È perfetto.»

E sorrise.

Lui rimase incantato.

Non disse niente. Non riusciva a mormorare una sola parola. Ti desidero. Ecco le parole che aveva sulla punta della lingua. Erano l'unica cosa che riuscisse a pensare in quel momento. E ci pensava da giorni. Stava per dirglielo ma, poi, preferì chinarsi un poco di più su di lei e, prima di riuscire ad impedirselo, a baciarla sulle labbra... delicatamente in un primo momento ma, poi, quando lei gli rispose con ardore, lasciando che i suoi baci diventassero più appassionati e profondi.

S'interruppe solo per un attimo, per aiutarla ad alzarsi in piedi. E subito se la ritrovò fra le braccia. La tenne stretta contro di sé. E le braccia di Meredith si alzarono a circondargli il collo. Adesso erano letteralmente aggrappati l'uno all'altro, e la loro passione stava crescendo.

Meredith pensò: Oh Luc, mio tesoro, come ho desiderato tutto questo, come ho desiderato tenerti fra le braccia. Ma i suoi pensieri non vennero manifestati ad alta voce; i baci avidi e ardenti di lui le impedivano di pronunciare una sola parola.

Poi, di colpo, Luc smise di baciarla e, con voce impastata dalla commozione, disse: «Ti desidero, Meredith. Ti ho desiderato fin dal primo giorno in cui ti ho visto».

«Oh Luc...»

E di nuovo lui la stava baciando, avidamente, come se dovesse lasciarla per sempre. La strinse ancora più forte contro di sé, facendo il possibile perché il proprio corpo aderisse a quello di lei, e gli parve che più perfetta di così l'armonia fra loro non avrebbe potuto essere. Meredith era alta quasi quanto lui.

Da parte sua, Meredith si rendeva conto che fra un uomo e una donna ogni cosa avrebbe sempre dovuto essere così. Luc le stava baciando le guance, gli occhi, la fronte, il collo, le orecchie. Poi riportò la bocca su quella di lei, e infine le bisbigliò contro il collo: «Quanto ho pensato a te... Ho la sensazione che abbiamo già fatto l'amore, noi due! Capisci quello che voglio dire, quello che provo?»

«Sì.»

«Quello che provo per te è serio, Meredith. Dimmi subito di no, se anche per te non è la stessa cosa. Se non provi quello che provo io. Perché una volta che cominceremo, che la nostra relazione avrà inizio, non sarà più possibile tornare indietro. Perlomeno non sarà possibile per me.»

«Io ti desidero. Ti voglio, Luc. Provo tutto quello che provi tu.»

Lui si scostò per un attimo appoggiandole saldamente le mani sulle spalle e fissandola profondamente negli occhi. Quegli occhi di un grigio-verde che riflettevano sempre i suoi pensieri, le sue sensazioni e i suoi sentimenti, che erano lo specchio dell'anima. Lui vi aveva visto brillare l'intelligenza, e la capacità di riflettere e l'allegria, ma anche una tristezza infinita, e profonda. Adesso vi scorse soltanto un desiderio struggente – quello stesso che provava anche lui.

La prese per mano e le fece attraversare la stanza, stringendola sempre più forte mentre la faceva salire in fretta per la scala di servizio e, poi, imboccare il corridoio.

Non appena si ritrovarono nella sua camera da letto, diede un giro di chiave alla porta e l'attirò fra le proprie braccia, baciandola e ribaciandola dappertutto mentre la sospingeva verso il letto. Staccandosi da lei solo per un attimo, tolse la trapunta, scaraventò la giacca su una poltrona, in fretta e furia si tolse il maglione e i jeans. Lei fece lo stesso.

Luc allungò di nuovo le braccia per attirarla contro di sé, mormorando ripetutamente il suo nome mentre si abbandonavano sul letto. Rimasero sdraiati lì, vicini, ancora semisvestiti, i corpi allacciati. Luc fece scorrere le mani in quella sua folta capigliatura d'oro, ne afferrò qualche ciocca, vi intrecciò le dita, accostò il viso a quello di lei, e anche la bocca, accarezzandole le labbra con la punta della lingua, toccandole lievemente la lingua, provocante.

Meredith gli rispose con passione e impazienza; capiva che tutto questo era giusto, che tutto doveva essere così. Non nutriva incertezze o sospetti sull'uomo che era con lei. Il desiderio che venava la sua voce, il languore nei suoi occhi scuri, le avevano rivelato tutto quello che le occorreva sapere.

Ebbe la sensazione che il suo cuore si librasse in volo. Lo desiderava, voleva sentire la carezza delle mani di Luc sul proprio corpo, assaporare i suoi baci, gustare la sua passione. Voleva essere con lui, unita a lui.

Luc era pienamente cosciente del desiderio che Meredith provava nei suoi confronti e del suo ardore crescente. Questo bastò ad infiammare ancora di più la sua passione. Si sentiva travolgere da sensazioni una più sensuale dell'altra; e non desiderava altro che abbandonarsi totalmente a ciascuna di esse.

Bene o male, in fretta e furia, si liberarono di quel poco che avevano ancora addosso, e poi tornarono l'uno nelle braccia dell'altro. Luc contemplò per un attimo il viso di Meredith, assaporando un piacere infinito nel leggervi il riflesso del proprio piacere, anche se quel viso adesso si distingueva appena nella luce del pomeriggio che a poco a poco moriva. Alzò una mano accostandola a quel viso, seguendo con la punta di un dito la linea di una guancia, passandola sulle labbra... e fece tutto questo con una tenerezza infinita.

Braccia intrecciate, gambe allacciate, bocca sulla bocca, mani che lisciavano e accarezzavano, che esploravano, ciascuna bramosa del tocco di quella dell'altro. Era passato troppo, troppo tempo, per tutti e due.

Luc si abbandonò completamente alla gioia purissima delle carezze di Meredith, dei baci di cui lo copriva. Sulla bocca, sul viso, sulle palpebre. Rotolò sopra di lei, allungandosi per far aderire il proprio corpo al suo.

Braccia morbide come la seta, gambe morbide come la seta si intrecciarono a quelle di lui, lo avvolsero, lo strinsero e l'imprigionarono – e mai corde furono più soffici e accolte con maggior piacere! Luc si lasciò affondare sempre più profondamente dentro di lei, con maggior forza e violenza, e cominciò a sentire i gemiti sommessi che le sfuggivano dalle labbra. Affondò ancora sempre di più, sempre di più, abbandonandosi totalmente al puro piacere che lei gli dava, rendendosi conto di aver trovato la donna giusta. Finalmente. La donna che, lo aveva sempre saputo, un giorno sarebbe venuta a lui... a illuminare il buio, a colmare il vuoto che aveva di dentro... e mentre penetrava ancor più profondamente dentro di lei si accorse che, per miracolo, ogni sofferenza era totalmente cessata. Meredith lo aveva liberato, gli aveva dato la possibilità di sciogliere ogni vincolo. E si sentì librare in volo... In alto e sempre più in alto.

Meredith si muoveva contro di lui, adeguandosi al suo ritmo... si unirono, diventarono una cosa sola. Un accoppiamento perfetto, pensò Luc. Esattamente quello che aveva immaginato. Come sapeva che sarebbe stato.

E come anche Meredith sapeva che sarebbe stato. Luc stava toccando il punto più intimo e segreto del suo essere, le aveva raggiunto il cuore, saziandola come non era mai stata saziata, mai... da quando era ancora una ragazza giovane... tanto tempo fa... in un passato così lontano... Luc fece scivolare le mani sotto le sue natiche, in modo da poterla accostare ancora di più a sé. Ti voglio ancora più vicino, gli gridò tacitamente, ti voglio tutto, Luc. Voglio tutto di te. E gli si abbandonò totalmente.

Luc adesso poteva sentire i tonfi sordi del proprio cuore mentre si muoveva contro di lei, quasi con violenza, adesso, per non perdere il ritmo dei corpi che si muovevano insieme; la loro gioia stava crescendo.

O Dio, pensò, c'è soltanto questo. Soltanto questa donna. Soltanto me e lei e questa nostra unione. Lei è tutto quello che voglio, che mai vorrò. Quello che vorrò per il resto della mia vita, fino al giorno della morte. Con lei sono tornato un uomo intero, completo. Poi smise di pensare, mentre si muovevano insieme in una frenesia improvvisa, librandosi sempre più in alto, più in alto ancora, fino a raggiungere l'apice dell'estasi, del piacere più puro. E Luc si accorse che avrebbe voluto sentirlo durare in eterno, quel piacere.

Quanto a Meredith, anche lei si stava accorgendo di aver trovato finalmente il suo vero compagno... e dopo tutti quegli anni! Luc era riuscito a portarla con sé al culmine del godimento.

Adesso Luc era scosso da un tremito, squassato dagli spasimi, e gridava il nome di Meredith come se si fosse smarrito in lei. Gli rispose, chiamandolo: «Luc, oh Luc».

Dopo, cessato quell'impeto frenetico del loro ardore, Luc la tenne tra le braccia accarezzandole i capelli. E Meredith gli si accostò un poco di più, intrecciando una gamba a quelle di lui. Luc rafforzò la stretta delle sue braccia.

Adesso Meredith teneva il viso appoggiato contro il suo petto. Glielo baciava. Poi la sentì sorridere.

«Che cosa c'è?» domandò.

«In che senso? Che cosa intendi?»

«Perché stai sorridendo?»

«Perché sono felice, Luc.»

«Questo è soltanto il principio», le rispose, e si chinò a baciarla sulla testa. «Pensavo che non ti avrei mai trovato.»

«Mi stavi cercando?» la voce di Meredith era lieve, colma di felicità.

«Oh sì, *ma chérie*, fin da quando... da molto tempo.»

«E io stavo cercando te anche se, forse, non me ne rendevo conto. Stavo cominciando a pensare che non avrei mai trovato l'uomo giusto.»

«E io lo sono?»

«Tu che cosa saresti?» lo stuzzicò lei, ben sapendo a che cosa Luc alludeva.

«L'uomo giusto, Meredith?»

«Oh sì, Luc, lo sei proprio molto, e in ogni senso.»

«Noi stiamo bene insieme, Meredith, molto bene. Per me è un godimento ogni minuto che passiamo insieme. E proprio adesso, ecco, tu mi hai dato un tale piacere, che mi sembra ancora di avere le vertigini! E tu? Ti ho dato piacere?»

«Certo. E devi averlo capito.»

«Sì, immagino di sì, ma è bello sentirlo dire dalle tue labbra, Meri.»

Si accorse che si irrigidiva contro di lui. «Qualcosa che non va? Non ti piace che ti chiami Meri?»

«Non mi dispiace», si affrettò a rispondergli perché aveva colto una nota di preoccupazione nella sua voce. «La verità è che soltanto pochissime persone lo fanno.»

Costringendola a voltarsi e ad abbandonarsi contro di lui, stretta fra le sue braccia, Luc le sfiorò il viso con una lieve carezza, fissandola negli occhi luminosi, e disse con voce dolcissima: «Non voglio vedere mai più quell'atroce tristezza nei tuoi occhi. Ci sono stati troppa sofferenza e troppo dolore nella tua vita, e troppa angoscia».

Lei non rispose.

«Io sono qui per te, Meri, casomai tu volessi parlarne. A volte confidarsi può far bene.»

«Forse, un giorno.»

Lui fece segno di sì, e si protese a baciarla sulle labbra. «Mi sei diventava molto cara, e in un tempo così breve... Mi sono innamorato di te, Meri.»

Meri lo fissò sbalordita. Inaspettatamente, le salirono le lacrime agli occhi. Deglutì a fatica perché aveva un nodo alla gola, cercò di ricacciarle indietro ma non ci riuscì. Le lacrime, lente, le scesero sulle guance.

«Oh, *ma chérie*, non piangere. Non hai nessuna ragione di piangere.» Luc alzò una mano e con un dito le cancellò quelle lacrime dal viso. «Credi che potresti innamorarti di me?»

«Lo sono già», sussurrò lei, e ricominciò a piangere.

«Che Dio sia ringraziato!» esclamò Luc, baciandola sulla bocca. Poi le baciò le guance e gli occhi, gustando il sapore salato delle sue lacrime. «Basta con i dispiaceri. Di questo sono sicuro», mormorò di nuovo con le labbra appoggiate contro il suo viso umido di pianto. «D'ora in avanti, soltanto felicità, Meri.»

Ma si sbagliava.

PARTE SECONDA

Tempo presente, tempo passato

16

MEREDITH era in piedi in fondo al salotto, appoggiata a una vetrinetta in stile Sheraton dalle linee delicatamente ricurve. L'interno del prezioso mobile antico era illuminato, e i ripiani affollati di figurine di porcellana Meissen di un valore inestimabile.

Pochi minuti prima si era avvicinata per osservare quella collezione veramente unica e, improvvisamente, aveva provato una strana debolezza. Un po' riluttante all'idea di dover attraversare la stanza piena di gente per sedersi da qualche parte, era rimasta dove si trovava, stringendo fra le mani una coppa di champagne.

Respirò a fondo, augurandosi che non fosse il preannuncio di uno dei soliti attacchi – perché era così che aveva cominciato a chiamarli.

Ne aveva avuti un paio in gennaio, quando si trovava in Francia, poi tre in quell'ultimo mese; e adesso si chiedeva quanti ne avrebbe avuti in aprile.

Passavano con la stessa rapidità con la quale si presentavano e, dopo, lei non ne risentiva la minima conseguenza; nonostante questo, la rendevano nervosa. Non poteva mai prevedere quando l'avrebbero colpita.

Il giorno prima, in ufficio, ne aveva parlato con Amy,

spiegandole come fossero cominciati a Parigi e, da allora in poi, avessero continuato a ripetersi.

Amy aveva detto subito: «Stanno diventando troppo frequenti. Secondo me, dovresti farti vedere da un medico. Lascia che ti prenda un appuntamento con Jennifer Pollard».

Meredith aveva scrollato la testa, raccomandando ad Amy di non chiamare la sua dottoressa. Adesso si domandava se non fosse stata una sciocca. Forse avrebbe dovuto prestare ascolto alla sua assistente. In quel momento le gambe non la reggevano e sentiva la fatica che lentamente si impadroniva di tutto il suo corpo. Non poté fare a meno di domandarsi se sarebbe stata in grado di arrivare senza problemi alla fine della serata.

Ma doveva arrivarci – e non aveva importanza che si sentisse bene o male. Era un'occasione molto speciale nella vita di sua figlia, e quindi anche nella sua. La sera della festa di fidanzamento di Cat. Già da molto tempo l'aspettava con commozione e impazienza.

Era convinta che, secondo le usanze, sarebbe toccato a lei dare una festa per i fidanzati ma la sorella di Keith, Margery, e suo marito Eric avevano insistito per organizzarla nel loro attico di Park Avenue; e lei non aveva avuto altra alternativa se non quella di accettare la proposta.

Ad ogni modo stava già pensando a dare una cena, in onore di Cat e Keith, nelle settimane successive. Si augurava che ci potesse essere anche Luc, il quale aveva passato quell'ultima settimana a New York con lei, calcolando di rimanere almeno fino alla festa di fidanzamento. Ma, all'ultimo minuto, lo avevano richiamato in Francia perché era sorto un problema che riguardava uno dei più importanti progetti del suo studio, un grosso complesso di negozi a Lione, e la sua presenza al cantiere era diventata imperativa.

Tutti e due erano rimasti delusi per quella partenza imprevista; per fortuna Luc sarebbe tornato a New York dieci giorni dopo, per passare un lungo fine settimana con lei a

Silver Lake. Meredith non vedeva l'ora che ritornasse. Erano così innamorati... e in quegli ultimi due mesi il loro legame si era fatto ancora più stretto. Quando si trovavano nella stessa città, capitava molto di rado che facessero qualcosa da soli e, quando l'Atlantico li separava, si parlavano ogni giorno per telefono. Lui è tutto quello che io voglio in un uomo, pensò Meredith, sentendone terribilmente la mancanza. Come avrebbe voluto che fosse lì, con lei, quella sera!

Continuava a meravigliarsi pensando all'autentico colpo di fortuna che aveva avuto conoscendo Luc, e alla straordinaria armonia nei loro caratteri. I ragazzi erano al corrente della sua presenza nella vita della madre e Luc sembrava trovarli molto simpatici. Con Jon andava pienamente d'accordo; oltre ad avere in comune il fatto di aver frequentato l'università di Yale, erano tutti e due molto sportivi. Con una passione particolare per il pallone. Anche Cat si sentiva molto a suo agio in compagnia di Luc, perché sia l'uno che l'altra possedevano uno straordinario estro e grande personalità artistica. Luc era rimasto particolarmente colpito dal talento di Cat come illustratrice, e la considerava una artista completa. Meredith aveva provato un orgoglio infinito quando Luc si era congratulato con lei per quei due splendidi figli; e non le era sfuggita l'ammirazione che vibrava nella sua voce.

Adesso scrutò quella marea di persone che andava e veniva per il salotto, augurandosi che Cat o Jon ricomparissero. C'erano almeno una sessantina di invitati, dei quali lei non conosceva quasi nessuno, all'infuori dei parenti più stretti: Anne e Paul Pearson, il padre e la madre di Keith, le sue sorelle Margery, Susan, Rosemarie, Jill e Wendy, e i due fratelli, Will e Dominick. E naturalmente Eric Clarke, il marito di Margery, il padrone di casa, perché erano stati lui e sua moglie a organizzare il ricevimento.

La famiglia Pearson era un vero e proprio clan di americani di origine irlandese, rumoroso ed esuberante. Assomigliava alla tribù dei Kennedy, come Cat le aveva spiegato qualche tempo prima. Ma i Pearson non erano originari di Boston e rappresentavano, invece, un gruppo di *yankees* purosangue, le cui radici affondavano addirittura nel cuore del Connecticut. Di colpo Meredith rifletté che, quella sera, il clan dei Pearson era tutto lì, schierato al gran completo, perché non mancavano neanche gli innumerevoli zii e zie, con i cugini e i relativi rampolli.

Mentre noi siamo soltanto tre. Una famiglia piccola. Ecco la sua riflessione. Neanche da paragonarsi allo stuolo dei Pearson. Di punto in bianco si sentì schiacciata, quasi sopraffatta, e provò un tal senso di vuoto da rimanerne sconcertata. Era qualcosa che non sapeva spiegare bene neanche a se stessa.

Blanche e Pete O'Brien erano arrivati appositamente da Silver Lake per partecipare alla festa, e facevano parte della famiglia, per così dire... ma anche così... Chiuse improvvisamente gli occhi facendo di tutto per scrollarsi di dosso una sensazione così atroce e angosciosa.

Riaprendoli dopo pochi attimi, cominciò a guardarsi bene in giro, chiedendosi dove erano andati a cacciarsi Blanche e Pete. Chissà come, in quell'ultima ora, li aveva perduti completamente di vista. Forse si trovavano nella sala da pranzo, affollatissima, dove un lungo tavolo da buffet era letteralmente stracarico di ogni genere di squisiti, stuzzicanti e raffinati *hors d'œuvres*.

Meredith si sentì stranamente isolata, lì tutta sola, appoggiata a quella vetrinetta. Devo sedermi, pensò, e decise di puntare verso una poltrona vicino al camino. Fu in quel momento che adocchiò sua figlia.

Catherine si stava guardando intorno. Era chiaro che la cercava. Meredith alzò una mano, le fece un cenno di richiamo.

E Cat la vide subito, sorrise, ricambiò il suo gesto e venne avanti attraversando in fretta il salotto.

«Mamma, eccoti qua! Ti ho cercato dappertutto», esclamò precipitandosi verso Meredith. «Non è una festa magnifica? Sono così emozionata stasera che non so più quello che faccio!» Si contemplò la mano sinistra, osservando ammirata l'anello con lo zaffiro; poi, muovendo lievemente le dita, ne strappò uno scintillio, allungandolo verso Meredith. «Non è stupendo, mamma? Che cosa ne dici?»

«È molto bello, tesoro», rispose Meredith e si aggrappò al suo braccio per non perdere l'equilibrio e reggersi in piedi.

Catherine le lanciò un rapido sguardo esclamando: «Mamma, ma stai bene?»

«Sì.»

«Eppure proprio adesso mi è sembrato di sentirti barcollare... E sei così pallida! Non soltanto pallida, hai un'aria così tesa, angosciata. Sei proprio sicura che va tutto come dovrebbe? Ascolta! Se non stai male, allora è forse successo qualcosa che ti preoccupa? O sbaglio? Non sarai arrabbiata, per caso? Voglio dire perché Margery e Eric hanno insistito per organizzare loro il ricevimento?»

«Non dire sciocchezze, sai che io non sono fatta così! Mi sento soltanto un po' stanca, nient'altro. Probabilmente ho esagerato un po' con il lavoro, in ufficio.»

«Andiamo a sederci su quel divano, mamma. Del resto, anch'io ho i piedi che mi fanno male da morire. Queste scarpe sono favolose ma, oddio, soffro le pene dell'inferno!»

Meredith lasciò che sua figlia la guidasse verso un divano vicino al camino e vi si lasciò cadere con un sospiro di sollievo. Poco prima aveva avuto la sensazione di essere completamente inerte, priva di forze. Eppure l'ultima cosa al mondo che volesse, in quel momento e proprio lì, era di svenire. Che umiliazione di fronte a tutta quella gente!

Volgendosi verso Catherine, disse: «Forse mi servirebbe un bicchier d'acqua. Puoi andare a prendermelo, per favore?»

«Ma, certo, mamma. Ci metto un minuto!» Catherine rivolse a sua madre un'occhiata rassicurante e si avviò attraverso il salotto verso il grande atrio d'ingresso dove era stato sistemato il banco del bar.

Nessuno direbbe che i piedi ti fanno male da morire, pensò Meredith, osservando sua figlia che attraversava la stanza con passo lieve, come se non sfiorasse neanche il pavimento! Com'era bella Catherine quella sera, e com'era elegante nel corto vestito da cocktail di taffetà blu-notte, completato dalle perle di Amelia! I capelli castani erano lisci, con un taglio morbido. E come sembrava giovane e fresco il suo incantevole visetto, così sereno, dall'espressione aperta, sul quale brillavano gli occhi azzurrissimi, un po' distanziati. Cat era alta più o meno come lei e aveva lunghe e splendide gambe affusolate. Non riesco a capire per quale motivo vuole sempre portare le scarpe con i tacchi alti almeno dieci centimetri, pensò Meredith sconcertata... e poi si lasciò andare contro lo schienale del divano, cercando di rilassarsi.

Tutto d'un tratto, ecco suo figlio, che si faceva largo fra la folla. Lo osservò mentre veniva avanti a passo lesto, alto, magro e snello, biondo come lei, e con gli stessi occhi verdi. Cat, invece, assomigliava a suo padre.

Quando le fu più vicino, vide che il suo viso asciutto aveva un'espressione preoccupata. «Mamma, che cosa c'è?» le domandò, venendo a fermarsi di botto al suo fianco. «Ho appena visto Cat che ti sta portando un bicchier d'acqua. È convinta che tu non stia bene. Sei malata?»

«No, Jon, niente affatto», rispose lei tranquillamente, con voce ferma. «Credimi, caro! Poco fa mi sentivo un po' strana, come se avessi un po' di nausea. Forse sono stanca.»

«Tu lavori troppo», fece Jon, curvando la sua figura alta e dinoccolata su di lei e posando una mano sul bracciolo del divano. Accostando il viso a quello di Meredith, abbassò la voce: «Se vuoi andartene, vengo con te. Confesso che quasi quasi non dispiacerebbe neanche a me squagliarmela, sai?»

«Sto bene», si affrettò a rispondere Meredith. «Non credo proprio che si possa andar via. Non sarebbe gentile. E in ogni caso, non possiamo abbandonare Cat a tutti questi Pearson.»

«Ma c'è Keith a proteggerla! E poi, ti faccio notare che anche lei presto sarà una Pearson.»

Meredith corrugò la fronte, frugandogli in faccia con gli occhi. «Non ti diverti, Jon?»

«Certo, è tutto okay, ma...» si strinse nelle spalle. «Io sono qui soltanto per Cat e per te, mamma. Non ho molto in comune con questa gente.»

«Oh.» Tirandosi un po' indietro, lo osservò con maggiore attenzione. «Stai forse cercando di farmi capire qualcosa?»

Jonathan scrollò la testa e scoppiò in una risatina soffocata. «No, affatto. E non fraintendermi, perché Keith mi è simpatico. Lo considero un tipo discretamente in gamba, e per Cat è proprio l'uomo che ci vuole. Ma non mi sento particolarmente in sintonia con i loro amici. Il mio gruppo è differente, tutto qui.» Guardò dritto negli occhi sua madre, fece una smorfia e concluse: «I Pearson sono una simpatica famiglia ma un po' troppo mondana per me, ecco!»

«Lo so», mormorò Meredith. «E sono felice che tu sia venuto... per amor mio e di Cat.»

«Sai che su di me puoi sempre contare, mamma. Vorrei che Luc fosse qui perché l'atmosfera, con lui, sarebbe un po' più vivace!»

Meredith rise. «Ecco che arriva Cat.»

«Con Keith alle calcagna», disse Jon, raddrizzandosi e girando la testa per osservare la sorella che stava venendo verso di loro.

«Ecco qua la tua acqua, mamma.» Cat le porse il bicchiere e si sedette sul divano vicino a lei.

«Grazie, cara.»

«Mi spiace che tu non ti senta particolarmente in forma, Meredith», disse Keith chinandosi su di lei come aveva fatto Jon un momento prima. «C'è qualcos'altro che ti occorre? Posso andare a prenderti quello di cui hai bisogno?»

Meredith alzò gli occhi a contemplare il suo viso lentigginoso, e di nuovo si trovò a pensare come erano schietti e onesti i suoi occhi grigio chiaro. Scrollò la testa. «Grazie, Keith caro, ma mi sento molto meglio.» Gli rivolse un caldo sorriso perché le piaceva e sapeva che sarebbe stato un buon marito per sua figlia, né più né meno come lo sapeva Jon. Cat, con Keith Pearson, sarebbe stata al sicuro: leale e innamorato, le era devoto.

Schiarendosi la gola, Meredith disse: «Voi tre state cominciando a farmi sentire una specie di inferma, sapete?»

Keith le rivolse un sorriso. «Non ne abbiamo nessuna intenzione. La verità è che ti vogliamo bene... Tutto qui!»

«Sei un vero tesoro, Keith», gli rispose lei.

«Verrai a cena dopo, come era inteso, vero?» continuò Keith, fissandola con quei suoi occhi grigi così seri. «Non voglio insistere, ma rimarremmo tutti molto delusi se non ti facessi vedere. Non sarebbe la stessa cosa senza di te.»

Meredith rispose: «Non rinuncerei per tutto l'oro del mondo», e gli diede un colpetto affettuoso e rassicurante sulla mano. «Jon è il mio cavaliere, penserà lui a occuparsi di me.»

«Keith ha ragione, mamma! La serata perderebbe molto e finirebbe in un fiasco per me, se tu non fossi presente alla cena per il mio fidanzamento», disse Catherine.

«Ci sarò.» Meredith sorrise alla figlia, provando un impeto di affetto per lei.

Catherine ricambiò quel sorriso e, sollevando la mano sinistra, avvitò meglio l'orecchino di perle all'orecchio. L'anello di fidanzamento con zaffiro ebbe un lampo sotto le luci vivide dei lampadari.

Ha lo stesso colore dei suoi occhi, pensò Meredith. Gli occhi di Jack.

* * *

«Sei una persona di spirito, mamma», disse Jonathan molte ore dopo mentre aiutava Meredith a togliersi il cappotto e lo appendeva nell'armadio dell'anticamera.

«È stata una cena stupenda sotto molti aspetti e molto generoso da parte dei Pearson organizzarla in una sala privata de *La Grenouille*. Ma sono un po'...»

«Opprimenti», la interruppe Jonathan scrollando la testa. «Oddio, tutti quei Pearson, mamma! Mia sorella è coraggiosa mica male a entrare in un clan del genere! Io non me la sentirei, te lo dico subito.»

«Capisco quello che vuoi dire ma presi uno per uno, in fondo, sono molto gentili e simpatici. E poi, il padre e la madre di Keith sono persone adorabili, Jon.»

«Verissimo, mentre le sorelle di Keith e le loro famiglie sono un branco rumoroso e turbolento!»

«Il problema, tesoro mio, è che noi siamo abituati a un tipo di vita familiare completamente diverso, molto più tranquillo. Se ci pensi bene, in tutti questi anni, ci siamo stati soltanto noi tre.»

«E ne ringrazio Dio con tutto il cuore!» Rispose lui, appendendo anche il suo cappotto nell'armadio. «Secondo me ti meriti una medaglia, per essere riuscita a star seduta tranquillamente fino alla fine di quella cena e a sentire tutti quei brindisi. Al solo pensiero mi vengono i brividi!»

Meredith scoppiò in una risata. «Sì, effettivamente è stato un po' troppo. Ma ho cominciato a sentirmi meglio non appena siamo usciti e ho potuto respirare un po' d'aria fresca. E poi, confesso che i piatti che servono a La Grenouille mi piacciono moltissimo.»

«Però non hai mangiato granché!»

Lei sorrise al figlio. «Mi farebbe piacere una tazza di tè, Jon. Che cosa ne dici?»

«È un'ottima idea.»

Seguì sua madre in cucina, prese il bollitore, lo riempì d'acqua, lo mise sul fornello e accese il gas. Diede un'occhiata fuori dalla finestra della cucina. Le luci del ponte della Cinquantanovesima Strada palpitavano scintillanti contro il cielo cupo della notte; oltre a quello poteva intravvedere, in distanza, un altro ponte debolmente illuminato. Che splendida città dalle mille luci! Aveva sempre amato Manhattan. Rimase per un attimo a fissare l'East River che scorreva molto al di sotto della loro finestra e poi spostò lo sguardo su Roosevelt Island. Era curioso come sua madre avesse sempre amato, anzi avesse voluto, vivere vicino all'acqua. In fondo per lei era stato come una necessità. Questo, in cui si trovavano, era il secondo appartamento che aveva comprato – e sempre in Sutton Place. Lo preferiva all'altro; era un attico, e offriva certe vedute di Manhattan decisamente spettacolari!

Meredith domandò: «Quando hai intenzione di tornare a New Haven?» Intanto, mentre parlava, posava due piattini e due tazze su un vassoio.

«Domattina. Presto. Ci arriverò in meno di due ore. La strada non è troppo brutta. A proposito, Cat ti ha fatto capire quando ha intenzione di sposarsi?»

Meredith fece segno di sì con la testa. «Quest'anno, di certo. Mi ha detto che non vogliono aspettare troppo. Io le ho suggerito settembre. In quel periodo dell'anno è tutto talmente splendido a Silver Lake!»

«La prima parte di ottobre sarebbe meglio, mamma, quando le foglie cominciano a cambiare colore. Secondo me un matrimonio d'autunno sarebbe suggestivo.»

«Hai ragione, e io gliel'ho proposto proprio l'altro giorno. Cat mi farà sapere qualcosa entro la settimana prossima, in modo che si possano far stampare e spedire gli inviti, e mettere a punto i nostri piani nel modo più conveniente.»

«La zia Blanche è già tutta eccitata al pensiero del ricevimento», disse Jon con un sorriso. «Ormai sono settimane che ci sta pensando. Ha tutto chiaro in testa, naturalmente... Stasera mi ha detto che vuole far qualcosa che sia ancora più splendido del tuo ricevimento di nozze. A quel che sembra, era stata sempre lei a organizzarlo, vero?»

«Precisamente. Anzi, figurati che aveva studiato e realizzato tutto in quell'occasione, interamente da sola. Direi che per questo genere di cose ha un vero e proprio talento. Prepara il tè, Jon, perché quel bollitore sta fischiando a tutto spiano!»

«Va bene. Perché non vai a sederti in biblioteca? Te lo porto io.»

«Grazie, tesoro», disse Meredith e ubbidì al suo suggerimento, uscendo dalla cucina, attraversando il vestibolo ed entrando nella biblioteca, prospiciente al fiume. Andò a una delle finestre a guardar fuori. Una grande chiatta stava scendendo la corrente, a pieno carico, diretta – senza dubbio – ai docks.

Meredith non si stancava mai di contemplare l'East River. Come via d'acqua, aveva sempre un traffico molto intenso – qualcosa si muoveva sempre sulla sua corrente, risalendo o scendendo.

I suoi pensieri tornarono a Catherine mentre si allontanava di scatto dalla finestra e andava a sedersi vicino al fuoco. Sì, aveva intenzione di offrirle il miglior matrimonio che qualsiasi ragazza avesse mai avuto, si sarebbe assicurata che lei...

Jon interruppe il filo dei suoi pensieri dicendole: «Dove vuoi il vassoio, mamma? Lì vicino a te, immagino».

«Sì, qui va benissimo, mettilo sul tavolino.» Meredith spostò una pila di pesanti libri d'arte per farvi posto.

Poi versò il tè, che sorseggiarono in silenzio per qualche minuto. Jon le domandò di punto in bianco: «Hai intenzione di rendere stabile il tuo rapporto con Luc?»

Sconcertata, Meredith lo guardò a bocca aperta.

«Cioè, mi spiego meglio», disse Jon. «Hai intenzione di sposarlo, mamma?»

«Non me lo ha chiesto», replicò Meredith.

«Ma, se te lo chiedesse, lo sposeresti?» insistette Jon.

«In tutta onestà, non lo so.»

«Perché?»

«Perché non lo so? È questo che intendi?»

«Sì.»

Meredith alzò lievemente le spalle. «Non lo so, ecco tutto. Per me sarebbe un passo molto grosso da fare, vorrebbe dire cambiare radicalmente tutta la mia vita.»

«E con questo? Secondo me, dovresti sposarlo.»

«Ah sì, dovrei?» Un sopracciglio biondo si inarcò significativamente.

«Certo. Tu sei innamorata di lui, lui è innamorato di te. Scommetto che se gliene offrissi anche solo una mezza possibilità, te lo chiederebbe!»

Meredith non disse niente.

«Tu sei sempre stata abituata ad avere noi a farti compagnia, mamma. *I Tre Moschettieri*, ricordi? È così che ci chiamavi. Adesso Cat sta per sposarsi, e presto comincerà ad avere una vita completamente nuova, e la sua famiglia. E anch'io immagino che mi sposerò quando incontrerò la donna giusta. Non mi fa piacere che tu, un giorno, rimanga completamente sola.»

Meredith fissò con tanto d'occhi suo figlio, commossa da quelle parole. Poi aggrottò le sopracciglia, fra le quali apparve una profonda ruga. «Ti stai preoccupando della mia vecchiaia... È così, Jon?»

Ridendo, lui scrollò la testa. «Tu non sarai mai vecchia, mamma. Sarai sempre bellissima. Anche adesso sei la più splendida quarantaquattrenne che mi sia mai capitato di incontrare.»

«Con l'esperienza della vita che hai tu, vero?» ribatté subito lei pronta, scoppiando in una risata insieme a Jon. «Con tutte le donne che hai conosciuto, giusto?»

Ma la faccia di Jonathan prese di nuovo un'espressione seria, mentre continuava: «Il fatto è che io non voglio che tu rimanga sola soletta, quando sarai più avanti negli anni, ecco!» Si schiarì la gola e le rivolse un'occhiata penetrante. «Da piccolo mi capitava spesso di sentirti... piangere, mamma. Singhiozzavi come se ti si spezzasse il cuore, di notte, nella tua camera da letto. E io avevo preso l'abitudine di venire fino alla porta, e rimanevo lì fuori ad ascoltare. Mi sentivo il cuore straziato per te. Però non ho mai avuto il coraggio di entrare, anche se volevo consolarti con tutte le mie forze!»

«Avresti potuto farlo», mormorò lei con voce fievole, sempre più commossa dalle sue parole.

«Avevo paura. A quell'epoca, sapevi essere molto dura, e severa, sai? Non ti ricordi che una volta, quando ero un po' più grandicello, ti ho domandato perché piangevi di notte?»

«Sì, vagamente.»

«E ti ricordi quello che mi hai risposto?»

Meredith fece segno di no.

«Mi hai spiegato che piangevi perché avevi perduto qualcuno quando eri una bambina. E quando ti ho chiesto chi era la persona che avevi perduto, non mi hai voluto rispondere. Mi hai girato le spalle e te ne sei andata.»

Meredith fissò suo figlio, ammutolita, con gli occhi sbarrati.

«Mamma, chi era la persona che avevi perduto? Me lo sono sempre domandato.»

«Non lo so», gli rispose lei dopo una lunga pausa colma di riflessione. «Se lo avessi saputo, te lo avrei detto, Jon. Te lo giuro.»

Suo figlio si alzò e venne a sedersi vicino a lei. Le prese una mano fra le sue e la guardò in faccia. Aveva un'espressione affettuosa, tenera. Lentamente, disse: «Mi si spezzava il cuore a sentirti piangere. Volevo aiutarti, e non sapevo come. Mi ha sempre angosciato che tu piangessi in quel modo».

«Oh, Jon!»

«Ecco perché Luc è così importante per me... Lo voglio

per te, mamma. È un uomo fantastico, e ti ama. Chissà, forse lui potrebbe ricompensarti e consolarti... per chi ti ha fatto del male.»

Nella notte Meredith si svegliò.

Scese subito dal letto, infilò una vestaglia e andò in biblioteca. Su una console c'era un vassoio sempre pronto con i liquori e lei si versò un po' di brandy in un alto bicchiere, aggiunse un po' di seltz e lo portò a una poltrona. Sedette, mettendosi comoda, e bevve un sorso del suo drink.

Da qualche tempo aveva scoperto che quando si svegliava a quel modo, la cosa migliore era alzarsi. Diventava più facile riflettere e pensare a ciò che la turbava, quando era seduta in poltrona, invece di rimanere sdraiata sotto le coperte, nel suo letto.

Adesso, posando il bicchiere sul tavolino, si abbandonò contro lo schienale della poltrona, rilassandosi e ripensando alle parole del figlio.

Jon l'aveva colta di sorpresa, ma era rimasta commossa dalle sue parole, dalla sua affettuosa preoccupazione. Per quanto non volesse vederlo preoccupato per lei, sotto un certo aspetto era gratificante che esprimesse simili sentimenti. Jon era pieno di premure, si occupava del suo benessere e questo era importante per lei.

Aveva cercato di allevare i suoi figli nel modo più giusto, aveva sempre lottato per fare, per loro, la cosa più corretta ed era convinta di esserci riuscita. Catherine e Jonathan erano venuti fuori bene; adesso erano due creature buone e brave. Conoscevano i valori giusti della la vita. Andavano avanti bene, erano giovani, normalissimi e ben integrati nel loro mondo; non solo, ma, grazie a Dio!, non si erano mai neanche lasciati tentare dai loro coetanei a fare qualche esperimento con la droga. E non bevevano neanche molto. Sì, era stata fortunata con i suoi ragazzi.

Ma trovava sconcertante che Jonathan ricordasse quei suoi pianti notturni, quando lei era convinta che i suoi bambini dormissero profondamente. La cosa strana era che non ricordava assolutamente di avergli mai spiegato che piangeva per qualcuno che aveva perduto quando era ancora piccola, una bambina. Eppure capiva che Jon non poteva averle raccontato una bugia. Per quale motivo avrebbe dovuto farlo? Era lei che doveva aver dimenticato quello che gli aveva detto tanti anni prima. Ma a chi aveva voluto alludere, allora? Non ne aveva la minima idea. Era davvero confusa.

Sospirando tra sé, vuotò con un ultimo sorso il bicchiere, e si alzò per tornare in camera da letto. Chissà, forse adesso sarebbe riuscita a riprendere sonno. In ogni caso doveva provare. L'aspettava una giornata molto impegnativa. Tolse la vestaglia e si infilò sotto le coperte. Quasi immediatamente cominciò a sonnecchiare; poi a poco a poco si abbandonò a un sonno molto profondo.

C'erano tanti bambini. Maschi e femmine. Qualcuno molto piccolo. Di tre o quattro anni. Altri più grandi, forse di sette oppure otto. E tutti camminavano su un paesaggio che si estendeva a perdita d'occhio. Alcuni si tenevano per mano, maschi e femmine, oppure femmine insieme. Molti camminavano soli. Sono troppi, pensò, sentendosi cogliere dalla paura. Non riuscirò mai più a ritrovare quella bambinetta. O il maschietto. Sono perduti per me. Dove sono? Devono essere fra questi altri. Devo rintracciarli.

Era angosciata e sconvolta, e continuava a correre in mezzo a quei bambini che camminavano, perfettamente al passo, verso il lontano orizzonte. Guardò qua e là scrutandoli in faccia. Non li conosceva. Marciavano attraverso quella piana arida, dove la terra era talmente secca da aprirsi in mille crepe, marciavano come automi, con gli occhi fissi davanti a sé, e non le prestavano nessuna attenzione.

I loro visi erano impietriti, privi di espressione, gli occhi spenti, senza vita.

Dove state andando? Gridava lei. Dove siete diretti? Nessuno le rispondeva. Li avete visti! Esclamava. La bambina con la lunga sciarpa a righe? Il maschietto con il berrettino? Vi prego, ditemelo, se li avete visti.

I bambini si voltarono tutti insieme, facendo una curva verso destra nella loro marcia e continuarono a camminare verso il mare. Lei il mare non lo aveva mai visto, prima. L'acqua era nera, scura, pareva che avesse il colore del petrolio. Rabbrividì e gridò a quei bambini di tornare indietro. Ma non le davano ascolto. Lei era impaurita, tremava di terrore. I bambini continuavano nella loro marcia. No! Gridò. Fermatevi! Ma quelli continuarono, senza badarle. Marciavano, marciavano... e continuarono a marciare fino a entrare, dritti dritti, nel mare. A poco a poco affondarono scomparendo alla sua vista. Oh Dio, no, si mise a urlare lei. Ma non c'era nessuno ad ascoltarla.

Il paesaggio era deserto. Lei era l'unica rimasta. E poi li vide. Venivano avanti saltellando, nella sua direzione, e si tenevano per mano. La femminuccia con la sciarpa e il maschietto con il berrettino della scuola. Li salutò con la mano. E loro ricambiarono il suo saluto. Lei cominciò a correre. Si avvicinava, si avvicinava sempre di più! I cartellini di riconoscimento, che portavano fissati con uno spillo ai cappottini, erano grandi, enormi, più grandi ancora della volta precedente. Svolazzavano al vento, sbattevano contro il collo, nascondevano la loro faccia. Improvvisamente si voltarono, girarono a destra e cominciarono a camminare verso il mare. No! Gridava lei. No! Fermatevi! Non andate là! Non l'ascoltavano. E lei si mise a correre, a correre. Alcune parti di quel paesaggio inaridito si aprirono, le crepe del terreno diventarono fessure sempre più grandi, allargandosi. E lei cominciò a spiccar salti per superarle. E continuò a correre. Adesso aveva il respiro affannoso. Alla fine raggiunse i bambini. Tese una mano, afferrò il maschietto per una spalla. Fece resistenza. Poi, lentamente, si voltò. E lei si mise a urlare. Il maschietto non aveva faccia. Afferrò la femminuccia per un braccio. E si voltò anche lei. Meredith riprese a urlare.

«Mamma, cos'è successo, che cosa c'è che non va?» esclamò Jon, irrompendo nella sua camera e accendendo la luce. Poi le corse vicino.

Meredith era seduta sul letto, con gli occhi sbarrati per il terrore, la faccia e il collo madidi di sudore. Scrollò il capo.

Suo figlio sedette sul bordo del letto. La fissò con attenzione, le cercò una mano e gliela prese, perché voleva confortarla. E di nuovo le domandò: «Che cosa c'è, mamma?»

Meredith respirò profondamente. «Ho fatto un sogno strano, anzi direi che ho avuto un incubo.»

«Deve averti spaventata. Ti ho sentita gridare.»

«Sì, è vero. Mi spiace di averti svegliato, Jon.»

«Per carità, figurati!» Corrugò la fronte. «E come era quest'incubo? Che cosa riguardava?»

«Non ha alcun senso, era tutto molto confuso.» Si sforzò di sorridere, nella speranza di rassicurarlo. «Dimentichiamolo. Sto bene, credimi. Torna a letto, tesoro.»

Jonathan si chinò a sfiorarle una guancia con un bacio. «Se hai bisogno di me, io sono proprio qua di fronte, dall'altra parte del corridoio.»

«Sto bene», replicò lei.

Molto dopo che Jonathan era tornato nella sua camera, Meredith era ancora sveglia, e ricordava con precisione ogni particolare di quel sogno, ci rifletteva...

Era il sogno che aveva fatto molti anni prima, quand'era giovane e viveva ancora a Sydney. Dopo di allora, le era capitato di farlo saltuariamente, di tanto in tanto, nel corso degli anni. Poi quando era arrivata sulla trentina era cessato, tutto d'un tratto. Ecco che adesso, inaspettatamente, ricominciava a farlo – le era già capitato due volte in un paio di mesi.

I particolari erano sempre identici. Il paesaggio arido e deserto, sinistro, desolato. I bambini che marciavano verso il loro destino e finivano nel mare. La sua disperazione mentre cercava di rintracciare la femminuccia e il maschietto.

Poi si risvegliava, sempre coperta da sudore gelido. E sempre con il cuore colmo di paura. Perché? Che cosa significava quel sogno?

17

«E DI questi attacchi... quanti ne hai avuti?» domandò la dottoressa Jennifer Pollard scrutando Meredith, seduta davanti alla sua scrivania.

«Ne ho avuti due in gennaio, due in febbraio, tre in marzo e due questo mese... giovedì scorso alla festa per il fidanzamento di Catherine, e poi di nuovo domenica. L'ultimo è stato il peggiore, in senso assoluto. Mi è durato gran parte della giornata, e io mi sono sentita molto più fiacca e indebolita del solito. Al punto che ieri non sono neanche andata in ufficio.

«E quando ci sono andata, questa mattina, continuavo ancora a sentirmi molto stanca. Così ho pensato che fosse meglio venire da te.»

«E io sono contenta che ti sia decisa a venire», le rispose la dottoressa. «Poco fa, al telefono, mi hai detto che i sintomi sono sempre gli stessi... nausea e un senso di estenuazione, di stanchezza totale. Non ne hai altri, Meredith?»

«No, affatto.»

«Né vomito né febbre, mal di ventre, diarrea, mal di testa, emicrania?»

Meredith scrollò la testa. «No, niente di tutto questo. Mi sento soltanto un po' strana, come se provassi un vago senso di nausea... ma soprattutto un'enorme stanchezza, come se fossi del tutto esausta.»

«Già.» Jennifer appoggiò la mano al mento e assunse un'aria pensierosa.

Meredith si protese verso di lei. «Jennifer, che cosa pensi che non funzioni in me?» chiese intensamenete.

«In tutta franchezza, non ne sono sicura. Prima di tutto bisogna che ti faccia una bella visita completa, e poi sarò in grado di pronunciare la diagnosi giusta.» Mentre parlava, la dottoressa aveva aperto il dossier posato sulla scrivania di fronte a lei, scorrendo rapidamente con gli occhi il primo foglio che vi si trovava. «Ho guardato la tua cartella clinica appena prima che tu arrivassi; hai fatto un check-up tre mesi fa, alla fine di dicembre. E a quell'epoca eri in perfetta salute, Meredith.»

«Sì, lo so. Ecco perché sono così perplessa.»

«Andremo in fondo alla faccenda, e scopriremo il motivo di tutto questo. Non preoccuparti.» Richiudendo la cartelletta, la dottoressa continuò a parlare in tono animato: «E allora... bene! Cominciamo a fare qualche analisi».

Si alzò, girando intorno alla scrivania.

Anche Meredith si alzò.

Jennifer Pollard le circondò le spalle con un braccio. «Non essere così apprensiva, Meredith. Arriveremo al nocciolo del problema.»

«Ma, secondo te, che cosa potrebbe essere?»

Jennifer esitò, e poi disse: «Una quantità di cose, ma non voglio fare pronostici. D'altra parte, non voglio neanche minimizzare e fingere che sia una cosa da niente, Meredith. Ho troppo rispetto per la tua intelligenza e, in ogni caso, sai benissimo che non è il mio metodo di lavoro. Io credo nella necessità di essere totalmente onesta con i miei pazienti. Il genere di stanchezza che mi hai descritto potrebbe significare una quantità di cose. Potrebbe esser provocato dall'anemia, da un disordine ormonale, da un'infezione cronica. E poi, non si può escludere che tutta questa spossatezza sia dovuta a un puro e semplice esaurimento psicofisico».

«Oh, no! Non un esaurimento, per carità!» esclamò Meredith. «Di solito sono piena di energia e di vitalità.»

«Andiamo da Angela», disse Jennifer, precedendola fuori dal suo ufficio e imboccando il corridoio. «Dopo tutti questi anni, sai anche tu qual è la prassi. Angela ti farà un prelievo di sangue, un elettrocardiogramma e una lastra al torace. Ci occorrerà anche un campione di urina. Una volta completate queste analisi, continuerò io con una bella visita generale, approfondita.» Aprendo la porta di un piccolo ambulatorio, Jennifer disse: «Adesso ti mando Angela con un camice, così potrai spogliarti».

«Grazie», mormorò Meredith.

Esattamente un'ora più tardi Meredith si era rivestita e era di nuovo seduta nello studio di Jennifer Pollard. La stava fissando con espressione preoccupata e uno sguardo interrogativo: «Che cosa hai scoperto?»

«Niente.» Jennifer le rivolse un sorriso incoraggiante. «A quanto posso capire, non c'è niente che non funzioni in te, dal punto di vista fisico. Non ci sono gonfiori né noduli, non hai trasalito quando ho esercitato una certa pressione sull'addome. Riflessi e pressione sanguigna sono normali. Naturalmente non so che cosa potranno rivelare le analisi del sangue e dell'urina, perché avrò i risultati fra un paio di giorni. Ma, in tutta franchezza, sono praticamente sicura che anche quelli siano normali. A me sembra che dal punto di vista fisico tu sia in ottime condizioni, come tre mesi fa.»

«E allora come spieghi quegli attacchi?»

«Non ne sono sicura.» Jennifer si appoggiò allo schienale della poltroncina, fissando Meredith con aria penetrante. «Nervi, magari? Stress? Esigi troppo da te stessa. Da quando ti conosco, e ormai saranno almeno dieci anni, sei sempre stata una maniaca del lavoro, per adoperare una parola non precisamente gentile. E lo stress può giocare strani scherzi al sistema nervoso di una persona.»

«Me ne rendo conto, ma io non mi sento stressata, proprio per niente! In tutta onestà, Jennifer, da un po' di tempo a questa parte ho cercato di prendere le cose in un modo meno affannoso, specialmente quando sono in Francia. Sto ristrutturando un piccolo albergo di campagna laggiù, ma ho un'ottima socia francese che mi toglie un bel po' di peso dalle spalle. E poi trascorro lunghi fine settimana con il mio uomo nella valle della Loira. Lui ha una casa di campagna da quelle parti.» Meredith si protese verso la dottoressa e concluse: «A livello personale, non sono mai stata più felice di così, sai? Gli affari vanno bene, i ragazzi sono magnifici».

«Mi fa piacere saperlo», rispose Jennifer. Una strana espressione meditabonda le guizzò negli occhi e dopo un attimo domandò: «Non c'è proprio niente che ti preoccupi?»

«No. Come ti ho appena detto, la mia vita non è mai stata migliore in senso assoluto.»

Jennifer fece segno di sì con la testa. «Vediamo che cosa ci dicono le analisi del sangue. Ti telefono appena mi arrivano. Probabilmente giovedì, venerdì al massimo.»

Meredith stava firmando un plico di lettere nel tardo pomeriggio di giovedì, quando il telefono della linea privata cominciò a suonare. Alzando il ricevitore, disse: «Pronto?»

«*C'est moi, chérie*.»

«Luc!» esclamò Meredith. «Come stai, amore?»

«Non molto bene, purtroppo.»

«Che cos'è successo?» domandò lei, con la voce che si era fatta un po' più stridula, e non riusciva a nascondere la sua inquietudine.

Luc sospirò all'altro capo della linea e spiegò: «Mi spiace enormemente Meredith, ma non potrò venire a New York per questo fine settimana. Ho paura di dover rimanere bloccato qui a Lione. Sono questioni di lavoro che richiedono la mia presenza».

«Oh Luc, che peccato! Ero così ansiosa di vederti!» disse Meredith. «Sono molto delusa, tesoro, ma capisco. Il lavoro prima di tutto.» E anche lei sospirò, rassegnata.

«Devo essere sul posto, qui in cantiere», continuò Luc. «Abbiamo scoperto nelle fondamenta una condizione assolutamente imprevista del terreno che richiederà cambiamenti radicali nel nostro progetto. E questa è una parte del lavoro che non posso affidare a nessuno. Abbiamo incontrato, appena al di sotto della superficie, una piattaforma rocciosa che richiederà un calcolo completamente nuovo e il rifacimento del progetto per il primo dei due edifici. Quindi è vitale che io rimanga qui. Domani ho fissato un incontro con l'imprenditore edile e il tecnico specializzato in strutture geologiche. Dovremo completare il progetto entro sabato, perché la settimana prossima gli operai possano cominciare il lavoro.» Ci fu una pausa infinitesimale prima che, con un riso sommesso, aggiungesse: «Suppongo che tu non possa venire a Lione, vero?»

«Ne sarei felice, ma non mi è davvero possibile. Come ti ho detto, domani è il giorno conclusivo per la vendita dell'albergo. E martedì devo trovarmi a New York per una riunione con la banca. Il giorno successivo Henry Raphaelson parte per l'Estremo Oriente e quindi non posso assolutamente spostare l'appuntamento. La settimana prossima è tutta un po' complicata per me, Luc. A ogni modo, in caso te ne fossi dimenticato, presto dovrò venire a Parigi.»

«Non me n'ero dimenticato, *ma chérie*, speravo soltanto di poterti vedere prima.»

Meredith allungò gli occhi verso il calendario che aveva sulla scrivania. «Stavo facendo i miei piani per essere a Parigi verso la fine di aprile. E, come sai, ci rimarrò per tutto il mese di maggio.»

«Bene, questa è una notizia splendida! Ne sono felice. Ma sentirò la tua mancanza, Meri.»

«Anche tu mancherai a me.» Poi continuarono a parlare per una decina di minuti. A un certo momento Meredith fu quasi tentata di confidarsi con lui e di parlargli della sua visita alla dottoressa, ma poi cambiò idea. Non voleva preoccuparlo. Aveva già problemi a sufficienza con quel centro commerciale a Lione, Luc!

«Non c'è assolutamente niente che non funzioni dal punto di vista fisico in te, Meredith», disse Jennifer Pollard lasciandosi andare contro lo schienale della poltroncina e sorridendole. «Sono molto contenta di poterti dire che le analisi del sangue e dell'urina rientrano nella norma.»

Meredith ricambiò il suo sorriso, sentendosi invadere da un enorme sollievo e poi, aggrottando le sopracciglia, domandò: «Però stamattina quando mi hai chiamato in ufficio hai detto ad Any che volevi vedermi, e parlarmi».

La dottoressa annuì. «Infatti.» Poi si schiarì la voce e continuò: «In ogni caso, c'è sempre qualcosa che non va. Quegli attacchi. Ora, se devo giudicare dalla mia esperienza, le persone che soffrono della profonda stanchezza che mi hai descritto qualche giorno fa, di solito ne soffrono in continuazione. In altre parole, si tratta di una cosa cronica. E permanente. Non di qualcosa che va e viene nel modo che tu mi hai descritto!»

«Il che vorrebbe dire...?»

«Il che vorrebbe dire che i tuoi attacchi potrebbero diventare con facilità sempre più frequenti fino a quando anche tu finirai per soffrire di questa forma di profonda stanchezza, e di esaurimento permanente, non più solamente ogni tanto.»

Meredith taceva e fissava con tanto d'occhi la dottoressa Pollard.

«Permetti che ti spieghi qualcosa, Meredith», disse Jennifer. «Molto spesso questo tipo di stanchezza è dovuto a cause psicologiche.»

«Tu pensi che sia anche il mio caso?»

«Probabilmente. Potresti soffrire di quello che viene definito affaticamento psicogenico.»

«E questo che cosa significherebbe?»

«Che la causa della tua stanchezza è un problema emotivo. Oppure, in alternativa, che potresti soffrire di depressione senza saperlo.»

«Ma io non sono certo una persona depressa!» ribatté Meredith con una risatina secca. «Quando sono stata qui martedì, ti ho spiegato che la mia vita in questo momento è stabile, in perfetto equilibrio, che – anzi – vivo giorni che potrei definire meravigliosi. Sono innamorata di un uomo favoloso, e lui di me.»

«Ti credo, e sono felice per te. A ogni modo, non accantoniamo l'idea dell'affatticamento psicogenico, dovuto a un problema emotivo oppure a uno stato mentale disturbato. Ciò che lo provoca, il motivo del tuo turbamento, può anche non essere qualcosa di momentaneo, o attuale. Potrebbe risalire al passato, a un periodo lontano nel tempo.»

«E come si cura una cosa simile?» domandò Meredith nervosamente, scrutando la dottoressa Pollard.

«Occorre determinare la natura del problema reale, arrivarne alla radice, e poi mettere in atto una terapia.»

«Psichiatria. È a questo che vuoi riferirti, Jennifer?»

«Sì, precisamente. Se stai soffrendo di questo tipo di affaticamento, ti raccomando di andare subito a farti vedere da qualcuno. La malattia, perché è una vera e propria malattia, non guarisce da sola. Ma c'è di più, potrebbe diventare cronica.»

«Chi... chi consiglieresti?» domandò Meredith a bassa voce.

«La dottoressa Hilary Benson. È una persona molto comprensiva, ti piacerà. E poi è brillante, come psichiatra. Il suo studio si trova proprio qui dietro l'angolo, fra Park Avenue e la Sessantanovesima Strada.»

Meredith si abbandonò allo schienale della poltrona, non nascondendo il suo turbameneto.

«Non c'è persona più sana di te, Meredith», si affrettò a soggiungere Jennifer, per rispondere all'espressione che era apparsa negli occhi di Meredith. «Su questo, posso giurare in qualsiasi momento. Ascoltami, può darsi che tu non soffra affatto di questo affaticamento psicogenico. Potrebbe essere stress... Del resto, è quello che ti avevo già detto anche qualche giorno fa.»

«Non credo.»

«E allora, andrai a farti vedere da Hilary Benson?»

Meredith fece segno di sì.

18

NON c'era persona che più di Meredith fosse pronta a prendere una decisione... Una volta accettato di fissare un appuntamento con la psichiatra, non perse tempo e pregò Amy di prenderlo per la settimana successiva.

Poi féce di tutto per accantonare quel pensiero; aveva sempre avuto un'abilità speciale per incasellare i problemi e archiviarli fino a quando non fosse venuto il momento di affrontarli. A questo modo riuscì a superare i pochi giorni successivi senza tornare troppo spesso con il pensiero al proprio stato fisico, o mentale. Per fortuna, non si verificarono altri attacchi.

Il martedì pomeriggio, quando entrò nello studio privato della dottoressa Hilary Benson, la sua prima impressione fu quella di una donna dall'aspetto piacente, ma rigida e severa. Hilary Benson aveva un viso piuttosto attraente con gli zigomi alti, e occhi di un celeste talmente chiaro da sembrare quasi trasparenti. Ma le labbra avevano una linea dura e i capelli castano scuro, raccolti in un semplice chignon sulla nuca, le davano il classico aspetto di una professoressa saccente e un po' pedante.

Sembrava talmente austera e pronta ad andare per le spicce, che per un attimo Meredith rimase un po' sconcertata, e si disse che doveva essere una persona fredda e insensibile. Poi le tornarono in mente le parole di Jennifer Pollard, la quale le aveva assicurato che Hilary Benson, oltre a essere una brillante psichiatra, era molto comprensiva.

Devo darle la possibilità di dimostrarmelo, devo correre questo rischio, fu la conclusione alla quale giunse Meredith. Le occorreva sapere che cosa c'era che non funzionava in lei perché continuava a essere vittima, regolarmente, di quegli strani malesseri. E, secondo Jennifer, soltanto una psichiatra poteva aiutarla ad arrivare all'origine del problema.

Dopo averla salutata cordialmente, stringendole la mano, la dottoressa Benson disse: «Venga! Si accomodi, signora Stratton».

«Grazie», rispose Meredith, e seguì la dottoressa fino alla sua scrivania, dove sedettero una di fronte all'altra.

Meredith, studiando la psichiatra, giunse alla conclusione che, probabilmente, doveva avere più o meno la stessa età sua e di Jennifer, cioè quarant'anni passati da poco.

«La dottoressa Pollard e io abbiamo discusso a lungo la sua situazione», disse la psichiatra. «Mi ha fornito tutti i ragguagli necessari e mi ha dato tutta una serie di indicazioni sulla sua storia medica. A quanto pare lei è una donna piena di salute.»

«Sì, è vero, grazie a Dio», rispose Meredith con un pallido sorriso.

La dottoressa Benson annuì e poi si lasciò andare contro lo schienale della poltroncina, osservando attentamente – e in silenzio – Meredith per qualche istante. Una donna splendida. E che sa anche darsi una buona copertura. Sa come salvare la faccia, pensò. Però in lei c'è sofferenza, dolore. Glielo posso leggere negli occhi. Quindi, affrontando direttamente l'argomento, disse: «Jennifer è convinta che lei potrebbe soffrire di una sorta di affaticamento psicogenico».

«Così ha detto, infatti.»

«Proviamo a parlare un po' di tale affaticamento, di questi attacchi. Quando si è verificato il primo, signora Stratton?»

«Agli inizi di gennaio. Ero a Parigi per affari. Avevo viaggiato buona parte della giornata e, quella sera, dopo essere salita nella mia camera, in albergo, mi sono sentita malissimo. Estenuata, con un vago senso di nausea...»

«Da dove arrivava?»

«Dall'Inghilterra. Quindi non era un viaggio lungo e di solito viaggiare non mi affatica minimamente. Sono una donna vigorosa e ho sempre moltissima energia, dottoressa Benson.»

«In tal caso il fatto di sentirsi male è stata una cosa insolita per lei. Posso capirlo.» Ci fu una breve pausa, poi Hilary continuò: «Non era successo niente che l'avesse turbata o addolorata, quel giorno?» Intanto aveva appoggiato i gomiti sulla scrivania, congiungendo la punta delle dita. E adesso guardava Meredith al di sopra di esse.

«Veramente, no. A dirle la verità, ho pensato che probabilmente erano i primi sintomi di un'influenza. Al mattino ero stata fuori, all'aperto, per parecchio tempo, e faceva freddo. C'era la neve. Ero stata a girare intorno alle rovine di un'antica abbazia. Ho pensato che...» Meredith si interruppe bruscamente.

«Che cosa ha pensato, signora Stratton?» le domandò la dottoressa Benson, rivolgendole un sorriso pacato, incoraggiante.

«Stavo per dire che ho pensato di aver preso un'infreddatura mentre indugiavo a visitare quell'abbazia. Ma adesso che ci penso meglio, effettivamente quella mattina è successo qualcosa di strano... anzi qualcosa di addirittura insolito.»

«E di che si tratterebbe?»

«Ho avuto una sensazione curiosa, quella di essere già stata lì prima. Una sensazione diciamo... come di *déjà vu*.»

«E invece, lì, prima lei non era mai stata. È questo che vuole forse dire?»

«Sì, precisamente.»

«Crede di poter ricordare quello che ha effettivamente sentito?»

Meredith annuì.

«E me ne vuole parlare, signora Stratton?»

«Sì. Ma mi lasci spiegare qualcosa, dottoressa Benson. Avevo già visto quell'abbazia, per la prima volta, il giorno precedente... stavo guardando fuori dalla finestra di un piccolo albergo, e l'avevo scorta al di là di una vasta distesa di campi coperti di neve. Era stupenda. E mi sono resa conto di esserne stranamente attratta. L'indomani mattina avevo un po' di tempo a disposizione, stavo aspettando che la mia socia inglese si alzasse e scendesse a colazione. Bene, a ogni modo, per non fare digressioni... avevo un po' di tempo libero, così sono andata a dare un'occhiata all'abbazia più da vicino. Mentre mi avvicinavo a quelle antiche rovine ho sentito, letteralmente, qualcosa che mi attirava, al punto che se anche avessi voluto, non sarei stata più capace di tornare indietro. Poco dopo, quando mi sono trovata finalmente a camminare fra le rovine, ho avuto la stranissima sensazione di essere già stata lì. Una sensazione forte, soverchiante.»

«Ma lei è assolutamente sicura di non conoscere quel posto?»

«Oh, sì. Mai, prima, ero stata a Fountains Abbey; e quella era la prima volta in vita mia che visitavo lo Yorkshire.»

«Capisco. Non ha provato nient'altro? Nessun'altra sensazione emotiva quella mattina?»

«In effetti, sì. C'è stato qualcosa. Ho provato una grande sensazione di vuoto. Come se avessi perduto qualcosa. E di tristezza...» Meredith tacque per qualche istante. C'era un'espressione pensosa sul suo volto, quando soggiunse a voce più bassa: «Ho provato un senso di autentico dolore».

«Ha qualche vaga idea del motivo di tutto questo?»

«Veramente no, anche se ricordo molto lucidamente che, in quell'istante, ho avuto un improvviso lampo, come se mi si fosse chiarito qualcosa. E la certezza di aver perduto qualcuno in quel posto, qualcuno che mi era molto caro. O, diciamo meglio, che qualcuno mi fosse stato portato via. Mi sembrava di conoscere quelle rovine, e sentivo che vi era successo qualcosa di tragico. Nello stesso tempo, non mi pareva un luogo di quelli che incutono paura o... respingono, ecco! Anzi, tutto l'opposto. Avevo l'impressione che quel posto mi fosse familiare, di farne parte. E mi sentivo a mio agio.»

«Conosce bene l'Inghilterra, signora Stratton?»

«Veramente no, anche se ormai ci vado da più di vent'anni. Ad ogni modo, come le ho appena detto, non ero mai stata nello Yorkshire.» Meredith si protese lievemente verso la psichiatra, fissandola con sguardo penetrante. «Come spiega quanto mi è successo quella mattina?»

«Non credo di poterlo fare. O perlomeno, non in questo momento.»

«Lei pensa che sia stata quella mia esperienza a Fountains Abbey a provocare il primo attacco?»

«Non lo so.» Hilary Benson scrollò la testa. «La mente umana è un meccanismo strano e complesso. E richiede molto per essere compreso a fondo. Per il momento accantoniamo questa sua esperienza all'abbazia e procediamo in un'altra direzione. A quanto ho saputo dalla dottoressa Pollard, lei è australiana. La prego, mi racconti qualcosa di sé, e dell'ambiente dal quale proviene.»

«Sono originaria di Sydney. È lì che sono cresciuta. Mio padre e mia madre sono morti. Uccisi in un incidente d'auto. Quando avevo dieci anni. Sono stata allevata da alcuni parenti.» Meredith si appoggiò meglio allo schienale della poltrona, accavallò le gambe e rivolse alla psichiatra uno sguardo molto diretto, freddo.

Hilary Benson ricambiò quello sguardo, pensando: la sua espressione è piena di candore, e ingenua, ma mi sta raccontando una bugia. Lo so. La verità è che ha imparato a memoria molto bene tutto quanto ha appena finito di raccontarmi. Me lo sta ripetendo meccanicamente, come deve aver già fatto prima chissà quante volte, con innumerevoli altre persone.

Dopo una breve pausa Hilary disse: «È molto triste che lei sia rimasta orfana così giovane. Chi l'ha allevata?»

«Parenti. Come le ho appena detto.»

«Ma chi esattamemte?»

«Una zia.»

«Capisco. Non aveva né fratelli né sorelle?»

«No, nessuno. C'ero solo io. Sono sempre rimasta sola. Per conto mio.»

«È questo che lei prova... di essere sempre stata sola, e di essersela cavata per conto proprio anche se aveva una zia?»

«Oh, sì. È quello che ho sempre provato.»

«Mi dica come è arrivata in questo Paese, signora Stratton.»

«Sarò felice di farlo», Meredith rispose, e poi soggiunse: «Mi piacerebbe che mi chiamasse Meredith, dottoressa Benson. E che mi desse del tu».

La dottoressa annuì. «Certamente. Ti prego, raccontami qualcosa di più dell'ambiente nel quale vivevi quando sei arrivata qui in America.»

«Sono venuta qui con una famiglia americana che viveva a Sydney. I Paulson. Ho lavorato come *au pair* per loro da quando avevo quindici anni. Due anni dopo il signor Paulson è stato trasferito ed ha potuto tornare negli Stati Uniti. A quell'epoca avevo diciassette anni, e mi hanno chiesto se volevo andare con loro. Così ho fatto.»

«E la zia? Nessuna obiezione da parte sua?»

«Oh, no. Non gliene importava niente. Aveva quattro figlie. E per me non provava nessun interesse.»

«Quindi ti ha dato il permesso di partire per l'America con la famiglia Paulson? Ho capito bene quello che mi hai raccontato?»

Meredith fece segno di sì con la testa. «Mi ha aiutata a

procurarmi il passaporto.» Poi fece una piccola smorfia. «Era felice di potersi liberare di me.»

Hilary Benson si accigliò. «Dunque non c'era molto affetto fra voi?»

«No, assolutamente.»

«E che cosa mi racconti dei tuoi genitori? A loro volevi bene?»

«Non molto, in realtà.»

«Eppure eri figlia unica. Di solito i figli unici sono molto affezionati e hanno grande intimità con i loro genitori.»

«Io, no, dottoressa Benson.»

La psichiatra taceva. Chinò gli occhi sul blocco di fogli che aveva di fronte e vi scrisse rapidamente qualche appunto. Era sempre più convinta che Meredith continuasse a raccontarle tutta una serie di bugie su quello che era il suo passato e l'ambiente dal quale proveniva. Aveva la sensazione che fossero state preparate e imparate a memoria molto bene. In più, Meredith rispondeva a monosillabi, come se avesse paura di arricchire di particolari la sua narrazione, per il timore di commettere qualche sbaglio. O di rivelare qualcosa che stava cercando di nascondere.

Hilary depose la penna e alzò gli occhi, sorridendo a Meredith. «Sei venuta a New York con la famiglia Paulson. Non sei più tornata in Australia?»

«No, non ci sono tornata più. Sono rimasta qui. Nel Connecticut. Era lì che abitavamo, nelle vicinanze di New Preston. Un po' sopra il lago Waramaug. Sono rimasta con i Paulson per un altro anno e poi il signor Paulson è stato trasferito in Sudafrica. Era un esperto in mediazioni di controversie e vertenze, e lavorava per uno studio di pubblicità internazionale. Così capitava di rado che rimanesse a lungo nello stesso posto.»

«Sei andata anche in Sudafrica con loro?»

«No, non avevo voglia di andare a Johannesburg. Sono rimasta nel Connecticut.»

«Sola? Ma avevi appena diciotto anni!»

«Ecco, la signora Paulson aveva acconsentito a lasciarmi rimanere perché mi ero trovata un impiego. Al *Silver Lake Inn*. Venne anche lei a fare la conoscenza dei Silver, e le piacquero. Loro erano disposti a offrirmi anche vitto e alloggio, oltre allo stipendio, e lei approvò. I Silver appartenevano a un'antica famiglia e, nella zona, erano molto ben conosciuti ed estremamente rispettati.»

«Quindi all'età di diciotto anni ti sei trovata a vivere per conto tuo, e a lavorare in un albergo. Che sensazione ti ha fatto tutto questo? L'idea di essere così... così indipendente.»

«Ne ero felice, ma in fondo, a ben pensarci, non ero rimasta affatto sola e non stavo per conto mio, dottoressa Benson. I Silver mi trattarono come una persona di famiglia fin dal principio, e mi accolsero con affetto, facendomi sentire come se fossi a casa mia. È la verità, e – posso confessarlo – prima, in tutta la mia vita, non mi era mai capitato di provare qualcosa del genere.»

«Se ho ben capito quello che mi stai dicendo, ti hanno trattato come una figlia. Ho ragione, Meredith?»

«Non come una figlia, no, perché non erano molto più vecchi di me. Ma piuttosto come una sorella minore.»

«Che età avevano i Silver?»

«Amelia aveva trentasei anni quando ho cominciato a lavorare nel loro albergo, e Jack, trentadue.»

Hilary Benson assentì. «E qual era il tuo lavoro all'albergo?»

«Ho cominciato come *receptionist* ma fin dal principio, avevamo stabilito che avrei aiutato Amelia a sbrigare il lavoro d'ufficio. Lei ne era letteralmente sommersa e dal momento che viveva su una sedia a rotelle perché era paralizzata, non tutto le riusciva facile. Così sono diventata la sua aiutante, oltre a fare la *receptionist*. E poi aiutavo anche molto Jack nella gestione dell'albergo.»

«Che cos'era successo ad Amelia Silver? Perché era paralizzata?»

«Era rimasta vittima di un incidente a venticinque anni, subito dopo il matrimonio con Jack. Una caduta da cavallo. Si era prodotta una gravissima lesione alla spina dorsale e aveva perduto il bambino che aspettava. È stata una grande tragedia. Ma lei ha saputo accettarla e affrontarla molto bene.»

«Parlami ancora un poco di lei. È chiaro che è stata una persona alla quale tu volevi molto bene.»

«Oh sì, certo. Era una donna straordinaria, e mi ha insegnato talmente tanto! E, poi, non solo quello... Amelia era la donna più bella che avessi mai conosciuto, che avessi mai visto. Sembrava Vivien Leigh in *Via col vento*. È stata la prima cosa che ho detto ad Amelia... che assomigliava a Vivien Leigh.»

«Certo dev'essere stata veramente bellissima. Dici che ti ha insegnato molte cose. Vorresti spiegarmelo, per favore?»

«Amava l'arte, gli oggetti antichi, l'arredamento, e io tutte queste cose le ho imparate da lei. E poi ho imparato anche il coraggio... perché era una persona così coraggiosa! E ho imparato la dignità e il decoro, da Amelia Silver. Queste non erano che alcune delle sue qualità.»

«Quello che mi stai dicendo è che lei ti ha insegnato ad avere certi valori nella vita, di cui tenere conto.»

«Esatto. E la stessa cosa ha fatto Jack. Da lui ho imparato che cosa voglia dire essere cortesi e gentili; e poi mi ha incoraggiata e mi ha aiutata a capire come si lavora nel loro campo. Mi ha insegnato molte cose sulla gestione di un albergo, anzi mi ha insegnato praticamente tutto quello che so. Era un uomo molto abile, molto capace.»

«Era un albergo molto frequentato?»

«Soltanto durante il fine settimana. Per il resto, molto tranquillo. Il *Silver Lake Inn* era, ed è ancora, una specie di rifugio per il fine settimana, sempre, tutto l'anno. Certo con il bel tempo i clienti erano più numerosi, in primavera e in estate. D'inverno ne venivano meno. Ma eravamo sempre al completo in autunno, naturalmente, quando le foglie cambiano colore. Alla gente piaceva moltissimo venire a vedere questo mutamento nel fogliame. E vengono ancora.»

«Descrivi quel piccolo albergo con una voce piena di tenerezza, Meredith!»

«Voglio un bene infinito a *Silver Lake*. L'ho sempre amato, fin dal primo momento in cui l'ho visto. Ed è stata la prima vera casa che io mai abbia conosciuto. Il mio primo porto sicuro...» Meredith si interruppe bruscamente. Aveva detto troppo. Si agitò nella poltrona e provò a concentrare lo sguardo sul quadro appeso al di sopra della testa di Hilary Benson.

Hilary disse: «Porto sicuro... dunque prima non ti eri mai sentita al sicuro, Meredith?»

«È semplicemente un modo di dire», ribatté Meredith evitando una risposta precisa.

«Parli con un tale entusiasmo dei Silver che capisco quanto tu debba averli amati. E come ancora adesso tu li ami molto. Come sono...»

«Sono morti tutti e due!» esclamò Meredith, interrompendo la psichiatra.

«Oh, mi spiace! La loro scomparsa dev'essere stata una perdita enorme per te.»

«Precisamente. Ne ho avuto il cuore spezzato.»

«Quando sono morti?»

«Jack nel 1973. Aveva trentasei anni. E Amelia più o meno un anno dopo, anzi forse un po' più di un anno, verso la fine del 1974. Anche lei era giovane, aveva soltanto quarantun anni.»

«È davvero molto triste che tu abbia perduto due persone per le quali provavi tanto affetto a così poca distanza l'una dall'altra. E anche loro devono averti voluto molto bene.»

«Oh, sì, certo», mormorò Meredith con voce dolcissima, ricordandoli e accorgendosi che continuava a conservarne vivissimo il ricordo nel cuore. «Ecco perché la loro morte per me è stata qualcosa di terribilmente duro, doloroso. Jack è stata la prima persona che in tutta la mia vita mi abbia mostrato affetto e tenerezza, mi abbia stretto fra le braccia, mi abbia confortato...»

Ci fu un breve silenzio prima che Hilary Benson domandasse piano: «Mi stai forse dicendo che c'è stata una relazione sessuale fra te e Jack Silver?»

«Io non sto insinuando niente del genere!» ribatté Meredith in tono tagliente, alzando la voce. «Anche Amelia mi ha voluto bene né più né meno come Jack. Anche lei mi ha mostrato un grandissimo affetto, ma unicamente a parole. Quella povera donna era costretta a vivere su sedia a rotelle. Quindi lei non avrebbe potuto abbracciarmi molto facilmente.»

«Capisco», rispose tranquillamente la psichiatra, che comunque aveva preso nota della collera di Meredith, della sua reazione eccessiva, e da tutto questo aveva avuto la conferma che c'era effettivamente stata una relazione sessuale fra Meredith e Jack. Ma era troppo presto per indagarvi più a fondo. Meredith Stratton non era ancora pronta.

Meredith guardò l'orologio: erano le quattro. Ormai si trovava lì quasi da un'ora. «Alle quattro e mezzo ho un appuntamento nel mio ufficio, dottoressa Benson, e in ogni caso penso che la nostra prima sessione sia finita, vero?»

«Sì, hai ragione», rispose Hilary, con un'occhiata all'orologio che teneva sulla scrivania. «Credo che avremo un altro appuntamento giovedì di questa settimana.»

«Sì, precisamente», replicò Meredith, alzandosi in piedi. E mentre stringeva la mano della dottoressa e usciva dal suo studio, si domandò se non lo avrebbe annullato.

19

MALGRADO i brutti presentimenti, Meredith si presentò puntualmente all'appuntamento del giovedì con la dottoressa Hilary Benson. E concordò altri tre incontri per la settimana seguente.

Fino a quel momento, la psichiatra non era riuscita a individuare con precisione la causa dei suoi attacchi di stanchezza.

Al quinto appuntamento, alla fine della seconda settimana, Meredith infine decise che doveva essere l'ultimo.

«Mi pare che non si sia arrivati a concludere niente, dottoressa Benson», disse lentamente. «Io non ho fatto che parlare, in continuazione e lei mi ha ascoltata ma non possiamo dire che ci sia stato un vero progresso o che sia emerso qualcosa di qualche importanza. Non sappiamo neanche se sto soffrendo di affaticamento psicogenico, o no.»

«Io credo di sì», disse in tono fermo la psichiatra.

«Però non ho avuto altri attacchi.»

«Lo so. Ma questo non significa molto.»

«Facciamo che questo sia il nostro ultimo incontro.»

«Secondo me sarebbe una sciocchezza da parte tua», rispose tranquillamente Hilary, osservandola con maggiore attenzione. «C'è qualcosa che ti dà inquietudine. Ne sono sicura. Qualcosa che ti tormenta. E non abbiamo ancora scoperto che cosa.»

«Non posso più tornare per alcune settimane. Vado a Londra e a Parigi per un mese.»

«Quando parti?»

«Mercoledì o giovedì della settimana prossima.»

«Vogliamo vedere un po' che cosa riusciamo a fare oggi, Meredith?»

«Va bene», acconsentì lei. Ma lo fece unicamente perché, a poco a poco, si era accorta di trovare Hilary Benson sempre più simpatica, si sentiva a proprio agio con lei e si fidava. E se non avevano ancora scoperto l'origine del suo problema, sapeva che in parte era soltanto per colpa sua. Per anni era vissuta di mezze-verità... e quante cose aveva nascosto! Adesso era difficile portare alla luce tutto.

Hilary disse: «Oggi non ho intenzione di menare il can per l'aia, Meredith. Ma voglio essere brutalmente onesta con te e andare dritta allo scopo. So che mi stai raccontando un sacco di bugie. So che hai avuto una relazione sessuale con Jack Silver. Voglio che tu mi racconti tutto a questo riguardo».

Meredith rimase talmente strabiliata, che proruppe in un profluvio di parole: «Non è stata puramente sessuale. Ci amavamo...» S'interruppe improvvisamente, girando di scatto la faccia dall'altra parte e pentendosi di quello che aveva detto.

«Non devi sentirti imbarazzata», mormorò Hilary in tono comprensivo. «Io non sono qui per giudicarti, sto semplicemente cercando di aiutarti... Parlami, raccontami di Jack, descrivimi quello che è successo tanti anni fa a *Silver Lake Inn*. So che se lo farai ti sentirai meglio; non solo, ma avendo più informazioni sul tuo passato, potrò servirmene per risalire alla causa della tua malattia.»

Ci fu un lungo silenzio. Meredith non rispose. Poi, d'un tratto, invece di parlare si alzò, andò alla finestra, e rimase a guardar giù, verso Park Avenue, pensando a Jack e ad Amelia e a se stessa e a tutto quello che era successo tra loro tanto tempo prima. Qualcosa che aveva plasmato, e trasformato, la sua vita. Quanto aveva ricevuto da loro! Non voleva che Hilary pensasse male di Jack. O di lei.

Voltando le spalle alla finestra, tornò a sedersi di fronte a Hilary, che era rimasta dietro la scrivania. «Sì, è vero. Abbiamo avuto una relazione sessuale, ma ci siamo anche amati moltissimo. Non volevo parlargliene perché temevo che lei mi fraintendesse. Quando sono pronunciate, le parole possono sembrare così fredde! Forse per lei sarebbe difficile comprendere l'amore, le emozioni, i sentimenti che ci sono stati fra noi perché non ne è stata testimone. Nessuno potrebbe capire.» Meredith le rivolse una lunga, dura occhiata.

Hilary assentì. «Apprezzo tutto quello che mi stai dicendo. E capisco esattamente quello che intendi. Ma come ti ho spiegato poco fa, io non sono né un giudice né un giurato, ma soltanto il tuo medico. E se devo aiutarti, devo anche comprendere il tuo passato.»

«Pensa che sia quello, a turbarmi? Che sia la nostra storia d'amore? Quella che c'è stata fra me e Jack?»

«Non ne sono sicura, Meredith. Prima devo ascoltare tutta la storia; soltanto dopo potrò valutarla.»

«Perché io, invece, sono sicura che non c'entra. Ad ogni modo, le parlerò di Jack e di me e di quello che è successo fra noi quando sono andata a lavorare nel loro albergo nel 1969.»

«Sei comoda? Non preferiresti sederti sul divano, là in fondo?»

Meredith scrollò la testa. «No, sto bene qui. Voglio semplicemente fare una piccola premessa a quello che devo dire sul conto di Jack. Un paio di settimane fa mio figlio, Jon, mi ha raccontato che quando era molto piccolo mi sentiva sempre piangere la notte. È la verità; versavo fiumi di lacrime, a un punto tale che ero convinta di non averne più... E invece riuscivo sempre a piangere ancora. Piangevo per moltissime cose in quei giorni, ma soprattutto per Amelia e Jack. Sentivo terribilmente la loro mancanza.»

Meredith fece una pausa, si schiarì la gola, e poi continuò con voce sommessa. «Jack Silver è stato il mio vero, unico amore. L'ho amato dal primo giorno che l'ho visto. E lui si è innamorato di me quello stesso giorno. Lo ha chiamato *coup de foudre*. Una frase che io non avevo mai sentito prima. Mi ha spiegato che cosa significava... come se lui fosse stato colpito dal fulmine. Ma abbiamo continuato a respingere, a ricacciare e a cercar di dominare il nostro amore per settimane, senza mai confessare l'uno all'altro quello che provavamo. Poi Amelia dovette partire, per andare a trovare sua madre, a Manhattan. L'anziana signora era molto malata, probabilmente stava per morire, e Jack accompagnò Amelia in città con l'automobile. Al suo ritorno, quella sera di luglio, venne a cercarmi. E mi trovò giù, vicino a Silver Lake, sdraiata in mezzo all'erba, a cercare un po' di fresco. Quello era stato un mese torrido, con il sole cocente. Mi disse che aveva bisogno di parlarmi di Amelia; era preoccupato perché l'aveva lasciata sola con la madre malata e con l'aiuto di due giovani cameriere. Si domandò, come se riflettesse ad alta voce, se non sarebbe stato opportuno accompagnare anche me in città, con l'automobile, l'indomani, in modo che io potessi rimanere con Amelia e occuparmi di lei. Gli risposi che sarei stata ben felice di farlo, che per lui ero pronta a fare qualsiasi cosa.

«E poi, tutto d'un tratto, senza che nessuno dei due riuscisse a capire bene com'era successo, ci siamo ritrovati l'uno fra le braccia dell'altro, a baciarci. Io non avevo mai provato niente di simile, prima... né l'impeto della passione, o il desiderio e l'amore per lui. Non avevo mai avuto, prima, nessun incontro sessuale, dottoressa Benson... e Jack è rimasto sconvolto quando ha scoperto che ero vergine e mi ha rimproverato per non averglielo detto. Ma a quel punto ormai era troppo tardi. Avevamo già fatto l'amore.»

Meredith tacque per un attimo.

Hilary Benson non disse niente; sapeva che sarebbe stato più saggio aspettare fino a quando Meredith fosse stata pronta a continuare la sua storia.

Dopo qualche momento, Meredith riprese a bassa voce: «E abbiamo continuato a fare l'amore anche dopo il ritorno di Amelia a Silver Lake. Non riuscivamo a trattenerci, eravamo follemente innamorati! Jack ne era stato privato per anni, prima che comparissi io sulla scena. Mi raccontò che una volta era andato da una ragazza-squillo a New York, ma che era stato un fallimento, oltre a una perdita di tempo perché non era riuscito a provare niente. Jack mi amava, ma amava anche Amelia e ci facevamo molti scrupoli. Di fronte a lei non abbiamo mai rivelato il sentimento profondo e intenso che ci univa. Jack ripeteva sempre che Amelia non avrebbe mai dovuto sapere niente di noi, che non dovevamo assolutamente addolorarla o ferirla nei suoi sentimenti, in nessun modo. Ed è quello che abbiamo sempre fatto».

«E lei non lo ha mai saputo?» Hilary domandò.

Meredith non rispose. Invece, continuò: «Poi, una volta, saltai il ciclo mensile. E capii che probabilmente ero incinta. Ne rimasi terrorizzata, persuasa che Amelia avrebbe subito indovinato che quello era il bambino di Jack. Ma lui mi rassicurò, mi disse che Amelia non avrebbe mai sospettato niente. E io gli credetti. Perché non avrei dovuto farlo? Lo amavo oltre la ragionevolezza, al di là di quello che il buon senso poteva suggerirmi. Quando gli domandai che cosa avrei dovuto dire ad Amelia, come spiegarle la mia gravidanza, lui mi rispose che dovevo inventare l'esistenza di un amico, di un innamorato, e dire che il padre del bambino era questo mio nuovo ragazzo. Più tardi avrei potuto spiegarle che lui mi aveva deluso, mi aveva piantata in asso, e se n'era andato lasciandomi nei guai, a cavarmela da sola. Fu questo, dunque, che raccontai ad Amelia, e lei mi credette.

«A dir la verità, dottoressa Benson, Amelia fu letteralmente estasiata al pensiero che io fossi incinta. Era al settimo cielo. E quando, a sei mesi di gravidanza, cominciai a sentirmi molto appesantita, insistette perché mi trasferissi nel piccolo appartamento sotto il garage, adiacente alla loro casa. Io avevo sempre continuato a stare nella camera in soffitta, ma un bel giorno Amelia decise, di punto in bianco, che le scale erano troppe per me. Ed era vero. Così ci sistemammo tutti insieme, praticamente in casa loro. Naturalmente Jack e io stavamo attenti a comportarci, di fronte ad Amelia, come ci eravamo sempre comportati.

«Un pomeriggio, quando ormai ero all'ottavo mese di gravidanza, Amelia mi domandò se avevo intenzione di andarmene, una volta che il bambino fosse nato. Io le risposi che non volevo andarmene, che la mia speranza era di poter rimanere a Silver Lake, per continuare a lavorare per loro. Lei si rallegrò di sentirmi rispondere così e ricordo che mi posò l'esile mano sul ventre, sorridendo. Poi disse: 'Il nostro bambino, Meri. Sarà il nostro bambino, lo alleveremo noi, e saremo così felici qui, tutti insieme!' E infatti così accadde. Ecco la verità. A volte mi domandavo, parlando con Jack, se Amelia sospettasse che il bambino era suo. Ma lui mi rassicurava sempre, dicendo che non era possibile.

«E finalmente nacque nostra figlia, Catherine. La bambina più perfetta che ciascuno di noi avesse mai visto. Splendida, con i luminosi occhi azzurri di Jack. Poi, tre anni dopo, la tragedia colpì Silver Lake. Jack morì, all'improvviso, di colpo. Stroncato da un attacco di cuore, mentre stava parlando con Pete O'Brien sul prato davanti all'albergo. Non aveva mai saputo di avere problemi cardiaci. Nessuno di noi lo sapeva.» Meredith si lasciò andare contro lo schienale della poltrona, gli occhi assorti, smarriti in quel lontano passato.

«Poi cos'è successo?» domandò Hilary dopo qualche istante. «Continua, per favore.»

«Cos'è successo? Lo abbiamo pianto, disperate, Amelia e io. Com'eravamo afflitte! Ma io avevo la bambina a cui badare e il piccolo albergo da gestire per Amelia... quanto lavoro in quei giorni, ma ero giovane, forte... avevo tutto io sulle spalle, però sono riuscita a tirare avanti. Fra l'altro, la povera Amelia era in uno stato tale che dovevo pensare ad assistere anche lei. Vede, in fondo non ha più provato nessuna voglia di vivere dopo la morte di Jack e, fin dalla primavera successiva, ha cominciato a deperire. Ho capito che non sarebbe rimasta a lungo in questo mondo. O almeno, questa era la mia impressione; sentivo che voleva morire, ce la metteva tutta. Mano a mano che i mesi passavano, avevo il cuore sempre più pesante. Non sopportavo il pensiero di perderla così presto dopo Jack... anzi la sola idea mi riempiva di orrore.

«Un giorno, era un venerdì, Amelia e io eravamo sedute insieme nella serra dell'albergo intente a preparare i narcisi, per i tavoli del ristorante. Cat giocava sui gradini, sotto un bel sole primaverile. Improvvisamente Amelia mi guardò in un modo molto strano e mi disse di aver fatto testamento. 'È tutto per te e Cat, Meri. Non ho nessun altro a cui lasciare ogni cosa. E poi, Catherine è una Silver. L'ultima dei Silver, in questo momento, fino a quando non crescerà e avrà un Silver tutto suo. Quindi tutta questa roba appartiene alla bambina, la figlia di Jack. E tu devi custodirla per lei. Ho fiducia in te e sono convinta che farai la cosa giusta; sei capace e intelligente, Meri. Casomai tu fossi costretta, per un motivo qualsiasi, a vendere l'albergo, vendilo pure. Oppure affittalo, se mandarlo avanti da sola diventasse un peso troppo grande. Ma conserva le terre, conserva la proprietà di Silver Lake, indipendentemente da tutto quello che può succedere. Già adesso vale molti milioni, e può soltanto aumentare di valore. Ecco quello che Jack avrebbe voluto che tu facessi, Meri. Il suo desiderio sarebbe stato che tu conservassi le terre. Da quasi duecento anni sono proprietà dei Silver.'» Come può immaginare, sono rimasta allibita, dottoressa Benson. Strabiliata al pensiero che lei sapesse che Catherine era figlia di Jack.

«Non appena mi fui ripresa dallo stupore, domandai ad Amelia come avesse fatto a indovinare di chi era la bambina e lei mi rivolse una strana occhiata dicendo: 'Ma io l'ho sempre saputo, Meri, fin dal giorno in cui sei rimasta incinta.' Penso di aver assunto un'espressione profondamente sconcertata. E lei, infatti, si affrettò a darmi altre spiegazioni. 'Fu Jack a dirmelo, Meri cara,' soggiunse, poi mi prese una mano e me la strinse forte. 'Mi ha amato fin da quando eravamo adolescenti, ma ha amato anche te, e di te ha sempre avuto un disperato bisogno, Meri. Era un uomo giovane e virile, pieno di passione. Io, dopo il mio incidente, non ho potuto essergli utile in nessun modo, come donna. Per anni il sesso è scomparso dalla sua vita, fino a quando non sei arrivata tu. Si è innamorato perdutamente di te, Meri. E quando sei rimasta incinta, ha desiderato quel figlio... oh come lo ha desiderato, cara. Da parte mia, io non gli ho mai tenuto rancore per la relazione che aveva con te. Sapevo che non mi avrebbe mai ferita, non mi avrebbe mai lasciata. E sapevo anche che tu mi saresti sempre stata leale. Se sapessi quanto ho amato Jack, Meri! Ma amo anche te, e la bambina. Per me è come una figlia.' Ed era sincera, dottoressa Benson, perché Amelia ha sempre detto la verità.»

Meredith tacque di nuovo. Ricordare quel giorno con Amelia, in un tempo ormai tanto lontano, la commuoveva sempre profondamente. Aveva gli occhi colmi di lacrime quando, dopo un po', riuscì finalmente a fissare il suo sguardo sulla psichiatra. «Amelia morì quello stesso anno, il 1974, qualche mese più tardi. Fece di me una donna ricca, e di Cat un'ereditiera. Ci lasciò ogni cosa, e c'era tanto, tanto di più... non soltanto *Silver Lake Inn* e le terre. Ma anche il suo patrimonio, quello che aveva ereditato dalla madre. Aveva provveduto anche a qualche altro lascito, a Pete O'Brien, per esempio, che aveva gestito la proprietà per anni, a sua moglie Blanche e ad altre persone che lavoravano nell'albergo. Ma il grosso del patrimonio dei Silver e quello che lei stessa aveva ereditato vennero a noi. Eppure io sarei stata pronta a rinunciare a ogni cosa pur di riaverla di nuovo viva, vicino a me. Per anni ho portato il lutto per lei, ho desiderato la sua presenza. E l'ho pianta. Come piangevo Jack.»

«È una storia assolutamente insolita, molto commovente», disse Hilary a voce bassa, piena di compassione. Poco prima non le era sfuggito fino a che punto Meredith fosse commossa, e misurava fino in fondo l'affetto che doveva aver provato per la coppia dei Silver. Aveva una domanda sulla punta della lingua: avrebbe voluto chiedere a Meredith se lei pensava che i Silver l'avessero usata, se se ne fossero serviti come di una madre in affitto, ma cambiò subito idea. In fondo al cuore, era convinta che non si trattasse affatto di questo. E che Meredith le avesse raccontato la storia della propria vita con i Silver esattamente come si era svolta. Le sue parole avevano il timbro della verità. Forse mentiva su altri periodi della sua esistenza, ma non quando descriveva quegli anni speciali.

Su una console lì vicino, c'era una caraffa piena d'acqua. Meredith si alzò e andò a versarsene un bicchiere. Poi, voltandosi a guardare Hilary, mormorò: «Sono convinta che questi attacchi di stanchezza non abbiano niente a che vedere con i miei primi anni nel Connecticut. Sono stata molto felice con i Silver, e loro si sono mostrati molto buoni con me».

«Lo so», replicò Hilary. «E penso che tu abbia ragione. Non hanno nessun collegamento con quell'epoca, assolutamente! Quindi occorre scavare più a fondo, risalire più indietro nel tempo. Ma non so quando possiamo farlo. A meno che tu non venga un'altra volta prima di andare a Londra e a Parigi. Se non altro, avremmo un punto di partenza.»

Meredith esitò per qualche istante. Poi prese una decisione. «E va bene», disse «se può trovarmi un posto fra i suoi impegni, verrò domani pomeriggio.»

«Lascia che controlli con la mia segretaria quali sono gli

altri appuntamenti che ho già fissato», rispose Hilary schiacciando il bottone dell'interfono.

Quella notte Meredith fece di nuovo il sogno della sua infanzia.

Dopo una cena leggera, era andata a letto presto.

La mattina successiva aveva un certo numero di appuntamenti importanti; non solo, voleva anche liberare la sua scrivania da tutto quello che aveva in sospeso prima dell'appuntamento con Hilary Benson nel pomeriggio.

Cadde quasi immediatamente in un sonno profondo – che per gran parte della notte fu anche senza sogni. Poi, appena prima dell'alba, si svegliò con un sobbalzo e si ritrovò seduta sul letto. Aveva la faccia, il collo e il petto coperti di sudore, si sentiva molto agitata.

Accendendo la luce, girò gli occhi per la camera e poi si lasciò andare di nuovo contro i guanciali. Dopo un momento, si allungò a prendere un fazzolettino di carta dal comodino, si asciugò il collo e la faccia e infine lo appallottolò in mano.

Aveva appena finito di fare quel sogno terribile, che come sempre l'aveva allarmata. Ricordandolo, si concentrò su di esso.

Era sola in quel paesaggio sterminato, deserto e inaridito. Stava cercando la bambina e il maschietto. Ma non riusciva a trovarli. Erano spariti, erano precipitati giù in una gigantesca crepa che si era aperta sulla superficie della terra. Lei li aveva visti precipitare, e aveva paura per loro. Adesso doveva ritrovarli. Loro sapevano. Sapevano la risposta al segreto.

Si mise a camminare e camminare, con gli occhi che frugavano intorno. E proprio quando aveva già rinunciato alla speranza, loro apparvero all'estremità di quella piatta estensione di terreno, che sembrava di melma disseccata. Come fu felice! Il maschietto si tolse il berrettino della scuola e lo agitò in aria. E tutto d'un tratto si ritrovarono vicini, insieme; si tenevano per mano e camminavano per quel paesaggio vasto e arido verso l'orizzonte lontano. Adesso lei era vestita come la femminuccia. Portava un cappotto scuro, una lunga sciarpa a righe annodata intorno al collo e un berretto sulla testa. E attaccati ai cappottini avevano quegli enormi cartellini di riconoscimento. Come quelli che si attaccano ai bagagli. Tentò di sbirciare quello della bambina. Ma la scritta era confusa, sbavata dalla pioggia. E lei non riusciva a leggere il nome. Neanche quello del maschietto. Abbassò gli occhi sul suo, su quella specie di etichetta da valigia. Ma anche la sua era sbavata, piena di macchie. Qual era il suo nome? Non lo sapeva.

Davanti, avevano il grande bastimento. Talmente enorme che incombeva su di loro alto, ormeggiato alla banchina. La bambinetta era impaurita. Non voleva salire su quel bastimento. E cominciò a piangere. Il maschietto piangeva, e adesso anche lei si era messa a piangere. Nessuno voleva salire a bordo. Avevano le guance rigate di lacrime. E faceva così freddo che le lacrime si ghiacciavano sulla pelle. Cominciò a nevicare.

Il mare sembrava petrolio tanto era nero, cupo. Avevano paura, erano terrorizzati. Si aggrappavano l'uno all'altro, piangendo. Li fecero scendere dal bastimento. Avevano raggiunto la loro destinazione. Era quel paesaggio grigio, con la terra piena di crepe, dove niente cresceva. Il cielo era azzurrissimo; il sole cocente. Camminarono e camminarono. C'erano molti, molti bambini; e tutti camminavano fino a quando tornarono ancora una volta a quel mare nero. E continuarono a camminare entrando nel mare. Lei si tirò indietro; non voleva. Cercò di fermare la bambinetta, di impedirle di entrare, camminando, in quel mare, di andare al suo destino. Ma non poteva. La bambinetta si scostò da lei, e si allontanò. Come il maschietto. Insieme, tutti e due camminarono entrando nel mare. Lei cercò di gridare che si fermassero. Ma dalla bocca non le uscì una sola parola. E aveva paura. Loro conoscevano la risposta al segreto. Lei, no. Adesso loro se ne erano andati. Per sempre. E così lei non avrebbe mai saputo.

Stavolta il sogno era stato differente, Meredith se ne rese conto man mano che ne esaminava ogni particolare. Si domandò che cosa significasse; non ne aveva la minima idea. Ma aveva deciso di raccontarlo a Hilary Benson. Forse la psichiatra avrebbe avuto una spiegazione da darle.

«C'è qualcosa che non le ho mai raccontato», disse alla dottoressa Benson quello stesso pomeriggio, qualche ora più tardi.

Hilary la guardò con interesse, subito all'erta. «Oh, che cosa sarebbe, Meredith?»

«Qualcosa che ha a che vedere con i miei attacchi. O perlomeno, è quello che io penso. A ogni modo, è ricominciato sicuramente dopo il secondo attacco.»

«Che cosa è ricominciato?»

«Il sogno. Anzi, è un incubo, che ho avuto di tanto in tanto, lungo gli anni.»

«Quanti anni?» domandò Hilary, sporgendosi lievemente verso di lei al di sopra della scrivania, e osservandola con grande attenzione.

«Fin da quando riesco a ricordare. Da quando avevo dodici, tredici anni; forse anche già qualche anno prima. Il sogno è cessato non appena sono arrivata nel Connecticut. Anzi, a dir la verità, nei primi anni in cui ho vissuto laggiù, l'ho avuto una volta soltanto, subito dopo aver cominciato a lavorare all'albergo di Jack e Amelia. Poi mi sarà capitato un paio di volte fra i venti e i trent'anni, e di nuovo dopo aver passato la trentina. Ma fino al gennaio di quest'anno non lo avevo più fatto.»

«E il sogno si è verificato dopo che avevi avuto quell'attacco di stanchezza?»

«Sì. Mi trovavo nella valle della Loira, ospite di un amico. Quel pomeriggio mi sono sentita male, all'improvviso, e sono salita a riposare nella mia camera. Mi sono addormentata, com'ero stanca! E ho fatto il sogno. Svegliandomi, ho temuto che fosse tornato a ripresentarsi dopo tanti anni. Ed anche di sentirmi come allora, nello stesso modo.»

«Come ti sentivi?»

«Impaurita, allarmata.»

«Cerca di raccontarmi il sogno, cerca di descrivermelo, per favore, Meredith.»

Meredith annuì ubbidendo alla richiesta della psichiatra. Poi le spiegò che il sogno, in quegli ultimi mesi, era stato ogni volta un po' diverso da quello precedente.

«Così la notte scorsa, nel sogno, ti sei trovata finalmente riunita al maschietto e alla bambinetta, su quel paesaggio desolato», Hilary disse. «Non c'era nient'altro? Nient'altro di differente?»

«Sì. C'era il bastimento...», Meredith non concluse la frase e abbassò di colpo le palpebre.

«Ti senti bene?» Hilary domandò.

«Sì, sto bene», le rispose Meredith, riaprendo subito gli occhi. «Dottoressa Benson?»

«Sì?»

«Che cosa significano i sogni?»

«Credo che di solito siano manifestazioni di qualcosa che ci ha colpito e che immagazziniamo nel nostro subconscio. A volte, può capitare che quello che ha veramente terrorizzato una persona riaffiori, perché riemerge dall'inconscio durante il sonno. Personalmente sono convinta che noi sognamo i nostri ricordi, ed anche i nostri terrori, Meredith.»

«Ma, allora, secondo lei che cosa significherebbe questo mio incubo ricorrente?»

«Con sicurezza, non lo so. Solo parlando, facendo qualche altra esplorazione, non si può escludere che si arrivi, a un certo punto, a fornirgli una interpretazione.»

Meredith respirò a fondo. Tutto d'un tratto, inspiegabilmente, aveva la curiosa sensazione di soffocare. Si sentiva cogliere dall'inquietudine. Doveva andarsene, uscire di lì; aveva bisogno di una boccata d'aria. Si alzò in piedi di scatto, e poi, – nello stesso modo brusco – tornò a sedersi. A un certo momento si sentì quasi costretta ad aprire la bocca, aveva voglia di mettersi a urlare. Strinse le labbra, lottando per conservare tutto il suo autocontrollo.

Hilary Benson corrugò la fronte, fissandola. Poi si rese conto che Meredith, che era sempre apparsa calmissima, soffriva di una profonda agitazione. Aveva intrecciato le dita e si stava torcendo le mani. Gli occhi erano sbarrati.

«Tutto d'un tratto sei sconvolta. Che cosa c'è Meredith?»

Meredith non disse niente; cominciò a tremare sempre più forte, al punto che si strinse le braccia intorno al corpo, tanto era squassata.

Hilary Benson balzò in piedi, le andò vicino, le posò una mano su una spalla come se volesse confortarla. Meredith la guardò con le labbra socchiuse e gli occhi colmi di lacrime. «Non le ho detto la verità... non l'ho detta a nessuno... mai...»

Hilary tornò di corsa alla sua scrivania, alzò il ricevitore del telefono interno e disse alla segretaria: «Per il momento, Janice, non posso vedere altri pazienti. Per favore, sposta i loro appuntamenti a un altro giorno. Ho un'emergenza con la signora Stratton».

Tornando vicino a Meredith, che adesso si era ripiegata su se stessa e si dondolava lentamente avanti e indietro, con le braccia strette intorno al corpo, la psichiatra l'afferrò per un braccio costringendola a mettersi più dritta, ad alzarsi in piedi.

«Vieni con me, andiamo a sederci sul divano, Meredith. Adesso mi racconterai tutto. Lentamente. Abbiamo tutto il tempo che vuoi. Non c'è nessuna fretta.» Le aveva parlato con dolcezza, piena di comprensione, e Meredith lasciò che l'aiutasse ad alzarsi e l'accompagnasse fino al divano.

Le due donne vi sedettero.

Ci fu un lungo silenzio.

Ed infine Meredith cominciò a parlare a bassa voce. «Io non so chi sono. O da dove vengo. Non so chi fossero mio padre e mia madre. Né il mio vero nome. Non ho un'identità. Ho inventato me stessa. Mi sono data le mie regole personali e ho vissuto adeguandomi a esse. Non avevo nessuno che mi insegnasse. Nessuno che mi volesse bene. Ero completamente sola. Fino al giorno in cui ho incontrato i Silver. Per diciassette anni sono stata un'anima smarrita. E sotto un certo aspetto lo sono ancora adesso. Mi aiuti... oh Dio. Chi sono? Da dove vengo? Chi mi ha dato alla luce?»

Adesso Meredith stava piangendo; le lacrime le scendevano a fiotti sulle guance, le bagnavano le mani. Era in preda a una profonda disperazione, tanto che ricominciò a dondolarsi avanti e indietro.

Hilary Benson la lasciò piangere. Non disse niente, non fece niente, e dopo un po' le lacrime cessarono. In silenzio porse a Meredith una scatola di fazzolettini di carta. Poi si avvicinò alla console e riempì d'acqua un bicchiere. Lo portò alla sua paziente.

Meredith lo accettò volentieri, ne bevve un sorso e dopo un attimo disse: «Mi spiace di questo sfogo».

«A me no. E non dovrebbe dispiacere neanche a te. Dovresti essere contenta. Ti ha fatto bene, ne sono sicura. Ed è il primo passo verso la tua guarigione. Non appena ti sentirai pronta, ricominceremo a parlare. Io sono qui ad ascoltare. Non avere fretta... il resto di questa giornata è per te. E anche la sera, se fosse necessario, Meredith.»

«Grazie. Sì... sì... devo raccontarle...» Meredith, a questo punto, respirò a fondo e cominciò: «Sono cresciuta in un orfanotrofio di Sydney. Avevo otto anni quando Gerald e Merle Stratton mi adottarono. A loro il nome che avevo non piaceva, così mi chiamarono Meredith. Non erano molto simpatici. Gente fredda, di cuore duro. Mi trattavano come una domestica. Io sbrigavo tutto il lavoro di casa al mattino presto e, dopo la scuola, alla sera. Avevo soltanto otto anni. Non posso dire che mi maltrattassero ma, per lui, riempirmi di botte era la cosa più naturale del mondo. Anche lei era gretta, meschina e avara... soprattutto con la roba da mangiare. Sono cresciuta detestandoli. Volevo tornare nell'orfanotrofio. Poi morirono in un incidente d'auto, quando io avevo dieci anni. La sorella di lui, Mercedes, non volle accogliermi in casa propria e mi rimandò all'orfanotrofio. Lì rimasi fino ai quindici anni. Rividi Mercedes un'altra volta soltanto, quando mi aiutò a procurarmi il passaporto. Era contenta che partissi con i Paulson.»

Meredith tacque, si appoggiò ai cuscini del divano e chiuse gli occhi. Respirò profondamente parecchie volte per riacquistare la calma. Dopo un po' riaprì gli occhi e guardò Hilary dritto in faccia. Ricominciò a tremare.

La psichiatra le prese una mano fra le sue, domandandole piano con voce dolce: «Sei forse stata molestata sessualmente quando vivevi con gli Stratton? Devo pensare che uno dei due ti abbia fatto del male in questo senso?»

«No, non c'è stato niente del genere. Non mi hanno molestato sessualmente. Per me c'era soltanto quella freddezza atroce, quell'indifferenza... come se non esistessi. Io ero lì soltanto perché servivo da domestica, ecco quello che pensavo! E lo penso ancora. Provai sollievo quando rimasero uccisi in quell'incidente. Non mi avevano mai dimostrato neanche un pochino di affetto. Io avevo sempre creduto che se qualcuno mi avesse adottato, mi avrebbe anche voluto bene. Invece no, non è stato così.»

Sul suo viso passò un'espressione smarrita, vacua, un'ombra di sofferenza le velò gli occhi e, quando riprese a parlare, nella sua voce riecheggiava il dolore. «Non riuscirò mai neanche a cominciare a spiegarle l'orrore di chi si trova in un orfanotrofio. Non c'è nessuno che provi il minimo interesse per te... non c'è mai nessuno che ti faccia una carezza o ti prenda fra le braccia o ti dimostri un po' di affetto. Non ho mai capito per quale motivo mi trovavo lì. Mi lambiccavo il cervello. Ero persuasa che mi ci avessero mandato mio padre e mia madre perché ero stata cattiva. Non riuscivo a capire. Tutto quello che desideravo era scoprire chi fossero i miei genitori. E invece non ci sono mai riuscita. Nessuno mi diceva mai niente, non rispondevano mai alle mie domande...»

«Qual è il tuo primo ricordo, Meredith? Chiudi gli occhi, rilassati, cerca di riandare indietro nel tempo, di mettere a fuoco con la memoria gli anni della tua infanzia.Che cosa vedi? Che cosa ricordi?»

Dopo un po' Meredith parlò. E disse con voce quieta: «Vedo un fiume. Ma è tutto». Aprì gli occhi. «Forse è per quello che mi piace vivere vicino all'acqua.»

«Quanti anni avèvi quando sei andata all'orfanotrofio?»

«Non lo so, dottoressa Benson, ci sono sempre vissuta.»

«Fin da quando eri molto piccola?»

«Sì. No. No, non credo. Nel mio incubo, la notte scorsa, c'era una nave. Quando ero molto piccola ricordavo spesso di essere stata su una nave.»

«Parli veramente di una nave, oppure di una barca? Perché c'è differenza.»

Meredith chiuse di nuovo gli occhi, cercando di tornare con la memoria alla sua infanzia. Si rivide con gli occhi della mente; vide bambini e bambine che salivano su una passerella. E lei si trovava fra loro. Vide marinai, operai portuali, una banchina. E vide un'asta. Da quell'asta sventolava l'Union Jack, la bandiera nazionale britannica.

Meredith si mise a sedere un poco più dritta, aprì gli occhi, e guardò intensamente Hilary. «Alludo a una nave, non a una barca o a un battello. Anzi a un transatlantico. Inglese, che batteva bandiera inglese. Devo essere stata a bordo di un bastimento, forse con altri bambini. Questo potrebbe spiegare i bambini che compaiono sempre nel sogno.»

«È possibile. Cerca di riflettere, impegnati con tutte le tue forze, torna al passato con i ricordi. Non potresti essere nata in Gran Bretagna e portata in Australia quando eri molto piccola?»

«Forse, sì. Ma perché non mi ricordo niente di tutto questo? Perché non ricordo quegli anni?»

«Questa si chiama rimozione, Meredith. Sono convinta che ti sia successo qualcosa di terribile quando eri molto piccola, qualcosa che ti ha provocato un trauma profondo. E da quel trauma è scaturita una rimozione. Anzi, sono praticamente convinta che sia proprio quello di cui tu stai soffrendo, e che sempre quello sia il motivo dei tuoi attacchi di stanchezza. Del tuo affaticamento psicogenico.»

«Ma perché adesso? Perché non ho avuto questi attacchi in passato? Perché non anni fa?»

«Perché quei ricordi sono rimasti profondamente sepolti. Era quello che tu volevi. In modo da lasciarti funzionare, agire... Adesso qualcosa ha sbloccato tutto questo. E il ricordo rimosso sta tentando di tornare a galla.»

«Secondo lei, che cosa ha innescato questo processo?»

«Non posso esserne completamente sicura ma credo che sia stata la tua visita a Fountains Abbey.»

«Dunque lei è convinta che io ci sia già stata prima?»

«È possibile. Anzi è molto probabile. E, sicuramente, spiegherebbe molte cose.»

«Esiste qualche altro modo in cui lei possa riuscire a sbloccare questa rimozione, dottoressa Benson?»

«A dir la verità, ci puoi riuscire soltanto tu, tentando di tornare indietro nel tempo fino agli anni della tua prima infanzia. La settimana prossima partirai per l'Inghilterra. Può darsi che qualcos'altro dia una nuova, salutare, scossa alla tua memoria, in quel Paese. Nel frattempo, parliamo ancora un po' dei tuoi anni all'orfanotrofio.»

Meredith fu scossa da un violento brivido e lanciò a Hilary uno sguardo inorridito. «Nessun bambino dovrebbe mai essere costretto a vivere a quel modo», esclamò mentre in lei affiorava la collera. «Ma se lo desidera, le descriverò ancora qualcosa, gliene parlerò ancora.»

«Sì, lo desidero. Mi rendo conto fino a che punto deve essere penoso per te, ma può darsi che mi fornisca altri indizi e qualche altro elemento su cui lavorare, Meredith, capisci?»

Quella sera telefonò a Luc. Non riusciva più a sopportare l'idea di tenergli nascosto il segreto del suo passato. E inoltre sentiva il bisogno di confidarsi, di dividere tutto questo con lui per essere, da lui consolata.

20

CATHERINE Stratton si tirò un po' indietro e studiò l'illustrazione sul tavolo da disegno, la testa lievemente piegata di lato, gli occhi un po' socchiusi a valutare il suo lavoro.

L'acquerello rappresentava un bambino piccolo, rannicchiato nella sua culla, mentre dormiva con la guancia appoggiata a una manina. Sorrise tra sé, perché le piaceva quell'innocenza così tenera e delicata. Era perfetto per l'ultima poesia del libro per bambini che stava illustrando da qualche settimana. Adesso, finalmente, era finito, pronto per la consegna agli editori.

Un lavoro ben fatto, pensò, afferrando una penna dal pennino sottile e firmando l'illustrazione: un Cat con uno svolazzo. Nel suo lavoro si era sempre servita di quel diminutivo e ormai, quella firma stava diventando conosciuta.

Scivolando giù dall'alto sgabello, sollevò le braccia sopra la testa, fece qualche esercizio di ginnastica, per sbloccarsi un po' dopo essere rimasta ferma tanto tempo e poi attraversò lo studio e l'ampio soggiorno del loft in cui abitava, diretta in cucina.

Questa era di discrete proporzioni, decorata in azzurro vivo e bianco, fornita delle più moderne comodità. La cucina perfetta per una cuoca appassionata – quale Catherine era.

Le era sempre piaciuto cucinare, fin da piccola. L'avevano incoraggiata, a Silver Lake, sua madre e Blanche O'Brien, che per lei era stata come una tenera zietta.

Catherine andò a sciacquarsi le mani all'acquaio sotto la finestra che dava sulla città e da cui si poteva godere un panorama unico dei due famosi grattacieli, il Chrysler e l'Empire State. Le svettanti costruzioni brillavano contro l'azzurro cielo di aprile – e lei pensò di non averli mai visti tanto belli come in quella splendida giornata di primavera. Salvo forse di notte, quando erano completamente illuminati e le loro guglie luccicanti si stagliavano contro il cielo scuro. Per Catherine avrebbero sempre rappresentato il simbolo di Manhattan.

Prese il bollitore, lo riempì d'acqua e lo mise a bollire sul fornello. Poi si diede da fare con tazze e piattini, tirò fuori il necessario dal frigorifero e si mise a preparare tutta una serie di tartine per il tè, una diversa dall'altra.

Erano state Catherine e la madre a progettare l'arredamento di quel *loft* di SoHo. A una estremità si trovava lo studio, con grandi finestre e un lucernario che si apriva sulla pendenza del tetto; la zona-pranzo era il proseguimento della cucina e, oltre a questa, c'era il grande soggiorno, arredato come una biblioteca. A destra del soggiorno si trovavano due camere da letto, ognuna con un bagno.

Il *loft* era vasto, e ben diviso in modo da sfruttare al massimo spazio e luce; e dava un senso di ariosità e leggerezza, non soltanto perché era grande e aveva molte finestre, ma anche per i tenui colori della decorazione.

Quattro anni prima, quello era stato il regalo per il ventunesimo compleanno di Catherine. «Guarda che non è un regalo mio. Adesso devi saperlo», le aveva spiegato sua madre. «In un certo senso è di Jack e Amelia, anche se sono morti. Io l'ho comprato per te servendomi del denaro che faceva parte del loro patrimonio.»

Era stato in quell'occasione che Meredith aveva spiegato

minuziosamente tutto quello che riguardava il testamento di Amelia, come la sostanziosa eredità adesso fosse diventata completamente sua, insieme a *Silver Lake Inn*, la casa in cui era cresciuta, e tutte le terre dei Silver – centocinquanta acri. Tutto questo era stato amministrato da sua madre, fin dal giorno della morte di Amelia. E con abili investimenti del denaro che Amelia aveva lasciato, Meredith era addirittura riuscita ad aumentarne il valore. Così all'improvviso, quel giorno di quattro anni prima, Catherine aveva capito di essere diventata un'ereditiera, e una giovane donna molto fortunata.

Catherine aveva sempre saputo che Jack Silver era suo padre. La mamma le aveva detto la verità, quando era stata abbastanza grande per capire. Si ricordava appena di lui e perfino Amelia era una figura un po' vaga e indistinta nei suoi ricordi. La mamma era sempre stata la persona dominante nella sua vita – e lei adorava Meredith.

Catherine non aveva mai giudicato Meredith e Jack. Era troppo intelligente per fare una cosa del genere e matura a sufficienza per rendersi conto che nessun altro aveva mai capito esattamente che cosa vi fosse stato fra quelle due persone. Tre in questo caso, perché Amelia – era chiaro – aveva acconsentito o, forse, aveva fatto finta di chiudere gli occhi sulla loro relazione.

Una volta, quando aveva provato a domandare qualcosa a Blanche O'Brien, si era sentita rispondere che non doveva sprecare il tempo tornando con il pensiero a una situazione che ormai apparteneva al passato. «Nessuno è stato danneggiato, tutti erano contenti; tutti e tre, loro, si adoravano, e tu eri il centro, il punto focale, delle loro esistenze. Ti volevano un bene dell'anima, e Amelia si comportava come una seconda mamma per te.»

Qualche volta si poneva qualche interrogativo riguardo al passato di sua madre; comprendeva molte cose, anche se Meredith era sempre stata un po' misteriosa sugli anni dell'infanzia trascorsi in Australia. A lei sembrava che la mamma avesse cominciato a vivere la sua vera vita soltanto quando era venuta nel Connecticut.

Da certe strane cose che la mamma aveva detto lungo gli anni, Catherine sapeva che la sua infanzia era stata atroce – squallida, triste, senza amore, senza nemmeno un minimo di affetto.

Meredith aveva voluto bene a Jon e a lei con una specie di furore, una terribile intensità, concentrandosi totalmente su di loro con la devozione più completa – e l'esclusione di qualsiasi altra persona.

Forse il motivo di tutto questo andava ricercato nella mancanza di affetto che Meredith aveva dovuto subire da bambina. A ogni modo, a Catherine era sempre sembrato che sua madre si fosse fissata come unico scopo quello di dare a loro due tutte le cose che lei non aveva mai avuto – e molto, molto di più.

Meredith era sempre stata una madre meravigliosa, probabilmente anche a scapito del suo rapporto con il padre di Jon, David Layton. Per Meredith, lei e suo fratello erano sempre venuti prima di tutti gli altri. Forse lui a un certo punto si era stancato e aveva cominciato a provare un certo fastidio al pensiero di dover occupare sempre il secondo posto nella sua vita e nei suoi affetti.

Quel matrimonio era naufragato dopo quattro anni e quasi subito dopo, David, l'avvocato di campagna, si era trasferito sulla Costa occidentale. Con loro grande stupore, si era trasformato in un abilissimo legale per molti personaggi del mondo dello spettacolo e presto un numero incredibile di divi del cinema erano diventati suoi clienti. Non lo avevano mai più riveduto, lo sentivano solo raramente e dopo il primo anno o giù di lì, lui non aveva praticamente più dato notizie di sé. Non che lei o suo fratello ne provassero dispiacere. Jon aveva sempre voluto molto bene alla madre, soprattutto a lei, e in ogni caso – proprio per questo motivo –

David Layron non era mai stato granché come padre, o come patrigno.

Meredith era la sua migliore amica. Non soltanto le aveva dato un grandissimo affetto e il suo continuo appoggio, ma l'aveva anche incoraggiata a non rinunciare ai suoi sogni e a veder realizzate tutte le sue ambizioni. Anzi, era stata fondamentale nell'aiutarla a fare tutto questo. E si era comportata esattamente allo stesso modo con Jon, non lo aveva mai deluso, era sempre stata pronta a fornirgli i suoi consigli quando lui li chiedeva, a sostenerlo, a incoraggiarlo. Per tutti e due Meredith era stata non solo una madre, ma anche un padre.

Come il fratello, anche Catherine era stata felice quando Meredith aveva conosciuto Luc de Montboucher. Lo avevano trovato subito simpaticissimo e avevano fatto di tutto per incoraggiare la mamma a continuare la sua relazione con lui.

Erano persuasi che fosse il compagno perfetto per Meredith; Jon, poi, era convinto che dovevano sposarsi. Catherine si augurava che suo fratello non sbagliasse – e di grosso. Niente le avrebbe fatto più piacere di sapere che Meredith aveva una relazione felice, specialmente adesso che lei stava per sposarsi. Non sopportava il pensiero che sua madre rimanesse sola. Era venuto il momento che avesse anche lei un po' di gioia nella vita.

Luc era stato a New York diverse volte e Meredith stava praticamente diventando una pendolare fra New York e Parigi – tutte cose di buon auspicio per il futuro. Non solo, ma Meredith aveva anche messo in vendita il piccolo albergo del Vermont e le aveva confidato, appena qualche giorno prima, che non pensava di ricavarne un grosso profitto. «Voglio semplicemente venirne fuori senza subire un danno finanziario», aveva detto Meredith, «per fortuna ho parecchi potenziali acquirenti.»

Quando Catherine aveva riferito a Jon questa conversazione con la mamma, lui era scoppiato a ridere esclamando:

«Vedi che avevo ragione? La mamma ha intenzione di sposare Luc e trasferirsi in Francia o, se non altro, di trascorrerci gran parte del tempo. Aspetta e vedrai, Cat».

La mamma partiva per l'Europa quella sera stessa, e la prima fermata sarebbe stata Londra. Aveva affari da sbrigare con Patsy, ma pensava anche di rimanere in Francia un bel po'.

Catherine coprì con un tovagliolo inumidito il piatto delle tartine per il tè, come Blanche le aveva insegnato quando era bambina, e lo spinse in un angolo; poi lavò le fragole e le pulì.

Ma continuava a pensare alla mamma. In quelle ultime settimane era andata spesso da una psichiatra, cercando di scoprire il motivo per il quale ogni tanto le venivano quegli strani attacchi di stanchezza. Durante il fine settimana avevano parlato al telefono e Meredith le aveva detto che la dottoressa Benson stava aiutandola a far riaffiorare alcun ricordi rimossi della sua infanzia. Era convinta che infine tutto quel lavoro cominciasse a dare qualche risultato.

Era quello che si augurava anche Catherine. Desiderava soltanto, per sua madre, che accettasse quello che era stato il suo passato, che trovasse la pace dello spirito e, una volta tanto, anche un po' di felicità. In fondo il mese successivo avrebbe compiuto quarantacinque anni.

«Ma qui tutto è veramente splendido, tesoro», disse Meredith un'ora più tardi, mentre girava per il loft, guardandosi intorno. «Dall'ultima volta che sono stata qui, hai aggiunto qualche oggetto. Per esempio il quadro là in fondo, la lampada, la scultura nell'angolo.» Meredith fece un cenno di approvazione. «Le hai dato un aspetto meraviglioso, e tutti questi piccoli tocchi che hai aggiunto fanno proprio un magnifico effetto.»

«Grazie, mamma. Tale la madre tale la figlia, credo. Ho

preso da te, sai? Non faccio che trafficare nelle stanze, aggiungendo una cosa qui e una cosa là. Credo proprio di essere una di quelle persone che hanno un vero amore per il loro nido, esattamente come te.»

«Dici davvero?» esclamò Meredith, che sembrava meravigliata, lanciando un rapido sguardo a sua figlia. «Non me ne ero resa conto.»

Scoppiando in una risata, Catherine esclamò: «Oh mamma, ma sul serio... come fai a dire una cosa simile! Tu sei capace di entrare nella camera più squallida del mondo e in un paio d'ore trasformarla completamente aggiungendo soltanto un po' di fiori, una fruttiera, qualche cuscino e un po' di fotografie, di libri e riviste. E altri oggettini qua e là... per quello, hai un vero talento. Insomma, per ripetere quella che ormai consideriamo una frase fatta, sei abilissima nel creare splendidi rifugi, mamma!»

Meredith si unì con buona grazia alla risata della figlia.

«Ho sempre pensato che la tua società, la Havens, rifugi, non avrebbe potuto avere nome migliore.»

«Suppongo di sì.» Meredith sedette sul divano e continuò: «Sono contenta di poter passare un paio d'ore con te, prima di prendere il volo di stasera per Londra; in questo periodo non ci vediamo mai abbastanza. E forse potremmo parlare un po' del matrimonio, prendere qualche decisione no?»

«Sì, certamente mamma. Keith e io abbiamo parlato un po' di date, durante lo scorso fine settimana, e ci piacerebbe celebrare il matrimonio in autunno, come suggerivi tu.»

Meredith si illuminò tutta in viso. «Magnifico, Cat! È l'epoca perfetta. Immagino che avrai pensato ai primi di ottobre, proprio quando le foglie cominciano a cambiare colore, vero?»

Catherine fece segno di sì. «Il secondo sabato di ottobre, cioè il quattordici. In origine, Keith e io avevamo anche quasi deciso per il primo sabato del mese, il sette. Ma non eravamo sicuri se le foglie avrebbero già cominciato a cambiare colore per quell'epoca, o no. Tu che cosa ne pensi?»

«Meglio scegliere il secondo sabato, Catherine. Perché le foglie, per quell'epoca, avranno cambiato totalmente colore... e poi non dimenticarti che non cadono così in fretta! Devo anche pensare che vorrai organizzare la cerimonia a Silver Lake?»

«Sì. Con Keith abbiamo parlato, ma solo per poco, della piccola chiesa di Cornwall, ma alla fine siamo arrivati alla conclusione che è troppo piccola.» Catherine sorrise rivolgendosi alla madre. «Tutti quei Pearson, capisci!»

Meredith sorrise. «A sentire quello che mi stai dicendo, penso che dovrò organizzarti un matrimonio molto importante.»

«Ti dispiace, mamma?»

«Oh tesoro mio, no, naturalmente! Sono eccitata. Emozionata. È quello che ho sempre desiderato per te, un grande matrimonio con la sposa vestita di bianco e tutto il necessario. A ogni modo, tornando ai particolari, penso che sarà meglio fare una telefonata al parroco di Cornwall per assicurarsi che lui possa celebrare il matrimonio e che sia libero quel giorno.»

«Sì, gli telefono domani.» Catherine si alzò. «Mamma, voglio farti vedere gli schizzi per il mio abito da sposa. Vado a prenderteli, sono nello studio.»

Dopo un attimo era di ritorno. Venne a sedersi vicino a Meredith sul divano e, insieme, esaminarono lungamente la serie di disegni che Cat aveva fatto; erano tutti molto minuziosi, ricchi di particolari, e mostravano l'abito da angolature diverse.

«Che cosa ne pensi?» domandò Catherine, scrutando sua madre con aria preoccupata. «Non dici niente! Non ti piace!»

«È assolutamente stupendo, Cat. Molto... medioevale, non diresti anche tu?»

«In un certo senso. Ma forse, come stile, un poco più Tudor... elisabettiano, ecco! Ho dedicato moltissimo tempo a disegnarlo, mamma, e soprattutto a mettere in risalto tutti i particolari.»

«Vedo che è molto elaborato.» Meredith si mise a fissare lo schizzo che teneva in mano: rappresentava il corpetto del vestito. E fece segno di sì con la testa, approvando. «Certo, capisco quello che vuoi dire quando parli di elisabettiano... la scollatura squadrata che arriva fin quasi alle spalle, le maniche lunghe, rigonfie in alto, il corpetto attillato e l'ampia gonna a sbuffo. Ha moltissimo stile, Cat. E adesso tutto quello che ti occorre è il collo a gorgiera.»

«Non credere che me ne sia dimenticata!» Rise Cat. «Figurati se non ci ho pensato! Ma poi ho deciso che forse sarebbe stato un po' eccessivo. Il velo sarà trattenuto da un'acconciatura in stile Tudor, e mi scenderà sulle spalle trasformandosi in strascico. Ma quella, devo ancora disegnarla. E allora, che cosa ne pensi? Credi che possa andar bene?»

«Ma, certo, Cat! È un vestito che porterai in modo splendido. Credo che avrai un aspetto fantastico. Hai già pensato a chi farlo fare?»

«Pensavo di andare da Edetta; in questi ultimi anni ha creato per noi abiti da sera uno più stupendo dell'altro, vero?»

«Sì, è vero, e poi sono sicura che lei riuscirà a trovare il tipo di seta bianca, che serve a te. E adesso, per passare a qualche altro particolare, hai già deciso a che ora fissare la cerimonia?»

«Keith e io pensavamo che sarebbe stato simpatico organizzarla per mezzogiorno. Prima gli aperitivi, poi la cerimonia, e il pranzo subito dopo. Con il ballo.» Cat alzò un sopracciglio scuro. «Pensi che potrebbe andar bene?»

«Sì, a me sembra una magnifica idea, Cat. Visto che voglio organizzarti un matrimonio grandioso, tanto vale fare tutto con il massimo stile. Sai già quanti saranno gli invitati?»

«Credo che in totale saranno centotrenta, o poco più. Keith e io ne abbiamo calcolati ottanta, forse novanta, da parte dei Pearson, e da parte nostra ho fatto il conto che potrebbero essere una cinquantina.»

Meredith rise. «Non sono proprio sicura che riusciremo a mettere insieme un tal numero di persone, cara.»

«Oh sì che possiamo, mamma, di sicuro! Intanto ci sono tutte le mie amiche con i mariti o i fidanzati, e Blanche con Pete. Poi, qualche conoscenza che mi son fatta nel mondo dell'editoria, tutte le persone che lavorano per te alla Havens, e Patsy, che verrà da Londra, ne sono sicura.»

«Lo ha già detto. E, da Parigi, arriveranno anche Agnes e Alain D'Auberville. Sì, penso che tu abbia ragione, probabilmente saremo una cinquantina.»

«Luc verrà, vero, mamma?»

«Spero di sì.»

«Keith e io lo troviamo simpatico. E anche Jon.»

«Oh, lo so. Tuo fratello me lo ha lasciato capire fin troppo chiaramente!»

«Mamma?»

«Sì, tesoro?»

«Luc ti ama.»

«Lo so.»

«Tu lo ami?»

«Sì, Cat, lo amo.»

«E allora, che cosa succederà?»

«Vi siete messi d'accordo, tu e tuo fratello?»

«In che senso? Che cosa vuoi dire?»

«Mi stava domandando anche lui la stessa cosa qualche settimana fa, dopo la tua festa di fidanzamento. E per rispondere alla domanda, non so che cosa succederà. Essere innamorati è una cosa, sposarsi un'altra. E poi, nel mio caso, ci sono talmente tante cose da prendere in considerazione!»

«Lo so, ma riuscirai a sistemare tutto. Siete così bravi e intelligenti tutti e due!» Catherine si alzò in piedi di scatto. «Sono felice che tu sia venuta a trovarmi a quest'ora. Ho pronto, per noi due, un tè squisito... come quelli che ci preparavi sempre tu quando eravamo piccoli. Un tè per la camera dei bambini, lo chiamavi. E ho preparato ogni genere di tartine, piccole piccole, e dolcetti, e tutto il resto, se vuoi proprio saperlo! Basta soltanto che metta l'acqua di nuovo sul fuoco. Torno in un batter d'occhio...» Cat strizzò un occhio a sua madre, rise e soggiunse: «Anzi, prima che tu riesca a dire Jack Robinson!» E scappò via in direzione della cucina.

Meredith sorrise e si appoggiò più comodamente alla spalliera del divano, pensando a Luc. Presto lo avrebbe riveduto, una volta risolti i suoi affari in Inghilterra. C'erano alcune questioni, nell'ufficio londinese della Havens, che andavano sistemate; e poi avrebbero fatto una corsa a Ripon, con Patsy. La ristrutturazione di *Skell Garth House* era quasi conclusa. Però avevano ancora varie cose da fare prima che il piccolo, raffinato, albergo aprisse in maggio. Poi la sua intenzione era quella di ripartire in aereo per Parigi, di rimanere lì e farne la sua base, in quanto c'era ancora molto lavoro da sbrigare nell'antica residenza di campagna di Montfort-L'Amaury, anche se vi avevano già fatto notevoli progressi, grazie a Luc e ad Agnes. Una volta che si fosse trovata in Francia, avrebbe trascorso sempre il fine settimana a Talcy con Luc – ed era una cosa che entrambi aspettavano con impazienza.

Si domandò che cosa avrebbe fatto se Luc le avesse domandato di sposarlo. Jon e Cat trovavano tutto così semplice... ma in realtà la sua vita era abbastanza complicata. Lei viveva in America, Luc in Francia, e sia l'uno che l'altra avevano impegni, responsabilità. Lei non poteva piantare di punto in bianco la Havens Incorporated e andarsene per i fatti suoi; e anche Luc, sicuramente, non avrebbe mai rinunciato al suo studio d'architetto a Parigi. Del resto, non si aspettava neanche che lo facesse. E allora, come sarebbero mai riusciti a organizzare le cose...?

«Mamma, prendiamo qui il tè!» le gridò Catherine dall'arco che portava alla zona-pranzo. «Così è più semplice.»

«Vengo subito», disse Meredith, alzandosi dal divano e

andando a raggiungere sua figlia. «Come è tutto appetitoso!» disse subito, addocchiando quello che Catherine aveva preparato.

«Grazie, siedi qui, mamma.» Cat le indicò una seggiola, prese posto di fronte a lei, afferrò la teiera e cominciò a versare il tè. «Ecco, una bella tazza di tè, mamma, proprio come ti piace. E poi serviti, qui ci sono le tartine! Al cetriolo, al pomodoro, alle uova con la maionese, e al prosciutto. Sono piccole, ma saporite.»

«Ricordo i nostri tè, quelli che prendevamo nella camera dei bambini», disse Meredith, allungando la mano verso una minuscola tartina al cetriolo. «Erano divertenti, vero?»

Catherine fece segno di sì, masticando. Dopo un momento, soggiunse: «Ho provato a cercare i panini dolci oggi, ma senza fortuna. Di tanto in tanto il mio panettiere, qui vicino, li ha. Speravo di poterti offrire dei bei panini caldi con marmellata di fragole e panna, quella spessa, cremosa».

«Un pensiero gentile, il tuo, tesoro, ma tutto questo va benissimo. E poi non fa ingrassare troppo», rispose Meredith con una risatina secca.

Catherine squadrò sua madre. «Non sei proprio tu che devi preoccupartene, mamma, hai un aspetto meraviglioso.»

«Grazie.»

Catherine si alzò. «Torno fra un minuto, devo andare a prendere qualcosa in cucina.»

Quando tornò verso il tavolo, Catherine teneva in mano una scodella di vetro e un bollitore. Rimase per un attimo immobile, a sorridere a sua madre, i luminosi occhi azzurri colmi di affetto.

«Ti ho preparato qualcosa di speciale, una vera ghiottoneria per il tè, mamma. Fragole. Quelle che ti piacciono tanto.»

Meredith stava fissando Cat con gli occhi sbarrati.

Improvvisamente si era sentita agghiacciare.

Poi udì una voce che le riecheggiava nel cervello, fievole, come se arrivasse da una distanza lontanissima: «Mari... Mari».

Dopo un attimo la stessa voce chiamava, riecheggiandole di nuovo nella testa: «Mari... vieni. Vieni qui».

D'un lampo, una scena.

Con la mente rivide una giovane donna, dai luminosi occhi azzurri e capelli color oro-rosso, china su una bambinetta, l'espressione tenera e piena d'affetto. «Fragole, Mari. Qualcosa di speciale. Una ghiottoneria.» La bambina guardava raggiante sua madre. Che scenetta felice... e quanto amore esprimeva il viso della mamma! Poi sentì la bambina che piangeva. «Mamma, mamma, cos'è successo?»

La scena si dissolse.

Meredith si sentì agghiacciare. Continuò a fissare Catherine sgranando gli occhi. Per un attimo non riuscì a pronunciare una sola parola.

Catherine, che aveva continuato a osservare sua madre attentamente, adesso le domandò con voce piena di inquietudine: «Che cosa c'è? Non ti senti bene? Sei impallidita in un modo spaventoso, mamma».

«Sto bene», Meredith riuscì a risponderle. E scrollò la testa. «Credo di aver appena avuto quello che la dottoressa Benson chiama un *flashback*. È il primo che mi capita.»

«E di che cosa si tratterebbe esattamente?»

«Si tratta di un ricordo, solitamente di un ricordo rimosso che affiora alla superficie. Credo di averne appena avuto uno, che apparteneva alla mia infanzia. Ho visto una giovane donna più o meno della tua età, con gli occhi azzurri, luminosi come i tuoi, e una bambinetta. Avrà avuto cinque anni. In principio la scena era allegra, felice, ma poi improvvisamente la bambina stava piangendo. E la scena è svanita.»

Meredith respirò a fondo, non una ma più volte. «Credo di aver avuto un ricordo di mia madre con me. La mia madre biologica, Cat.»

«Perché credi di aver avuto questa visione retrospettiva tutto a un tratto?» domandò Catherine incuriosita, tornando a prender posto nella sua seggiola, senza lasciare per un attimo il viso di Meredith con gli occhi.

«Credo che sia stata tu a provocarla. Il modo in cui hai detto fragole, e una ghiottoneria speciale. E poi sono anche stati i tuoi occhi, Cat, così azzurri, così pieni di amore.»

Meredith tacque per qualche istante, scrollò la testa. «Jack aveva gli occhi azzurrissimi e io ho sempre pensato che tu li avessi ereditati da lui. Forse, invece, sono gli occhi di mia madre.»

Catherine si sporse attraverso il tavolo e prese la mano di Meredith, stringendola nella propria. «Oh mamma, ma è meraviglioso!» Si accorse di avere la gola chiusa da un nodo di lacrime e soggiunse con voce commossa: «Forse adesso continuerai a ricordare sempre di più, fino a quando potrai sapere sul tuo passato.»

«È quello che spero, tesoro.» Meredith si morse un labbro. «Magari dovrei chiamare Hilary Benson e raccontarglielo. Penso che le farebbe piacere.» Dopo aver dato un'occhiata all'orologino da polso, proseguì: «Sono appena le sei. Sono sicura che è ancora nel suo studio».

«Sì, chiamala», esclamò Catherine alzandosi. «Il telefono più vicino è quello della cucina.»

Meredith annuì e seguì sua figlia, poi compose rapidamente il numero della psichiatra all'apparecchio fissato alla parete. «Posso parlare con la dottoressa Benson, per favore, Janice?» disse quando la segretaria le rispose.

«Chi la desidera?»

«Sono la signora Stratton.»

«Oh, salve, signora Stratton. Le passo subito la comunicazione.»

«Buona sera, Meredith», fu il saluto che le rivolse Hilary Benson dopo pochi istanti. «Come stai?»

«Bene. Come sicuramente ricorderà stasera parto per

Londra. Nel pomeriggio mi sono fermata da mia figlia a prendere il tè, e lei ha detto qualcosa che ha fatto scattare un ricordo nella mia memoria. Sono convinta di aver appena avuto il mio primo, vero, *flashback*.»

«Questa sì che è una gran bella notizia, Meredith. Ottima, davvero! Che cosa ti sei ricordata esattamente?»

Meredith le riferì quella visione improvvisa in ogni particolare.

Quando ebbe finito, la psichiatra esclamò: «Questo è il tuo primo ricordo significativo, una vera e propria svolta... Sono convinta che si tratti solo del principio. Può darsi che nei prossimi giorni ti capiti di averne altri. È quello che succede spesso. Cerca di concentrarti su uno dei particolari dei quali mi hai appena parlato, perché potrebbe portarti a tutta una serie di ricordi significativi».

«È quello che mi auguro. Sarei veramente felice di poter dissotterrare il mistero dei miei primi anni di vita.»

«Ci riuscirai, Meredith, ne sono convintissima. Avessi bisogno di chiamarmi, non esitare a farlo. A ogni modo so che ti rivedrò fra qualche settimana.»

«Sì, e grazie, dottoressa Benson. Arrivederci.» Meredith riagganciò, e poi si voltò verso Catherine che era rimasta ferma nel vano della porta con un'espressione piena di aspettativa.

«Che cosa ha detto?» domandò Catherine.

«Che è un ricordo significativo, e probabilmente adesso ne avrò anche altri.»

«Oh mamma!» Catherine entrò in cucina impetuosamente, buttò le braccia al collo di Meredith e la strinse forte contro di sé. «Se tu sapessi come ti voglio bene! Desidero soltanto che tu ritrovi la pace dello spirito. E finalmente anche un po' di felicità!»

21

In quell'ultima ora Patsy Canton non aveva fatto altro che ascoltare attentamente Meredith.

Adesso disse con voce bassa, pensierosa: «Quindi, quello che mi stai dicendo, in sostanza, è che sei convinta di essere nata in Inghilterra e di essere stata portata in Australia da bambina».

Meredith assentì. «Precisamente. Penso che, a quell'epoca, dovevo avere circa sei anni.»

«E ci sei andata da sola? Non è possibile. Dovevi essere con i tuoi genitori.»

«Sono quasi sicura di essere partita da sola, Patsy. Sono convinta che mia madre, a quell'epoca, fosse morta.»

«E tuo padre?»

«Non mi ricordo di lui.»

«Ma per quale motivo avresti dovuto partire sola? Ecco qualcosa che mi sembra incredibilmente strano. Chi ti avrebbe fatto partire?»

«Non lo so.» Meredith si strinse lievemente nelle spalle. «Confesso di non averne proprio la minima idea.»

«In quel tuo sogno ricorrente ci sono dei bambini... è possibile forse che tu sia stata mandata via con altri bambini? Allo stesso modo, mi capisci, in cui gli sfollati venivano fatti partire in gruppi e mandati in posti sicuri durante la seconda guerra mondiale.»

«Può darsi. Ma perché? Nel 1957 non c'era la guerra, e a quell'epoca io avevo sei anni. Allora perché sono stata mandata via? Esiliata dall'Inghilterra?»

Patsy scrollò la testa. «Non ne ho la minima idea, cara. Ma voglio aiutarti, anche se non riesco a capire come potrei farlo. Sono sconcertata, quanto te.»

Meredith sospirò e bevve un sorso d'acqua. Poi si appoggiò allo schienale della poltroncina, girando gli occhi intorno a sé, nel ristorante del *Claridge's*, e continuò a voce bassa: «Stanotte in aereo non riuscivo a dormire. Credo di essermi appisolata di tanto in tanto ma per la maggior parte del tempo avevo il cervello in tumulto, e cercavo di ricordare tante cose.»

«Ci sei riuscita?»

«Un paio, sì, mi sono tornate in mente. La prima riguarda il mio nome. All'orfanotrofio di Sydney ero chiamata Mary Anderson. È stata Merle Stratton a cambiarlo in Meredith. E, naturalmente, quando mi hanno adottato ho assunto il loro cognome. Ma io non sono mai stata Mary... cioè, mi spiego meglio, non era quello il mio vero nome. Anche se all'orfanotrofio mi chiamavano Mary. Il mio vero nome è Mari, e il cognome Sanderson.»

«Capisco. Ma come mai è stato cambiato?» E subito Patsy scrollò la testa esclamando in tono sgomento: «Oddio, la burocrazia! Se qualcuno ce la potesse risparmiare! Probabilmente qualche imbecille, all'orfanotrofio, ha combinato un pasticcio con il tuo nome».

«Credo che sia successo proprio così. La notte scorsa in aereo mi è affiorato un ricordo. Quello di una donna dall'aria severa, la quale mi spiegava che io non mi chiamavo Mari con la i ma Mary con la y. Io continuavo a ripeterle di no, il mio nome era Marigold... Ma lei non voleva saperne. E mi rideva in faccia dicendo che quello non era il nome di una bambina, ma di un fiore.»

«A volte, questi istituti sono diretti da persone veramente terribili. È spaventoso quello che succede nel mondo. Cose che fanno vergogna.» Patsy sospirò profondamente, rivolgendo a Meredith un'occhiata piena di comprensione. «Dunque il tuo nome di battesimo era Marigold, e quindi devo supporre che siano anche riusciti a confondere Anderson e Sanderson.»

«Sì», replicò Meredith. «Ecco... questa confusione che hanno fatto sul mio nome potrebbe spiegare i cartellini di riconoscimento del mio sogno, quelle specie di etichette per i bagagli che vedevo continuamente!»

«Senz'altro!» gridò Patsy. «Sei brillante, tesoro!»

Poi calò fra loro un breve silenzio. Infine Meredith si volse a guardare Patsy con aria grave e disse: «Il nome di mia madre era Kate... ho ricordato anche questo. E so che è morta, quindi non esiste alcuna possibilità che io possa ritrovarla. Adesso che finalmente, dopo tutti questi anni, mi sono ricordata di lei, devo fare qualcosa. Per me stessa. Devo mettere un punto a questa situazione. Concludere. Quindi mi piacerebbe almeno visitare la sua tomba. Vederla, portarle dei fiori. Stare lì con lei. Questo mi aiuterebbe veramente! Forse comincerò a star meglio e chissà... è quello che spero!... non è escluso che questi attacchi di affaticameno psicogenico finalmente scompaiano!»

«Sono sicura che ti sentiresti molto meglio, Meredith. E credimi... capisco perfettamente questa tua necessità... In un certo senso, visitare la sua tomba ti darà anche conforto.»

«Se non altro, finalmente saprò che lei è realmente esistita, che non è frutto della mia immaginazione. Solo che non so dove sia seppellita. Ho ricordato il suo nome; invece non riesco a ricordare dove abitavamo.»

«Nello Yorkshire», annunciò Patsy dopo aver riflettuto qualche attimo. «Ne sono sicura. Anche perché questo spiegherebbe l'esperienza che hai avuto a Fountains Abbey. Devo dire che mi è sempre sembrata molto significativa.

Non ho dimenticato il modo in cui tu me l'hai raccontata quel giorno. La tua reazione di fronte all'abbazia è stata molto forte. Devi esserci andata da bambina.»

«Sono pienamente d'accordo. Eppure ho l'impressione di non essere cresciuta in quella zona. Ricordo qualcos'altro... di essere stata condotta in una città. Con l'autobus. Era una grande città, piena di animazione e di traffico, con un mucchio di gente che andava e veniva per le strade. Al centro c'era una grande piazza, con tante statue nere. La mamma aveva l'abitudine di condurmi in questa città per fare acquisti a un mercato. Enorme, coperto da un tetto di vetro a cupola.»

«E ci vendevano di tutto. Giusto?»

«Sì, giusto.» Patsy annuì. «C'erano bancarelle di verdura e frutta, pesce, carne, dolci, pane, vestiti, roba per la casa, e altre in cui vendevano anche porcellane e cristalleria. I venditori incitavano i passanti ad avvicinarsi e a guardare, o assaggiare, la merce. Ognuno, per vendere, cercava di richiamare l'attenzione del pubblico con un suo grido particolare. Te lo ricordi, questo?»

«Oh sì, certo, Patsy! Noi a volte ci fermavamo ad ascoltarli. Perché tutti... tutti avevano un tono di voce diverso, cadenze e grida di richiamo differenti l'una dall'altra per vantare i pregi di quello che vendevano.»

Patsy annuì. «Il mercato di Leeds. È molto famoso e, nella piazza, ci sono statue nere di ninfe che reggono torce. E il monumento equestre di Edward, il Principe Nero. Sia l'uno che le altre a grandezza naturale. Ti ricorda niente, questo?»

«Sì, certo. Bene, partiamo dal presupposto che io provenga da Leeds... come faccio a scoprire dov'è seppellita mia madre? Chi potrebbe sapere qualcosa di Kate Anderson trentott'anni più tardi?»

«Qualcuno a *Somerset House*. A dir la verità non lo chiamano più così, perché adesso ha cambiato nome. Si chiama

St. Catherine's House. Ed è il posto giusto da cui cominciare. È l'ufficio di stato civile dove si conservano gli archivi dell'intera Gran Bretagna per nascite, matrimoni, e morti. Una vera e propria miniera di informazioni, posso dire.»

«Dove si trova?»

«Qui a Londra, a Kingsway. Ci si arriva in un batter d'occhio con un tassì.»

«Devo andarci questo pomeriggio.»

«Sì, senz'altro. E io verrò con te, Meredith.»

Un'ora più tardi Meredith e Patsy erano a St. Catherine's House, a Kingsway. Oltrepassata la porta di vetro a doppio battente, si trovarono subito nell'ufficio di stato civile. Da ogni lato mucchi e mucchi di registri si allineavano sugli scaffali.

«Sembra una biblioteca», disse Meredith mentre, con Patsy, si avvicinava al banco dove c'era l'agente addetto alla sicurezza.

Dopo che l'uomo ebbe controllato le loro borsette, Patsy gli domandò: «Come possiamo fare per trovare i dati relativi alla morte di qualcuno?»

L'uomo le indirizzò al banco delle informazioni, in fondo a uno di quei lunghi corridoi che si aprivano fra le scaffalature, sulla sinistra. Dietro il banco cinque impiegati erano a disposizione del pubblico. Patsy e Meredith si avvicinarono e Patsy ripeté la domanda. La giovane donna le consegnò un opuscolo: «Questo le spiega come usare la Sala Pubblica per le Ricerche. Ed è abbastanza semplice. Gli atti di morte sono raccolti in registri neri, sulla sinistra. Gli atti di nascita in quelli rilegati in rosso, e si trovano sulla destra. Cerchi l'anno della morte. Vi troverà quattro registri per i quattro trimestri relativi a ciascun anno. Per ogni trimestre ci sono tre volumi. Sono in ordine alfabetico. Dall'A alla F, dalla G alla O, e dalla P alla Z».

Patsy la ringraziò e, con Meredith, tornò sui suoi passi.

Una volta raggiunta la Sala Pubblica, si diressero subito verso i registri neri e trovarono l'anno che cercavano. Meredith afferrò la maniglia fissata alla costa del primo registro, sul quale era stampata l'indicazione Marzo 1957, da P a Z, lo tirò giù dallo scaffale e lo appoggiò sul leggio che correva per tutta la lunghezza di quella specie di corridoio fra gli scaffali. Spalancandolo, vide che copriva i mesi da gennaio a marzo.

«Per risparmiar tempo, perché non provi a guardare il trimestre successivo?» suggerì a Patsy. «Dovrebbe essere quello che copre aprile, maggio e giugno.»

«Buona idea», disse Patsy e andò a cercare il registro corrispondente a quei mesi.

Meredith fece scorrere lentamente il dito lungo gli elenchi dei Sanderson deceduti durante il primo trimestre dell'anno 1957. Fra essi non si trovava il nome di Katherine Sanderson. Dando un'occhiata a Patsy, osservò: «In questo registro non c'è. E nel tuo?»

«Dammi un paio di minuti, non ho ancora finito.»

Meredith mise di nuovo il registro al suo posto sullo scaffale, e tirò giù quello che copriva luglio, agosto e settembre del 1957. Ma neanche lì trovò registrato l'atto di morte di sua madre, come non lo trovò neppure Patsy nei due volumi successivi che esaminò rapidamente.

«Abbiamo coperto l'anno intero», mormorò a Meredith. «Sei assolutamente sicura che tua madre sia morta nel 1957?»

«Sì. Beh, almeno lo credo.»

«Ma come fai a saperlo con certezza, Meredith? Hai detto di avere così poche informazioni che ti riguardavano! Sei proprio convinta di ricordarti la sua morte?»

«Veramente, no. Però so che, quando avevo sei anni, sono andata all'orfanotrofio di Sydney.»

«Lo ricordi davvero? Ma come?»

«Perché è stata Merle Stratton a dirmelo. Una volta mi

spiegò che anche se ero all'orfanotrofio da quando avevo sei anni non mi avevano insegnato molto in quei due che ci ero rimasta.»

«Bene. Quindi ci sei andata quando avevi sei anni, nel 1957. Però questo non significa che tua madre sia morta proprio quell'anno. Magari è successo nel 1956, quando ne avevi cinque.»

«Non credo... so che avevo sei anni. A ogni modo, diamo un'occhiata ai registri del 1956.»

«Buona idea», disse Patsy, pienamente d'accordo.

Un'ora più tardi Meredith e Patsy avevano esaminato tutta la serie di registri dell'anno 1956 senza trovare niente. Meredith diede un'occhiata alla sua amica e mormorò: «Mi sembra che questa ricerca abbia pochissime probabilità di successo. Il fatto è che qui non si trova nessun atto che confermi la sua morte».

«Vuoi vedere qualche altro anno?»

«No, non ha senso», rispose Meredith. «Forse ho fatto uno sbaglio riguardo alla data, ma non possiamo stare qui tutto il giorno a frugare in un numero sterminato di registri. Su, vieni, andiamocene.»

«No, aspetta un minuto», disse Patsy. «E se fosse morta all'estero?»

«Mia madre non è mai stata all'estero.»

«Sii gentile, accontentami! Andiamo a parlare con un impiegato. Solo un minuto. Ti prego, Meredith.»

«Va bene.»

Tornate al banco delle informazioni, Patsy interpellò la giovane donna che le aveva aiutate prima. «Stiamo cercando un atto di morte, ma non siamo riuscite a trovarlo. Ora, se questa persona fosse deceduta all'estero, in questi registri non la troveremmo mai, giusto?»

La ragazza scrollò la testa. «No, dovrebbe esserci comunque perché, quando muore un cittadino britannico, il decesso viene sempre registrato qui da noi. L'informazione ci arriva per il tramite di tutte le ambasciate e di tutti i consolati britannici che si trovano sparsi in ogni parte del mondo.»

«Capisco.»

«In fondo, è tutto molto semplice», continuò l'impiegata, passando con gli occhi da Patsy a Meredith. «Se il nome di una persona non si trova in uno dei nostri registri, vuol dire che non è morta. Uomo o donna che sia, è ancora viva.»

Meredith guardò l'impiegata con tanto d'occhi.

«La ringraziamo moltissimo per il suo aiuto», disse Patsy e, dopo averla salutata con un lieve cenno del capo, le girò le spalle, prese Meredith per un braccio e le fece scendere una breve rampa di gradini, imboccando un corridoio che si apriva fra gli scaffali pieni di registri.

Si ritrovarono davanti alla grande porta in vetro a doppio battente che dava sulla strada, e si fissarono con gli occhi sbarrati.

Meredith sembrava strabiliata. Era scossa da un leggero tremito.

Patsy, che non era affatto una stupida, comprendeva a perfezione tutte le implicazioni di quella improvvisa scoperta. Quindi mormorò: «So quello che stai pensando, cara».

«Non ne dubito», rispose Meredith, con una voce talmente fievole che si faceva fatica a sentirla. «Se mia madre non è morta, e secondo questi registri non può essere così, significa che è viva. In qualche posto. Probabilmente in Inghilterra.» Poi fece una pausa, respirò a fondo, e si aggrappò al braccio di Patsy. «Perché mi ha mandata via quando ero piccola? Perché, in nome di Dio, sono stata spedita in un orfanotrofio, e proprio a Sydney, fra tutti i posti che ci sono al mondo? All'altro capo della terra. Perché? Perché, Patsy?»

Gli occhi di Meredith erano colmi d'infelicità e il suo viso talmente triste che Patsy si sentì commuovere fino in fondo al cuore. Per un attimo rimase muta, senza parole. Deglutì a fatica perché aveva un nodo alla gola e le rispose con voce dolce: «Non so, Meredith, mi sembra che tutto questo non abbia alcun senso».

«Mi ha mandata via perché non mi voleva.» Dopo aver pronunciato queste parole Meredith rimase talmente sconvolta, che sentì il bisogno di andare ad appoggiarsi al muro, mordendosi le labbra. Per un attimo le parve di provare un senso di vertigine, come se tutto ondeggiasse davanti ai suoi occhi.

Accorgendosi del suo sconforto e della sua angoscia, Patsy decise di prendere in pugno la situazione. «Ascoltami. Se tua madre è viva, e deve esserlo dal momento che non esistono certificati di morte, vuol dire che potremo rintracciarla. E ci riusciremo, indipendentemente da tutto il tempo che può essere necessario per farlo. Su, vieni, torniamo dentro. Cerchiamo il tuo certificato di nascita.»

«Perché?» domandò Meredith al colmo dell'afflizione. «Per quale motivo?»

«Ci faremo dare una copia del tuo certificato di nascita. Se tu sei veramente nata in questo paese, come pensi, e non in Australia, la tua nascita non può non essere stata registrata in uno di quei libroni rossi.»

«Ma come potrà servirci a ritrovare mia madre il mio certificato di nascita?»

«Un certificato di nascita fornisce un sacco di informazioni, Meredith. Lo so perché ricordo il mio e quello dei miei figli. Il nome del padre, la sua occupazione. Il nome da coniugata della madre, il suo nome da ragazza. Il luogo di nascita del bambino, quello di residenza dei genitori, e ovviamente la data e l'anno di nascita. Avremo materiale più che sufficiente per cominciare. Non solo, ma mi parrebbe logico che tu avessi piacere di fartene rilasciare una copia... anche solo per te stessa, per la tua ricostruzione. E per la tua pace dello spirito.»

Meredith annuì, ma non disse niente. Provava una strana riluttanza a iniziare una ricerca del suo certificato di nascita.

E se non fossero riuscite a trovarlo? Si sarebbe sentita ancora peggio di quanto già si sentiva.

Patsy insistette ancora un po' per cercare di convincerla e riuscì a farla tornare lentamente indietro, fra quelle scaffalature piene di registri. Stavolta si dedicarono a quelli a destra, dove erano allineati i grossi libroni rilegati in rosso. Un quarto d'ora dopo avevano scoperto che lei era effettivamente nata in Gran Bretagna. La sua nascita era effettivamente registrata lì.

«Vedi, sapevo che avresti trovato il tuo nome in uno di questi simpatici registri rossi!» esclamò Patsy sorridendole, perché il suo più grande desiderio era quello di rasserenarla e confortarla. «Andiamo a chiedere una copia del certificato di nascita. Chissà che non riescano a consegnarcelo addirittura oggi stesso, magari fra qualche ora!» Patsy andò a tirar fuori un modulo da quella specie di tasca, appesa all'estremità del leggio sul quale venivano posati i registri per la consultazione, e lo consegnò a Meredith dicendole: «Adesso devi compilarlo; poi lo porteremo, a uno sportello per richiedere la copia».

Meredith annuì e tirò fuori una penna. Dopo aver compilato il modulo, andarono allo sportello. Per la somma di venti sterline, riuscì ad avere un servizio ultra-rapido. La copia del suo certificato di nascita sarebbe stata pronta a quella stessa ora del giorno successivo.

Il venerdì pomeriggio, alle quattro precise, Meredith e Patsy tornarono a St. Catherine's House. Nel giro di pochi minuti Meredith si ritrovò tra le mani una copia del suo certificato di nascita.

Insieme uscirono in strada, salirono sul tassì che le aspettava e si fecero riaccompagnare al *Claridge's*.

Sistemandosi comodamente contro lo schienale, cominciarono a esaminare con la massima attenzione il certificato.

Meredith vide che il nome completo di sua madre era Katharine Spence Sanderson. Suo padre si chiamava Daniel Sanderson, e risultava essere contabile. Era da lui che Meredith aveva preso tutta la sua abilità con le cifre? Si domandò. L'indirizzo fornito per il luogo di nascita era 3, Green Hill Road, Armley. La residenza dei genitori era Hawthorne Cottage, Beck Lane, Armley, Leeds. La data di nascita era il giorno 9 maggio 1951. E la nascita era stata registrata da sua madre il 19 giugno. E il suo nome era effettivamente quello di Marigold Sanderson.

«Adesso sai un mucchio di cose su te stessa», disse Patsy, volgendosi verso Meredith e stringendole un braccio affettuosamente.

«Più di quanto abbia mai saputo in via mia, Patsy.» Meredith si schiarì la gola e continuò: «Da bambina, da ragazza, non ho mai avuto alcun senso della mia identità. Non sapere chi sei e da dove vieni può essere una cosa veramente terrificante, credimi! Un po' come sentirsi una non-persona. E dal momento che non avevo un'identità, me la sono inventata».

«Ottenere il tuo certificato di nascita deve significare moltissimo per te.»

«Certo. Insomma... è... ecco, una specie di 'convalida' di quello che sono realmente.» Meredith si sforzò di abbozzare un sorriso. «Se non altro, ho festeggiato il mio compleanno alla data giusta. L'orfanotrofio... non ha sbagliato in questo!»

«E adesso cos'hai intenzione di fare? Oh, che stupida, stupida domanda, Patsy Canton!» Patsy la guardò fissa, con intensità. «Andrai a Leeds, naturalmente.»

«Domani, Patsy. In ogni caso, avevamo già stabilito di andare a Ripon domenica. Partirò con un giorno di anticipo.»

«Ti porto io in macchina.»

«Ma...»

«Niente ma», esclamò Patsy. «Tanto per cominciare, hai bisogno del mio aiuto, della mia esperienza. Conosco Leeds molto bene, come il resto dello Yorkshire, e avrai bisogno di una guida. A parte quello, ti voglio bene, Meredith. Non ti permetterò di imbarcarti tutta sola in una ricerca come questa. È una situazione troppo sconvolgente, nel suo complesso, dal punto di vista emotivo. Andrai a cercare una madre perduta da molto tempo, e chissà che cosa potresti finir per scoprire durante la tua ricerca... No, credimi... hai veramente bisogno di un'amica che ti accompagni!»

«Specialmente di un'amica buona e cara come te, Patsy. Grazie! Grazie di volermi aiutare.»

«Domattina partiamo appena spunta il giorno, così potremo arrivare a Leeds in due ore e mezzo forse tre. L'autostrada è abbastanza veloce. Penso che la nostra prima fermata sarà Hawthorne Cottage, ad Armley.»

«È un posto che conosci?»

«Potrà sembrarti strano, ma è così. Un mio zio, in passato, era proprietario di un lanificio da quelle parti. Abitava a Farnley che è nelle vicinanze. Farnley Lee House... che splendida residenza di campagna era quella! Bene, a ogni modo io ci andavo spesso con mio padre e mia madre e di solito passavamo per Upper Armley per raggiungere Farnley. Ma tu... non hai proprio nessun ricordo di Hawthorne Cottage?»

«Molto vago, a dire la verità. Si trattava di una casetta vicino al fiume. E quanti animali c'erano intorno al fiume... anche le anatre, credo.»

«Più ne parliamo, più cose continuerai a ricordare... di questo sono sicura», disse Patsy. «Non ha detto così anche la tua psichiatra?»

«Sì, precisamente.»

Mentre scendevano dal tassì davanti al *Claridge's*, Patsy prese Meredith sotto braccio. «Vieni. Andiamo a bere qualcosa. A festeggiare.»

«Festeggiare che cosa?»

Patsy rise. «Ho sempre detto che ti avrei fatto diventare un'autentica donna dello Yorkshire. Adesso non è neanche necessario che ci provi perché lo sei veramente, e per nascita! Vorrei fare un brindisi proprio a questo.»

Il telefono stava squillando quando Meredith entrò nella sua suite del *Claridge's*. Non appena alzò il ricevitore e disse «Pronto?» nel microfono, sentì la voce di Luc che le chiedeva: «*Chérie, comment vas tu*?»

«Io sto bene, tesoro. Stavo proprio per chiamarti a Parigi. Indovina un po' che cosa è successo oggi? Ho scoperto che mia madre è ancora viva.»

«*Mon Dieu.*» Ci fu un momento di silenzio. Poi Luc le domandò: «Ma come hai fatto?»

Lei cominciò a spiegarglielo in modo molto particolareggiato e alla fine disse: «Partiamo domani per lo Yorkshire, invece di domenica come avevamo pensato... per cominciare la ricerca».

«Vuoi che ti raggiunga in aereo per esserti vicino? Per stare con te?»

«No, no, non è necessario. Sarei felice di vederti, amore mio, ma avrò Patsy ad aiutarmi. Lei conosce lo Yorkshire come le sue tasche.»

«Bene, capisco. Vuoi concentrarti. Allora, vuol dire che ti penserò! Chiamami domani, *chérie*. Sarò molto ansioso. Ti amo.»

22

PARTIRONO per lo Yorkshire molto presto, il sabato mattina, e raggiunsero Leeds con una velocità da primato. Patsy imboccò la circonvallazione per evitare l'intenso traffico del centro e prese Stanningley Road per raggiungere Armley. Dopo aver chiesto parecchie volte le indicazioni necessarie, trovò senza difficoltà Beck Lane. Mentre faceva imboccare alla Aston-Martin il vicolo, lanciò uno sguardo a Meredith: «C'è qualcosa, in tutto questo, che ti sembra familiare?»

«Veramente no. Neanche Beck Lane. Mi sembra così corta, e senza niente di caratteristico. D'altra parte, quando sei piccola le cose ti appaiono sempre tanto più grandi di te, ti fanno un'impressione talmente forte! E, com'è naturale, possono anche incuterti molta paura!»

«Verissimo!» confermò Patsy. «Stiamo quasi per arrivare in fondo al vicolo, e a me sembra che sia senza uscita.»

Meredith guardò dal finestrino e lasciò che i suoi occhi esaminassero attentamente lo scenario circostante. «Quello che non capisco è perché non vediamo il fiume.»

«Sono sicura che lo vedremo fra un minuto. Quando, ieri sera, ho studiato questa zona sulla mappa di Leeds, ho notato che queste due vie d'acqua, il fiume Aire e il Canale di Leeds e Liverpool, sono adiacenti e corrono parallele.

Lo avevamo imparato a scuola ma me n'ero dimenticata. Sia l'uno che l'altro sono proprio davanti a noi, Meredith. Vedrai.»

Beck Lane terminava bruscamente davanti a un muro parzialmente diroccato che separava il vicolo da un vasto prato. Lì Patsy fermò la Aston-Martin, parcheggiò e spense il motore.

«Andiamo a indagare», disse aprendo la portiera dell'automobile e scendendo.

Meredith la imitò.

Le due donne si guardarono intorno. Si trovavano in una zona deserta; non c'erano né case né costruzioni in vista. Ma un po' più indietro, a qualche metro da loro, sul vicolo si apriva un cancelletto incassato in uno steccato di legno cadente, e fu Meredith che lo notò al primo sguardo.

«Non avevo visto quel cancello quando ci siamo passate davanti», disse, «ma dovrà pur condurre in qualche posto.» E mentre parlava cominciò a ridiscendere il vicolo, avviandosi in quella direzione.

Patsy la seguì.

Il cancello era spalancato e penzolava sbilenco dai cardini arrugginiti. Meredith lo oltrepassò e notò un sentiero. Chissà dove conduceva! Adesso, però, era seminascosto dall'erba e dalle erbacce al punto che quasi non lo si vedeva più. Il sentiero parzialmente cancellato portava verso una costruzione diroccata, ormai ridotta a mucchi di mattoni, legname, pietre e calcinacci.

«E quello? Non potrebbe essere Hawthorne Cottage?» Domandò Patsy, correndo a raggiungerla.

«È possibile», rispose Meredith a bassa voce. Improvvisamente si sentiva avvilita, triste. Durante il viaggio in automobile da Londra era giunta alla conclusione che Hawthorne Cottage era ancora in piedi e che sua madre ci viveva ancora. Ma tutto questo, adesso se ne rendeva conto e lo accettava rassegnata, era stato soltanto un desiderio senza alcun rapporto con la realtà. Come sono sciocca, fu la sua riflessione, ad aspettarmi che le cose siano esattamente com'erano quasi quarant'anni fa! Tutto cambia.

Arrivata alla casetta ormai praticamente in rovina, Meredith vi girò intorno parecchie volte; poi si voltò in direzione del fiume Aire che, da quella posizione un po' alta rispetto al sentiero, risultava chiaramente visibile. Poteva scorgerlo, brillante al pallido sole primaverile; subito al di là si intravvedeva l'acqua del canale. Si meravigliò di non essersi mai accorta, quando era bambina, che le due vie d'acqua correvano parallele.

Volgendosi a Patsy manifestò ad alta voce la propria riflessione.

«Ma eri così piccola, tesoro, avevi solo cinque o sei anni!» disse Patsy. «Impossibile che tu prestassi attenzione a qualcosa del genere. O magari te ne sei semplicemente dimenticata.»

«Suppongo che tu abbia ragione.» E Meredith abbozzò un sorriso. «E poi, ero molto più bassa di statura a quell'epoca e forse non ce la facevo neanche ad allungare gli occhi fin là!»

Patsy rise. «È vero.»

Meredith rimase davanti a quei cumuli di pietre e macerie, volgendo sempre gli occhi, pensosa, verso il fiume Aire. Stava cercando di ripercorrere gli anni a ritroso, concentrandosi con tutte le sue forze sul passato, esattamente come Hilary Benson le aveva raccomandato di fare.

Inaspettatamente, con gli occhi della mente vide un praticello con l'erba ben tagliata e curata, qualche aiola fiorita e, al di là del giardino, un cancelletto bianco incassato in un antico muro di mattoni sul quale si allungavano tralci di rose rampicanti.

Avanzando a passo frettoloso, attraversò il giardino abbandonato, e si diresse verso il fiume. E man mano che vi si avvicinava, dietro un gruppo di cespugli inselvatichiti, si delinearono quel muro e ciò che rimaneva del cancelletto. Il muro era stato ridotto a un mucchio di mattoni spezzati, sbriciolati, ormai totalmente in rovina, ma le rose rampicanti vi allungavano ancora i loro tralci. Meredith rifletté che, d'estate, la fioritura delle rose sarebbe stata rigogliosa.

Provò un piccolo tuffo al cuore. Riconosceva quel luogo, lo conosceva bene. Poi vide il masso di roccia e rimase completamente immobile. Un ricordo le affiorò improvviso nella mente, lasciandola quasi senza fiato, tanto era vivido e chiaro.

Si rivide com'era stata da bambina, molto piccola, seduta su quel masso di roccia. Andava sempre lì a sedersi e a fantasticare. Quella specie di sperone roccioso, alto sulla sponda del fiume, era il suo posto preferito. Di lì spaziava con gli occhi sul suo mondo.

Andò a sedersi su quella roccia; aveva gli occhi lucidi, guardando lo scorrere dell'acqua che scendeva tortuosa tra le pietre screziate del fiume. E c'era una natura rigogliosa intorno al fiume; ricordò come le fosse sempre piaciuto osservare gli anatroccoli, i pivieri, e gli altri uccelli acquatici.

Circondando con le braccia le ginocchia, ripiegate contro il petto, vi appoggiò sopra la testa e chiuse gli occhi... I ricordi... i ricordi... tornavano a poco a poco.

E c'era la mamma. Quella mamma con i capelli rossi dai riflessi dorati e gli occhi così azzurri! Occhi di un azzurro talmente incredibile che quasi abbagliavano. La mamma voleva bene alla bambina seduta sulla roccia, le voleva enormemente bene. La bambina era tutto il mondo per quella mamma.

Ma, allora, perché mi hanno mandato così lontano da lei? Perché?

Meredith non aveva risposte da darsi. Soltanto Kate Sanderson avrebbe potuto dargliele. Sempreché, con Patsy, riuscisse a trovarla – cosa che, a parer suo, era estremamente improbabile.

Il dolore la colpì all'improvviso, riaffiorò come una pugnalata – era il dolore della sua infanzia, la costante che aveva accompagnato sempre la sua esistenza, quando era piccola. «Mamma, mamma, dove sei?» sentì gridare con voce di pianto dalla bambinetta, e provò una stretta al cuore. Quanto aveva sognato quel viso, il bel viso di sua madre. Come l'aveva desiderata, come aveva provato nostalgia, una nostalgia struggente per la stretta di quelle braccia morbide, come aveva desiderato il calore del suo affetto, la voce carezzevole, il conforto della sua presenza. Il cuore di Meredith conservava intatte le memorie, le conservava inviolate... il bel volto, gli scintillanti occhi azzurri, l'amore, la tenerezza, il suo profumo... quella mamma che non aveva mai smesso di amare e della quale aveva sempre sentito con struggimento la mancanza... La sua mamma. Kate Sanderson.

Meredith chiuse gli occhi con forza, per ricacciare indietro le lacrime e deglutì. La gola le doleva, stretta da un nodo di pianto.

«Ti senti bene?» domandò piano Patsy, e la sua voce era colma di preoccupazione.

Meredith, che per un attimo non riusciva a parlare, non rispose. Si mise a sedere più dritta, e con la punta delle dita si asciugò le lacrime che le erano salite agli occhi.

«Insomma, non riesco proprio a capire perché lo abbia fatto», disse infine a Patsy. «Appena un momento fa ero persuasa che non l'avremmo mai trovata, ma adesso capisco che dobbiamo. Non fosse che per farle quella domanda. Perché?»

Patsy adesso taceva; si limitò a far segno di sì con la testa, turbata dalla commozione di Meredith e dalla sofferenza che il suo viso rifletteva.

Infine Meredith si alzò, guardò l'amica, incrociò il suo sguardo fermo e deciso. «Vedi, Patsy, mia madre mi voleva molto bene. Allo stesso modo in cui io voglio bene a Cat e Jon... ecco perché non riesco assolutamente a spiegarmi il motivo per il quale ha fatto quello che ha fatto. È un mistero.»

Patsy circondò le spalle di Meredith con un braccio. «La troveremo, te lo prometto.»

Insieme ritornarono indietro passando per il giardino dove le erbacce crescevano rigogliose, e andarono all'automobile. Mentre passavano davanti a quei mucchi di macerie, Patsy domandò: «Pensi che sia Hawthorne Cottage?»

Per un attimo Meredith non rispose. Si fermò a fissare quel cumulo di vecchie pietre anche se, in realtà, non le vedeva nemmeno. Al loro posto, invece, vedeva Hawthorne Cottage com'era stato trentotto anni prima. Vedeva le finestre con i vetri splendenti, le tendine di bucato, in merletto bianco, pentole e padelle di rame che luccicavano in cucina. Vedeva la piccola, linda, cameretta, con la trapunta dal motivo di rose. E sentiva quella voce dolce e cantante: «Un mago vende oggetti incantati alla sua bancarella, doni incredibili e stupendi potrai vedere, se andrai da lui...» La voce si spense.

«Sì», disse piano Meredith, «è Hawthorne Cottage. O quel che ne rimane.»

«Qui siamo al numero tre di Green Hill Road», disse Patsy, rallentando, e indicando l'imponente costruzione vittoriana dietro la cancellata in ferro battuto. «Ecco dove sei nata, Meredith. Per anni le donne venivano a partorire qui. Adesso che me lo ritrovo davanti, ricordo di esserci venuta con mia zia quando mia cugina Jane ha avuto il suo primo bambino. Loro abitavano a Hill Top. Te la farò vedere, la casa, mentre rientriamo in città.»

Meredith stava fissando con interesse l'edificio. Poi domandò: «Hai detto che, per anni le donne venivano a partorire qui. E adesso, non più?»

«Non credo», replicò Patsy. «Ricordo vagamente che forse deve essere diventato una casa di riposo per anziani, ma non ne sono sicura.» Lanciando un'occhiata a Meredith concluse: «Vuoi scendere, avvicinarti, osservarlo più da vicino?»

Meredith fece segno di no con la testa. «No, no, va bene così. Però non riesco a fare a meno di domandarmi dove sono stata battezzata.»

Accendendo di nuovo il motore, e ripartendo, Patsy rispose: «Probabilmente alla Christ Church di Armley. Vuoi che ti ci accompagni?»

«No, sono sicura che non ricorderei niente. Ma grazie ugualmente, cara.»

«E che cosa ne pensi del mercato di Leeds? Ti piacerebbe fermarti anche lì, per vedere se ti fa riaffiorare qualche al tro ricordo? È stato ricostruito negli anni Settanta, dopo che era andato completamente distrutto in un incendio. Ma, per fortuna, lo hanno rifatto nello stesso stile vittoriano che aveva sempre avuto. Così, adesso, è identico a com'era quando tu avevi cinque o sei anni.»

«Ho i miei dubbi che possa servire a farmi tornare in mente qualche altro ricordo significativo, Patsy. Secondo me, dovremmo andare a Ripon. Abbiamo un mucchio di cose da discutere con i Miller, e molti problemi da risolvere. A proposito... è una bella notizia che abbiano intenzione di rimanere come gerenti, ti pare?»

«Sì, lo penso anch'io», esclamò Patsy mentre si illuminava in un sorriso. «Se sapessi come mi son sentita eccitata quando me l'hanno detto, la settimana scorsa! Spero che non ti sarai arrabbiata se non ti ho comunicato subito la notizia, ma volevo che fosse una bella sorpresa per te al momento del tuo arrivo!»

«No, non mi sono per niente arrabbiata, e la sorpresa è stata meravigliosa. Così non saremo costrette a cercare una buona équipe per dirigere l'albergo. Quindi non dovremo convocare gli eventuali candidati.»

«Verissimo, però dovremmo ugualmente esaminare i cuochi. I Miller hanno già provveduto, da parte loro, a eliminare un buon numero di concorrenti, come ti ho già detto, e hanno ridotto soltanto a tre le loro eventuali scelte.»

«Niente male! Anche se assumere un cuoco è sempre una faccenda rischiosa e delicata; e tu lo sai benissimo, Patsy. Di solito ti preparano un pasto squisito per farti colpo, ma succede soltanto per quell'occasione... molto spesso il seguito è un vero disastro.»

«I Miller hanno già sperimentato che cosa sanno fare questi tre, e non una sola ma più volte, per un paio di settimane. Uno è un uomo, Lloyd Bricker. Le altre due sono donne, la signora Morgan e la signora Jones. Così, questo fine settimana mangeremo bene, possiamo star certe! Ad ogni modo, anch'io sono abbastanza convinta che tu abbia ragione e vedo le cose come te: assumere un cuoco è proprio come giocare un terno al lotto!»

«Dovremmo riuscire ad aprire l'albergo in maggio», osservò Meredith. «Non prevedi che ci siano problemi in questo senso, vero?»

«No, e te lo avevo già detto quanto sei arrivata. Questa faccenda del cuoco mi dà un certo fastidio. Ma tutto si sistemerà, non preoccuparti.» Patsy le scoccò una rapida occhiata e poi si concentrò di nuovo sulla strada. «A proposito, quando pensi di partire per Parigi?»

«Mercoledì prossimo, speravo. Ma adesso non ne sono più così sicura. Con Agnes avevamo pensato di andare a Montfort-L'Amaury giovedì in modo da poter controllare i progressi della ristrutturazione. E poi, a Talcy con Luc. Per il fine settimana. A ogni modo, adesso che stiamo cercando di ritrovare mia madre, non so più che cosa dirti.»

«Prendiamo le decisioni giorno per giorno», fu il consiglio di Patsy.

Nel pomeriggio, dopo un pranzo squisito preparato dal cuoco, Lloyd Bricker, Meredith e Patsy fecero un giro di *Skell Garth House*.

Entrambe presero molti appunti. E, dopo aver esaminato

con attenzione ogni stanza dell'albergo, si trovarono un angolo nella sala da pranzo per controllare quello di cui avevano preso nota, spuntando voce per voce.

«In molte camere mancano ancora molte cose», disse Patsy. «Sto pensando che Claudia non mi abbia capito molto bene. Le avevo spiegato, e non una volta sola, che è nostra intenzione dare un tono più elegante all'albergo, cercare di elevarlo a un livello più alto, non solo nell'accoglienza ai clienti e le comodità da offrire, ma anche per il servizio. A me sembra che le sia assolutamente sfuggito quello che volevamo, cioè che tutti i comfort possibili e immaginabili, e un'atmosfera di grande lusso, sono assolutamente essenziali.» Diede un'occhiata al blocco di fogli che aveva davanti e soggiunse: «Sono sicura che hai fatto un elenco delle stesse cose che ho segnato io. Fodere per le bottiglie dell'acqua calda, abbondanza di asciugamani in ogni camera, ciotole di potpourri profumato e candele, profumate anche quelle, scialli e plaid di lana, asciugacapelli, eccetera eccetera eccetera».

«Sì. Ho preso nota anch'io di tutte queste cose, Patsy, ma si possono aggiungere facilmente. Basterà farle spedire direttamente da Londra.»

«Sono già state spedite», replicò Patsy, arricciando le labbra in una smorfia. «Beh, forse non li ha ancora tirati fuori. Gliene parlerò. Ma... che cosa ne pensi del rinnovo dell'arredamento?»

«È buono, Patsy; abbiamo scelto tappeti e tessuti uno più bello dell'altro. Ho notato che tende e copriletto sono stati confezionati straordinariamente bene come è assolutamente perfetta anche la nuova tappezzeria di divani e poltrone. Tutto merito tuo. Anche il modo in cui le pareti sono state tappezzate o ridipinte è eccellente. Comunque, ho intenzione di cambiare qualcosa nella disposizione dei mobili e degli accessori... e in quasi tutte le camere.»

«Sapevo che lo avresti detto. Quando sono venuta su quindici giorni fa a sovraintendere il montaggio di tende e moquettes, avevo anche provveduto a consegnare i tuoi disegni per ogni piano dell'albergo, con le indicazioni per disporre i mobili. Sembra che le abbiano totalmente ignorate.»

Meredith annuì. «Non c'è dubbio che dev'essere proprio successo come dici.» Le sue labbra si alzarono in un lieve sorriso. «I Miller hanno semplicemente messo di nuovo ogni cosa al posto di prima, e non era sicuramente la disposizione migliore! Né la più confortevole.»

«Spero di non aver sbagliato a tenerli ancora come gerenti», mormorò Patsy, scoccandole un'occhiata piena di apprensione. «Secondo te sono ostinati e non vogliono cambiar niente nelle loro abitudini e in tutto il resto?»

«Forse. Ma sono sicura che, se l'ostacolo è questo, riusciremo a superarlo. Durante il fine settimana cercherò di fare un bel discorso con loro. Devono semplicemente rendersi conto che abbiamo intenzione di alzare i prezzi. E, di conseguenza, anche i nostri standard devono essere ben superiori a quelli di prima. Sono entrambi persone intelligenti e quindi credo proprio che riusciremo a rieducarli e ad aiutarli a dirigere l'albergo secondo i sistemi e le abitudini della Havens.»

Patsy ridacchiò. «Sono felice che tu sia così ottimista, Meredith. Io invece, quand'eravamo di sopra, stavo veramente cominciando a preoccuparmi!»

«Se non fossi stata ottimista, non credo che sarei sopravvissuta a quell'orfanotrofio di Sydney, sai?»

«No, senza dubbio.» Patsy lanciò un'altra occhiata al blocco di fogli che aveva davanti e continuò: «Il resto di tutto quello che abbiamo elencato nelle nostre liste è d'importanza minore, riguarda le prese elettriche, il voltaggio delle lampadine e via dicendo, quindi non è il caso che ce ne preoccupiamo adesso. Sono cose che possono aspettare».

«Anch'io non ho più molto di cui tener nota», disse Meredith e, spingendo indietro la sedia, si alzò. «Vado a fare quella passeggiata, Patsy.»

«Sei proprio sicura di non volere che ti accompagni in automobile a Fountains Abbey?»

«No, a ogni modo grazie dell'offerta. Ma ho proprio bisogno di camminare, sento la necessità di fare un po' di esercizio fisico e di respirare aria pura. Ci vediamo più tardi.»

Patsy le sorrise e annuì.

Ricambiando il suo sorriso, Meredith lasciò la sala da pranzo, attraversò l'atrio e uscì da *Skell Garth House*. Il pomeriggio era bello e non troppo freddo, anche se era solo aprile. Il cielo era limpido, di un tenero azzurro sul quale veleggiavano nuvolette candide. Ovunque guardasse, Meredith si accorse che la primavera era veramente arrivata. Tutti gli alberi erano coperti di germogli, e l'erba già folta e verdeggiante; qua e là, fra le siepi, si notavano ciuffi di fiori selvatici. Vide primule e iris, e infine, quando raggiunse il viale fiancheggiato dagli alti tigli, che portava alla chiesa di Studley, rimase con il fiato sospeso. Perché lì i narcisi erano in piena fioritura sugli argini ai lati della strada e sotto gli alberi.

E mentre vi passava davanti, le tornò in mente la poesia di Wordsworth che Patsy le aveva recitato in gennaio. Già a quell'epoca le era sembrata familiare ma ora si accorgeva di ricordarne benissimo l'ultima strofa:

Ché spesso, quando me ne sto coricato,
senza pensieri, o pensieroso, i narcisi
mi balenano all'occhio interiore
che rende la solitudine beata,
e allora mi si ricolma il cuore
di piacere, e danza con loro.

La sapeva a memoria perché la mamma gliel'aveva insegnata tanti anni prima. E le era rimasta impressa nella memoria – latente, forse, ma, comunque, era lì.

La sua mente si concentrò su Kate Anderson. Lo choc di

scoprire che sua madre non era morta almeno in parte era stato assorbito, ma si sentiva ancora sconvolta e turbata al pensiero che, almeno a giudicare dalle apparenze, Kate l'avesse abbandonata, e in un modo così spietato e crudele, quando lei era ancora tanto piccola.

Meredith si conosceva molto bene e fin dalle prime ore di quella giornata, mentre viaggiavano in auto da Leeds a Ripon, aveva cominciato a rendersi conto che collera e risentimento stavano ribollendo dentro di lei, nel profondo del suo essere. E mentre continuava a camminare, puntando verso la chiesa in cima al poggio, prese di nuovo la risoluzione di trovare Kate, a qualunque costo.

Quando raggiunse la cima del poggio e si soffermò a contemplare dall'alto Fountains Abbey, le sembrò, esattamente com'era successo in gennaio, che la chiamasse, la attirasse a sé.

Una calamita, pensò, per me è come una calamita. Scese a passo sempre più affrettato il ripido sentiero, a volte quasi correndo, e nel giro di pochi minuti si ritrovò fra le antiche rovine. In quella limpida e solatia giornata di aprile rimase ancora più stupita della volta precedente, quasi strabiliata, di fronte alla drammatica bellezza di quel monolito diroccato che si levava svettante verso il cielo.

Cupo e maestoso, si stagliava contro il cielo pallido come se vi fosse stato scagliato contro da una mano possente, ma il verde degli alberi che circondavano le rovine pareva rendere più tenue il cupo colore di quelle pietre. Ad appena pochi metri di distanza, lo Skell scorreva verso Ripon. Un altro fiume ancora, pensò... Non c'è da meravigliarsi che a me piaccia infinitamente vivere vicino all'acqua! Accanto all'acqua io sono cresciuta.

Sedendosi su un pezzo di muro diroccato, provò a imporre alla propria mente di andare a ritroso nel tempo, cercando di rivedersi quando aveva visitato quei luoghi con Kate Sanderson. Ma non le affiorò alla memoria nessun ricordo, benché rimanesse lì seduta per una buona mezz'ora. Il suo cervello era completamente vuoto. Eppure, provava di nuovo, fortissima, la sensazione di conoscere Fountains, di essere già stata lì, e che qualcosa di importante, e tragico, le fosse accaduto fra quelle antiche rovine. Ma che cosa?

Soltanto sua madre aveva la risposta.

Sempre, in passato, Meredith si era servita del lavoro per soffocare il male interiore, per cercar di non sentire né dolore né sofferenza, per tenerli sotto controllo. Lavorare sodo fino a quando si sentiva crollare di stanchezza... questo le aveva consentito di chiudere il cervello ai suoi problemi, e ai suoi guai, e di farlo funzionare nel modo più giusto e corretto.

Fu così che, per il resto del fine settimana, si buttò a capofitto nel lavoro creativo perché voleva dare un nuovo aspetto, l'aspetto che desiderava, a gran parte delle camere dell'albergo. E tutto questo servì a tenere a bada il tormento procuratole dal pensiero di sua madre.

Con l'aiuto di Patsy, Bill e Claudia Miller, e altri tre uomini di fatica, fece spostare il mobilio fino a quando il nuovo arredamento fu di sua completa soddisfazione e ogni camera finì per assumere l'aspetto che lei voleva. Letti, seggiole e poltrone, divani, tavoli antichi, e cassettoni vennero spostati e disposti in modo diverso sotto le sue direttive; e una volta che tutto fu terminato, si dedicò con fervore a cambiare di posto anche le lampade e gli altri accessori, e a scegliere un'altra disposizione per i quadri.

I Miller non le nascosero di essere strabiliati da quello che lei stava facendo, e anche un po' sconcertati. Come Bill provò a spiegare a Patsy: «Non riuscivamo a credere ai nostri occhi quando lei si è tolta la giacca, si è rimboccata le maniche e si è buttata a fare quello che voleva, sa?»

Claudia Miller, soprattutto, non le nascose di essere molto colpita dall'energia, dal vigore, e anche dalla pura caparbietà che Meredith rivelava. A un certo momento, verso la fine del pomeriggio di domenica, stanca morta com'era, disse a Patsy: «Non mi è mai capitato di vedere nessuno lavorare a questo modo. Non si ferma mai, è una specie di ciclone!»

«Lo so. Meredith non ha mai smesso di meravigliare anche me. È un vero e proprio cavallo da tiro. Ma è anche piena di un grandissimo talento», le fece rilevare Patsy. «E ha uno stile formidabile.»

Claudia si limitò a far segno di sì con la testa.

Patsy soggiunse: «Meredith ha veramente un gusto finissimo per la decorazione d'interni. Sembra che sia nata per quella professione. Ed ha anche un occhio straordinario».

«Me ne sono accorta. Le camere hanno tutt'altro aspetto dopo che lei ha sistemato personalmente ogni cosa. Forse Bill e io siamo stati un po' lenti in principio, o un po' duri di comprendonio. Capisco che sarebbe stato nostro dovere realizzare ogni cosa con molta più precisione, seguendo i disegni che ci aveva mandato.» D'un tratto l'espressione di Claudia diventò ansiosa e preoccupata mentre domandava: «Adesso non ce l'avrete con noi, vero?»

«No, assolutamente no. Va tutto bene, non si preoccupi», Patsy cercò di rassicurarla. «Ma in futuro, Claudia, per favore, cerchi, con suo marito, di seguire le nostre istruzioni alla lettera. Così tutti ci risparmieremo un sacco di ansietà e di fastidi. Domani provvederò io ad aiutarla a tirar fuori tutti gli oggetti che le avevo spedito da Londra la settimana scorsa, e Meredith finirà di sistemare l'arredamento delle sale del piano terreno. Spera di aver tutto a posto per l'ora di pranzo.»

«Domani penserete anche ai colloqui con i cuochi, vero?» disse Claudia. «Perché lunedì è proprio la scadenza improrogabile.»

«Ciò non presenta alcun problema. A proposito, ho molto apprezzato il pranzo di oggi. È stata la signora Morgan a cucinarlo, vero?»

«Sì. E sarà lei a preparare anche la cena per stasera.»

«Non la signora Jones?»

«Temo di no. Ieri sera, mentre preparava la cena per noi, si è scottata una mano e oggi ci ha chiesto di non farla lavorare.»

«Capisco. Lei ha già una sua preferita, Claudia?»

«Sì, la signora Morgan. A parer mio, è la migliore; e per di più, è anche la più disponibile, la più facile da trattare, in un certo senso, e non ha un temperamento difficile come Lloyd.»

«E la signora Jones? Non è rimasta colpita favorevolmente da sua cugina?»

«È una buona cuoca, ma non penso che sia la persona giusta per l'albergo... almeno, non per l'albergo come intendiamo che diventi in futuro.»

«Vuole forse dire che non è abbastanza sofisticata?»

«No, a dir la verità, non si tratta di questo. Ci avete spiegato che volevate una cucina inglese ad alto livello, ma nello stesso tempo anche di genere rustico, o regionale, almeno entro certi limiti. Io penso che la signora Morgan batta tutti gli altri. Come cuoca, fra di tutti e tre, è la più completa in senso assoluto.»

La signora Morgan si rivelò una donna sui cinquantacinque anni, con guance rosee, vivaci occhi castani e un bel sorriso cordiale.

Meredith si accorse subito che aveva anche un modo di fare garbato e piacevole e, dopo essere stata in sua compagnia solo per pochi minuti, si sentì completamente a suo agio. Da quella donna trasudavano una calma e una sicurezza di sé che Meredith apprezzò molto; e poté capire dall'espressione di Patsy che anche la sua socia aveva provato un'immediata simpatia per la cuoca.

«Ho saputo da Claudia Miller che lei è abituata a cucinare per un numero di persone relativamente alto, signora Morgan,» cominciò Meredith.

«Oh sì, infatti. Fino a pochi mesi fa occupavo il posto di chef in un albergo nella zona di confine con la Scozia. Anche quella era un'antica casa trasformata in albergo, come questa. Solo un po' più grande. E il ristorante era frequentato anche da parecchia gente del posto. Di conseguenza non mi faccio spaventare dal numero di persone per le quali devo preparare i pasti... Oh no, assolutamente, signora Stratton! Certo, ero abituata ad avere con me almeno un paio di aiutocuoco.»

«Sì, capisco, signora Morgan. Questo non è un problema», interloquì Patsy.

«Ho dato alla signora Miller tutte le mie referenze, quindi immagino che le abbiano viste anche loro.» E passò con gli occhi da Patsy a Meredith.

«Infatti.» Meredith le sorrise. «Sono eccellenti. Non solo, ma abbiamo anche apprezzato molto i pasti che lei ha cucinato per noi durante questo fine settimana.»

«La ringrazio moltissimo, signora Stratton. Ma, la prego, mi chiami Eunice. Lo preferisco. È molto più amichevole, non le pare?»

Meredith disse: «Sì, è vero, Eunice». Tacque per qualche istante, poi scrollò la testa e soggiunse: «In vita mia ho conosciuto soltanto un'altra persona che si chiamasse Eunice. La mia baby-sitter quando ero piccola».

Eunice rise. «Che coincidenza! Lei ha avuto una baby-sitter di nome Eunice in America, e io facevo la baby-sitter qui, nello Yorkshire.»

Meredith la guardò con gli occhi sbarrati. E dopo qualche istante le chiese: «Dove, nello Yorkshire?»

«A Leeds, perché è di lì che sono originaria. Mio marito è di Ripon e da anni non fa che chiedermi di tornare da queste parti. Un vero assillo, sa?»

«Per chi faceva la baby-sitter?» domandò Meredith, continuando a fissare la cuoca.

«Per una bambinetta deliziosa. Si chiamava Mari.»

«E di cognome?» domandò ancora Meredith con voce strozzata.

«Sanderson», rispose Eunice, scoccandole un rapido sguardo. «Si sente bene, signora Stratton? Mi pare che abbia un'aria un po' strana.»

«Io sono quella bambina, Eunice. Sono Mari Sanderson.»

«Oh, via, ma che cosa mi racconta! Non è possibile che lei sia Mari!» esclamò Eunice senza riuscire a nascondere il proprio sbalordimento.

«Eppure, è proprio così.»

«Beh, che mi venga un colpo! Proprio come nei romanzi... Ma è incredibile!» ridacchiò Eunice. «Riesci a immaginare che io, sì proprio io fra tutta la gente che esiste al mondo, adesso faccia la cuoca, Mari? Ti ricordi che mi capitava molto spesso di bruciarti il pranzo? Facevo perdere sempre la pazienza alla tua povera mamma.»

«È proprio di mia madre che vorrei parlarti», disse Meredith.

23

«MIA madre e io siamo state separate quando io ero piccola», Meredith cominciò a spiegare. «Non so come sia successo, ma è la verità.»

«Sua madre era malata, all'ospedale. Questo lo so per certo», le spiegò Eunice.

«Ma chi si occupava di me, allora?»

Eunice si portò una mano alla bocca, aggrottando lievemente le sopracciglia, e assumendo un' aria pensierosa. Alla fine, serrò le labbra scrollando il capo e mormorò: «Non lo so, se devo dire la verità. Probabilmente allora pensai che ti avessero preso con sé dei parenti.»

«Parenti», disse lentamente Meredith. «Non ricordo assolutamente che ci fossero dei parenti, Eunice... Ma soltanto mia madre e io. Noi due, e basta.»

«Sì...» Eunice si lasciò andare contro la spalliera della seggiola. Il suo viso era turbato. Esitando, a voce bassa, domandò: «Si può sapere esattamente che cosa ti è successo?»

«A dir la verità, non lo so nemmeno io. Ma a un certo momento sono andata all'estero.»

Patsy, passando con gli occhi da Meredith a Eunice, si rivolse alla cuoca: «Qual è stata l'ultima volta che ha visto la signora Sanderson? Riesce a ricordarlo?»

«Mi ci lasci pensare... ecco, deve essere successo durante l'estate in cui lei si ammalò. Devo ritornare indietro con i ricordi... sì, sì, è stato proprio allora. L'estate del 1956. Un giorno andai a Hawthorne Cottage per badare alla bambina, ma non c'era nessuno. Così me ne tornai a casa. Noi a quell'epoca stavamo nei Greenocks, a poca distanza da Town Street. A ogni modo, qualche giorno più tardi incontrai per caso il poliziotto, O'Shea. Abitava vicino a noi, nei Greenocks. E mi raccontò che la signora Sanderson era all'ospedale. Quando gli chiesi notizie di Mari, rispose che stava bene e che qualcuno si occupava di lei. Non c'era da preoccuparsi. Tutto qui. Qualche settimana più tardi lasciammo Armley per trasferirci altrove. Mia madre aveva trovato casa vicino a sua sorella, che abitava a Wortley. E così siamo andati via tutti.»

Meredith l'aveva ascoltata con la massima attenzione; sporgendosi un poco verso di lei, con espressione concentrata, le disse: «Il nome O'Shea, e il fatto che si trattasse di un poliziotto, mi fa ricordare vagamente qualcosa ma non sono capace di focalizzarlo meglio».

«Davvero? Beh, ti era molto affezionato, Mari. Veramente molto. Era l'agente di polizia locale, quello che faceva la ronda in giro per Armley. Era facile trovarlo nel posto di polizia di Canal Road. Sei proprio sicura di non ricordarti di lui?»

«No, proprio per niente.»

Patsy disse: «L'agente O'Shea forse potrebbe fornirti qualche chiarimento su quello che ti è successo».

«Sì, giusto!» Ammise Meredith e, rivolgendosi di nuovo a Eunice, domandò: «Secondo te, abita ancora ad Armley?»

«Oh, non lo so, ho perso i contatti con lui molti anni fa! Ormai sarà andato in pensione. A quell'epoca era sui trent'anni; quindi adesso, più o meno, dovrebbe averne sessantotto. Mmmm. Vediamo un po', chi conosco che abiti ancora nei Greenocks? Lasciami un po' pensare.»

Patsy si alzò in piedi. «Vado in ufficio a prendere l'elenco telefonico di Leeds.» E attraversò a passo svelto la sala da pranzo avviandosi verso il piccolo atrio d'ingresso.

Rimaste sole, Meredith ed Eunice si scrutarono attentamente, senza dire una sola parola. Fu Eunice a rompere il silenzio. Disse: «Certo che sei diventata una donna splendida, e bisogna dire che hai anche avuto successo nella vita. Sì, un gran successo. Adesso vivi in America, e sei la proprietaria di tutti questi alberghi!»

Meredith abbozzò un sorriso senza fare commenti. Stava frugando nella memoria per farne riemergere il passato e stava cercando di ricordarsi l'agente O'Shea, ma senza successo. Non riusciva neanche a far affiorare il suo viso e le sue fattezze.

Eunice continuò: «Dunque sei sposata?»

«Lo ero. Adesso sono divorziata. E ho due figli. Ma che cosa mi racconti di te, Eunice. Hai dei figli anche tu?»

«Sì, due, come te. Malcolm e Dawn. Sposati entrambi. E ho cinque nipotini. I tuoi figli sono sposati?»

«Mia figlia è fidanzata. Mio figlio studia ancora al college. Ha soltanto ventun anni.»

Patsy rientrò in sala da pranzo con l'elenco telefonico di Leeds e, ponendolo sul tavolo di fronte a Eunice, andò a sedersi di fianco a lei: «E adesso, cerchiamo un po' tutti gli O'Shea che vivono ad Armley», disse. «Non possono essere molti! Forse riusciremo a scovarne uno che abita nei Greenocks. Qual era il nome di battesimo dell'agente O'Shea, Eunice?»

«Peter. No, aspetti un momento, non era Peter. Un nome irlandese. Mi lasci pensare un po'... Patrick! Sì. Si chiamava Patrick O'Shea».

Patsy scorse col dito la fila degli O'Shea elencati, poi alzò gli occhi per dire: «Ce ne sono due, con l'iniziale P., che abitano ad Armley. E uno a Bramley ma non ce n'è nessuno a Greenocks. Bene, potrei fare un tentativo, e telefonare a tutti e tre i numeri, perché mi sembra l'unico modo per sapere qualcosa. Da quel telefono là». E portando con sé l'elenco, si diresse verso il tavolo situato all'entrata della sala da pranzo, dove c'era un apparecchio.

Meredith si alzò e andò alla finestra mettendosi a guardar fuori, verso il giardino, con la mente concentrata totalmente sul pensiero di sua madre. Poi, voltandosi verso Eunice, le lanciò uno sguardo penetrante e le domandò: «Non ti è mai capitato di incontrare casualmente mia madre, negli anni successivi?»

«No, mai.» Le sopracciglia della cuoca si aggrottarono. «Dunque, non è morta?»

«Non credo, Eunice. Stiamo cercando di rintracciarla.»

«Oh.»

Dopo un attimo Patsy attraversò di nuovo correndo la sala da pranzo sempre con l'elenco telefonico stretto fra le braccia. Era raggiante. «L'ho trovato! Adesso abita a Hill Top. Cioè nelle vicinanze di St. Mary's Hospital, Meredith. Al momento è fuori, e quindi non ho potuto parlargli direttamente. Ma ho parlato con sua moglie, e possiamo essere sicure, senza ombra di dubbio, che sia il Patrick O'Shea che cerchiamo, proprio quello che ci interessa! È un sergente di polizia in pensione, così mi ha detto. Dice di ricordarsi vagamente anche lei di Mari o di sua madre. A ogni modo, ha detto che lui rientra per le due, questo pomeriggio. Ho chiesto se potevamo andare a parlargli per quell'ora, e ha risposto di sì.»

Meredith si trovò seduta di fronte a Patrick O'Shea, nel salottino della sua casa di Hill Top, ad Armley. Non se lo ricordava affatto; e si stava rendendo conto che, con ogni probabilità, lo aveva rimosso dalla memoria nel modo più totale! Inutile lambiccarsi il cervello. Era un uomo alto, con una bella figura, i capelli scuri ormai brizzolati e un modo di fare cortese e simpatico.

«Lei era una così bella bambina», le disse con un sorriso. «Marigold. L'ho sempre trovato un nome veramente incantevole. Comunque, stavo dicendo che, quella mattina, quando venne a cercarmi... se sapesse com'era sconvolta! Piangeva. Era convinta che la mamma fosse morta...»

«Ma non lo era, forse?» Meredith lo interruppe bruscamente.

«No, ma stava male. Lei venne a cercarmi in Canal Road, al posto di polizia. E io la riportai a casa, perché così facevamo più in fretta. A ogni modo, lei continuava a piangere... angosciata! Trovammo sua madre seduta su una seggiola, in cucina. Era pallida, pallida come un cencio, e si vedeva subito che stava molto male. O perlomeno è quello che pensai. Mi raccontò che era svenuta qualche ora prima. Così feci una telefonata per chiamare un'ambulanza, che arrivò nel giro di un quarto d'ora. E la portarono al pronto soccorso di Leeds.»

«E a me, che cosa successe?» Meredith non riusciva a staccare gli occhi dal volto di Patrick O'Shea.

«L'ultima cosa che mi disse, mentre si richiudevano gli sportelli dell'ambulanza, fu: 'Si occupi lei della mia Mari, agente O'Shea.' E così feci. Andai a parlare al mio sergente, e concludemmo che la soluzione migliore per lei sarebbe stata di venir accolta nell'ospizio del dottor Barnardo di Leeds, l'orfanotrofio, fino a quando sua madre non fosse guarita.»

«E che cosa successe quando mia madre cominciò a star meglio?»

«Tornò a vivere con lei a Hawthorne Cottage, se ben ricordo. Ma non credo che le cose andassero molto bene; faceva fatica a tirare avanti, sa, e cercava disperatamente un impiego.»

«Che ne era stato di... mio padre?»

«Proprio bene, non lo so. O perlomeno, non ho molti particolari in merito. Kate mi raccontò una volta che l'aveva lasciata, era andato in Canada. Ecco tutto quello che sapevo. Immagino che non sia più tornato.»

«Non ho nessun ricordo di lui. Deve averci lasciate quando ero molto piccola.»

Patrick O'Shea fece segno di sì con la testa: «Infatti. È quello che credo anch'io».

«Lei pensa che mia madre si sia ammalata di nuovo, signor O'Shea?»

«Precisamente, è successo proprio così. L'hanno ricoverata una seconda volta... oh, l'anno seguente... nel 1957, se la mia memoria non fa cilecca.»

«E lei pensa che io sia stata mandata di nuovo in quell'ospizio?»

«È possibile. Sì, anzi è molto probabile. Non c'era nessuno che potesse occuparsi di lei. E dopo, non ho più saputo niente di sua madre. Anzi, non ho più saputo niente di tutte e due. Non abitavate più a Hawthorne Cottage. In quella casetta stava un'altra famiglia. Non ho mai più riveduto né lei né sua madre, Mari, cioè, signora Stratton. Qualche anno dopo ho sentito dire che lavorava a Leeds.»

«Mi saprebbe dire dove?»

«Sì, mi lasci pensare un momento... era un negozio di abbigliamento, questo lo so di sicuro. Ed elegante, anche, in Commercial Street,... si chiamava *Paris Modes*.»

«E c'è ancora?»

«Oh sì, credo di sì.»

«Come le spiegavo prima, agente O'Shea, mia madre e io siamo state separate. Io sono stata mandata all'estero. E ho creduto che lei fosse morta. Invece ho appena scoperto che probabilmente è ancora viva. Devo ritrovarla.»

«Capisco. Ma non c'è il suo nome nell'elenco del telefono?»

«No, non c'è.»

«Forse al *Paris Modes* qualcuno potrebbe darle qualche informazione per rintracciarla.»

* * *

«Bene, è stato molto gentile», disse Patsy mentre, con Meredith, si allontanava in automobile dalla casa dell'agente O'Shea a Hill Top, per tornare in città. «Ma tu non te lo ricordi proprio, vero?»

«Assolutamente no, Patsy. Eppure, come vorrei ricordarmi di lui!» Meredith sospirò. «Probabilmente sono tutti ricordi che ho rimosso. Se almeno riuscissi a ricordare in modo più dettagliato quei tempi così lontani! Ma non posso. Mi capita soltanto di avere qualche folgorazione, qualche lampo improvviso nella memoria... un po' come succede a chi soffre di amnesia. Ma nient'altro.»

«Cerca di non preoccuparti. Sono sicura che verremo a sapere qualcosa di più nel negozio di abbigliamento.»

«Invece io non ne sono per niente sicura. E ti confesso in tutta franchezza, Patsy, che secondo me stiamo imbarcandoci in una ricerca senza speranza. Tutte queste cose sono successe trentotto anni fa! Quindi non è possibile che mia madre continui ancora adesso a lavorare al *Paris Modes*. E sono convinta che in quel negozio non ci sia più nessuno che si ricordi di lei.»

«Ma non lo sai con sicurezza, Meredith! E allora... Andiamoci e proviamo a fare qualche domanda. Qualcuno potrebbe ricordarsi di Kate Sanderson e fornirci qualche indizio.»

«Sì, possiamo andare, ma non ti è venuto in mente che mia madre potrebbe non vivere più nello Yorkshire? Perché non pensare che si sia trasferita altrove? Potrebbe essere andata a vivere in mille altri posti, no? Il mondo è così grande!»

«Capisco benissimo quello che dici, cara, ma credo che ti sbagli. Ho questa sensazione nel cuore... chiamala intuizione se vuoi... che tua madre sia qui, molto vicina. Vedrai, riusciremo a rintracciarla.»

Poiché Meredith non diede risposta, Patsy le lanciò un'occhiata. E provò un tuffo al cuore. Il viso di Meredith era inespressivo, smarrito.

Continuò a guidare in silenzio per un po' e poi riprese a parlare: «Non sono sicura di riuscire a trovare un parcheggio in città. Stavo pensando che sarebbe meglio andare al *Queens Hotel* e lasciar lì la macchina, vicino alla stazione ferroviaria. Da City Square a Commercial Street ci sono soltanto pochi minuti di cammino».

«Faremo quello che vuoi tu. Non ricordo Commercial Street. Ma soltanto il mercato di Leeds.»

Venti minuti più tardi, però, mentre percorrevano proprio Commercial Street, Meredith si bloccò e si aggrappò al braccio di Patsy. «Qui nelle vicinanze ci dev'essere *Mark & Spencer*. Adesso ricordo. A mia madre piaceva andarci; mi comprava sempre la biancheria in quel grande magazzino!» Meredith aveva avuto la visione istantanea di se stessa, che camminava lungo quella strada, aggrappata alla mano della madre. E soggiunse: «Quasi sempre la mamma mi comprava un gelato. Una volta ho inciampato e il cono mi è caduto di mano. Ci sono rimasta così male che sono scoppiata in lacrime. Adesso mi è tornato in mente come mi aveva consolata... cedendomi il suo...»

«Vedi che i ricordi ti tornano alla memoria sempre più numerosi», esclamò Patsy, senza nascondere la sua soddisfazione. «Eccoci, siamo arrivate al *Paris Modes*.»

Patsy aprì la porta e insieme a Meredith entrò nell'elegante negozio di abbigliamento. Subito una giovane donna con un civettuolo abitino nero, venne ad accoglierle.

«In che cosa posso essere utile?» domandò cortesemente, con un sorriso. «Ci sono arrivate alcune nuove linee direttamente da Parigi. Tutte cose splendide.»

«Oh, sì,» disse Patsy. «Sappiamo che avete dei vestiti bellissimi, e molto eleganti. Ma non vogliamo comprare niente. A dir la verità, eravamo venute per parlare con la direttrice.»

«La proprietaria del negozio è la signora Cohen,» rispose la ragazza «È lei che lo dirige.»

«Capisco. C'è? Possiamo vederla?» domandò Meredith.

La ragazza annuì con la testa. «Vado a chiamarla, è nel suo ufficio.»

Dopo pochi istanti una donna sulla cinquantina, vestita con molta eleganza e curatissima, sbucò da dietro un paravento indiano, del Coromandel, che nascondeva il suo ufficio.

«Sono Gilda Cohen», disse tendendo la mano a Patsy.

«Piacere di conoscerla, signora Cohen. Mi chiamo Patsy Canton e questa è la mia amica, signora Stratton.»

«Piacere, signora Stratton,» disse Gilda Cohen stringendo la mano anche a lei.

Meredith le sorrise. «Sto cercando qualcuno, signora Cohen. Una donna che lavorava qui. Ma molti anni fa. Purtroppo temo che tutto questo sia accaduto molto prima che ci fosse lei a occuparsi del negozio.»

«E chi sarebbe la persona che state cercando?» domandò Gilda Cohen incuriosita.

«Mia madre. Ha lavorato qui verso la fine degli anni Cinquanta o forse all'inizio degli anni Sessanta. Il suo nome era, per meglio dire è, Kate Sanderson. Siamo state separate quando io ero piccola e ho sempre creduto che fosse morta quando ero ancora bambina. Ma da pochissimo tempo ho validi motivi di credere che sia ancora viva. Voglio ritrovare mia madre.»

«Certo, ne sono sicura, signora Stratton. È più che comprensibile! Ed ha perfettamente ragione: Kate ha lavorato qui, proprio come pensava, quando era mia madre a occuparsi del negozio. Io l'ho ereditato da lei. A quell'epoca studiavo al college; però ho anche conosciuto Kate, per quanto superficialmente. Una donna deliziosa. Mia madre le era molto affezionata, le è dispiaciuto vederla andar via.»

«E quando è accaduto tutto questo, signora Cohen?» chiese Meredith.

«Mi pare verso la metà o la fine degli anni Sessanta. Ma non rimaniamo qui in piedi! Venite nel mio ufficio. Posso offrire una tazza di tè?»

«No, ma grazie ugualmente», disse Meredith.

Anche Patsy rifiutò e seguirono Gilda Cohen nel retro del negozio. Presero posto sul divano e rivolsero gli occhi verso Gilda, che era andata a sedersi alla scrivania. «Come stavo dicendo, mia madre era parecchio affezionata a Kate, aveva cominciato a considerarla una sua protetta e rimase in contatto con lei anche quando ci lasciò.»

«E lei sa anche dove fosse andata?»

«Sì, ritornò nella sua città d'origine, Harrogate e trovò un impiego da *Jaeger*. Mia madre una volta mi aveva raccontato che Kate non era mai stata felice a Leeds, e quando parlava di lei la chiamava sempre 'il mio uccellino ferito', anche se non ho mai capito bene perché. Io mi ero sposata giovane e avevo un bambino; di conseguenza a quell'epoca non lavoravo nel negozio. E non la conoscevo molto bene. A ogni modo aveva sicuramente colpito mia madre e anche altri. Tutti parlavano bene di Kate.»

Meredith sospirò. «Non posso credere che lavori ancora da Jaeger! Lei che cosa ne pensa, signora Cohen?»

«Oh, io so con sicurezza che non ci lavora più, signora Stratton. Da Jaeger non è rimasta più di un paio d'anni, poi ha cambiato posto. L'ultima volta che ho sentito parlare di lei da mia madre, Kate dirigeva una splendida boutique di Harrogate, che si chiamava *Place Vendôme* e vendeva abiti d'alta moda.» Gilda Cohen si lasciò andare contro lo schienale della sua poltroncina. «Se mia madre fosse ancora viva, potrebbe sicuramente raccontarle molto di più sul conto di Kate.»

Meredith rivolse alla signora Cohen un'occhiata piena di comprensione. «Mi spiace che abbia perduto sua madre.»

«Sì, è stato molto triste per tutti noi. A ogni modo, bisogna dire che ha avuto una vita veramente splendida! Ed è arrivata fino ai novant'anni senza essere stata malata neanche un giorno.»

Ci fu un breve silenzio, poi Patsy domandò: «E adesso... Kate Sanderson lavora ancora al *Place Vendôme*?»

«Non credo, signora Canton. L'ultima volta che ho sentito parlare di lei, aveva già lasciato anche quel negozio. Anzi, si era trasferita altrove, non stava più a Harrogate.»

«Un altro vicolo cieco», disse Meredith con voce afflitta.

Gilda Cohen disse: «Posso dare un colpo di telefono ad Annette Alexander, la proprietaria della boutique. Chissà che lei non conosca l'indirizzo di Kate».

«Oh, davvero? Non sarà troppo disturbo?» domandò Meredith. «Altrimenti, possiamo andare noi a Harrogate.» Diede un'occhiata all'orologino da polso. «Sono soltanto le quattro e mezzo.»

«Certo», disse Patsy. «Possiamo fare un salto noi a parlarle. Tanto, è proprio sulla strada del ritorno a Ripon. E in ogni caso da Harrogate dobbiamo passare comunque.»

«No, no, nessun disturbo, credetemi! La chiamo subito!» E così dicendo, Gilda Cohen alzò il ricevitore e compose il numero della boutique.

«Pronto, sono Gilda Cohen. C'è la signora Alexander?»

Ci fu un breve silenzio; la signora Cohen ascoltava e poi, coprendo il microfono con la mano, spiegò: «Sono andati a chiamarla, stava salutando una cliente. Pronto, oh, sei tu, Annette, come stai?»

Gilda ascoltò ancora per qualche istante e poi riprese: «Ho qui con me due signore che stanno cercando Kate Sanderson. So che qualche anno fa ti aveva lasciato, vero? Ma non avresti, per caso, il suo indirizzo o almeno il numero di telefono?» Il breve silenzio successivo fu seguito da un'esclamazione: «Oh, davvero!» Gilda esclamò. «Aspetta un momento, lascia che chieda.»

E, coprendo di nuovo il ricevitore con la mano, la signora Cohen disse: «Secondo la signora Alexander sua madre avrebbe lasciato il posto per sposarsi. Però lei non ricorda il nome del marito. Vuole sapere come mettersi in contatto con voi, casomai le tornasse in mente».

«Può chiamarci a *Skell Garth House*, a Ripon, signora Cohen», rispose Patsy. «Il numero è Ripon 42900.»

Gilda Cohen ripeté tutto ad Annette Alexander. Dopo averla ringraziata e salutata, riattaccò. Infine disse, rivolgendosi direttamente a Meredith: «Se mia madre fosse viva, sarebbe molto felice di sapere che Kate aveva finito per sposarsi! Pensava sempre che era così triste... e mi ripeteva che aveva avuto una vita tragica».

«Lei ci è stata veramente preziosa, signora Cohen, di grande aiuto», mormorò gentilmente Meredith, alzandosi. «Non so davvero come ringraziarla!»

«Sì, molte grazie», soggiunse Patsy, alzandosi anche lei.

«Per carità, è stato un piacere! Mi spiace soltanto di non aver potuto fare di più per aiutarla a riunirsi a sua madre, signora Stratton. Annette è una persona della quale si può avere la massima fiducia, e le garantisco che le telefonerà senz'altro nel caso in cui riuscisse a ricordarsi chi ha sposato sua madre.»

«È quello che spero anch'io!»

Gilda Cohen le accompagnò alla porta e strinse loro la mano. Mentre si avviavano per Commercial Street, disse ancora: «Sarei felice di sapere che lei ha trovato Kate, signora Stratton, perché mia madre aveva proprio un debole per lei, sa?»

«Mi terrò in contatto», le promise Meredith.

«Come mai non ci abbiamo pensato!» mormorò Patsy mentre procedevano lungo Commercial Street. «È la cosa più logica. Era una donna giovane e carina, mi dicevi?»

«Molto carina. Anzi, proprio bella.» Meredith infilò il braccio sotto quello di Patsy e continuò: «Non la troveremo mai. Mettiti in mente che questo è un altro vicolo cieco».

«No, niente affatto!» esclamò Patsy. «Anzi, è il contrario. Domattina, per prima cosa chiamo Valerie in ufficio e vedo se può andare a St. Catherine's House. Lì conservano anche tutti gli atti di matrimonio. Ne sono sicura. Scopriremo chi ha sposato tua madre.»

Meredith si rasserenò immediatamente. «Che splendida idea! Chiamiamola adesso.»

«Oggi non è in ufficio. Non ti ricordi che è andata a Milano per il fine settimana? Rientrerà solo stasera, molto tardi.»

«Sei proprio sicura che conservino anche gli atti di matrimonio?» domandò Meredith a bassa voce mentre arrivavano a City Square.

«Sicurissima. Quello è l'archivio generale dove conservano tutto quanto su nascite, morti e matrimoni.» Patsy tacque qualche istante, prima di soggiungere: «Stavo pensando... e non ti pare che sarebbe opportuno fare una scappata anche all'Ospizio del dottor Barnardo a proseguire le ricerche anche lì? Forse potrebbero fornirti qualche chiarimento su quello che ti è successo. E su quello che è successo a tua madre».

Meredith le scoccò uno sguardo in tralice. «Neanche da pensarci. Conosco quei posti. Non ti raccontano mai niente... Tutto, da loro, è segreto. Andrei a parlare con quella gente soltanto se fossi messa alle strette, come ultima risorsa.» Le sue labbra divennero una sottile linea dura.

Squadrandola di sottecchi, Patsy giunse alla conclusione che per il momento era meglio non aggiungere altro. Lungo il viaggio di ritorno a Ripon, parlò di molti altri argomenti, nella speranza di costringere Meredith a pensare ad altro e a non concentrarsi più sulla sorte di sua madre. Né a ricordare gli orfanotrofi.

Scoppiando in una risata improvvisa, esclamò tutto d'un tratto: «Sai che cosa ti dico, Meredith? Siamo veramente terribili, noi due!»

«In che senso? Spiegati meglio.»

«Non appena abbiamo scoperto chi era Eunice Morgan, le abbiamo fatto un interrogatorio di terzo grado e poi ce la siamo squagliata in cerca di tua madre. Quella povera donna deve pensare che siamo pazze. L'abbiamo piantata in asso senza concludere la conversazione...»

«È quello che stavo pensando anch'io poco fa. A ogni modo, qual è la tua opinione su Eunice? Pensi di assumerla?»

«Io ci sto. Assumiamola! A me sembra la migliore del

gruppo. Ho trovato Lloyd Bricker un tipo un po' snob, e anche troppo arrogante per i miei gusti; quanto alla signora Jones, non posso dire che mi abbia colpita in modo particolare.»

«Secondo me è una scansafatiche», disse Meredith. «E quanto a Lloyd, sono pienamente d'accordo con te. Quindi, assumiamo Eunice? Che che cosa ne dici? Non c'è dubbio che, come cuoca, sia buona. Del resto abbiamo assaggiato noi stesse i suoi piatti.» Meredith rivolse a Patsy un pallido sorriso. « È chiaro che non fa più bruciare le pietanze come quando ero bambina.»

Patsy rise, felice di notare che in Meredith era riaffiorato un po' dell'antico senso dell'umorismo.

La telefonata arrivò la mattina successiva.

Meredith e Patsy stavano facendo colazione in sala da pranzo, scorrendo rapidamente gli appunti che avevano preso sul rifacimento dell'albergo, quando Claudia Miller si presentò, tutta affannata, al loro tavolo.

«Mi scusino. Meredith, c'è una telefonata per lei. Una certa signora Alexander vuole parlarle.»

Meredith e Patsy si scambiarono uno sguardo perplesso e vagamente stupito, ma Meredith si alzò immediatamente. «Grazie, Claudia. La prendo dal telefono in fondo alla sala, vicino alla porta.»

«Va bene. Vado subito a passargliela.»

Dopo qualche istante Meredith stava dicendo: «Pronto, sono la signora Stratton».

«Signora Stratton, buon giorno. Sono Annette Alexander, spero di non averla chiamata troppo presto.»

«Per carità, no. Signora Alexander.»

«Ho pensato che la cosa migliore fosse telefonarle subito. Ho appena ricevuto un'informazione che potrebbe esserle di aiuto. Sa che ieri sera ho continuato a lambiccarmi il cervello, cercando di ricordare il nome dell'uomo che Kate ha sposato? Ma non è servito a niente. Poi ho avuto un lampo: forse mia sorella poteva sapere chi fosse perché ha lavorato per me al *Place Vendôme* più o meno quando ci lavorava anche Kate Sanderson. Ieri sera le ho telefonato, ma era fuori. Le ho lasciato un messaggio e lei mi ha richiamato dieci minuti fa. A quanto pare, Kate ha sposato un uomo di nome Nigel. A mia sorella sembra che il cognome, fosse Grange o Grainger. Faceva il veterinario. A Middleham. Mi rendo conto che sono notizie un po' succinte, ma spero proprio che possano servirle.»

«Mi serviranno senz'altro, la ringrazio molto, signora Alexander. A proposito, già che siamo al telefono, forse lei può anche dirmi qualcos'altro. Si ricorda quando Kate Sanderson lasciò il *Place Vendôme*?»

«Lasciò l'impiego nel mio negozio all'inizio degli anni Settanta.»

«Capisco. Bene, grazie ancora, signora Alexander.»

«Sono stata felice di poterla aiutare. E se dovesse trovarla, saluti tanto affettuosamente Kate da parte mia.»

«Senz'altro. Arrivederci, signora Alexander.» Meredith riagganciò e tornò al tavolo; Patsy la guardò con aria interrogativa e le domandò, inarcando un sopracciglio: «E allora?»

Meredith respirò a fondo, emise un lungo sospiro e poi rispose: «Secondo Annette Alexander, mia madre si è sposata con un uomo di nome Nigel. Il suo cognome era Grange o Grainger. Fa, o faceva, il veterinario. E agli inizi degli anni Settanta, quando mia madre lasciò l'impiego nella boutique, viveva a Middleham. O, meglio, ci vivevano».

«Middleham! Buon Dio, Meredith, ma è praticamente qui dietro l'angolo. Si tratta di un piccolo villaggio nella brughiera, a mezz'ora da Ripon. Vedi? Te l'ho detto che avevo la sensazione che tua madre fosse vicina!»

«Questo ancora non lo sappiamo. In fondo, non sappiamo proprio bene quello che è successo. Potrebbero aver divorziato o essersi trasferiti altrove.»

«Scoprirò in un batter d'occhio se lui sta ancora da queste parti», esclamò Patsy in tono convinto e balzò in piedi. «Adesso vado a cercare il suo nome sull'elenco del telefono. Impossibile che non ci sia, se è il veterinario di Middleham!»

Meredith si lasciò andare contro lo schienale della sua seggiola seguendo con gli occhi Patsy, che attraversava la sala da pranzo con determinazione. Indipendentemente dalle difficoltà, la sua amica ormai era ben decisa a ritrovare Kate Sanderson. E bisognava dire che si era rivelata una gran buona amica! Meredith si rendeva perfettamente conto che, senza di lei, in quegli ultimi giorni avrebbe finito per sentirsi perduta.

Patsy tornò subito, letteralmente gongolante. Si mise a sedere, diede un'occhiata al foglietto che teneva in mano e dichiarò: «Si chiama Grainger, non Grange, e vive a Middleham. A Tan Beck House. E c'è anche il numero di telefono».

Meredith prese il foglietto, l'osservò, poi alzò gli occhi ad incrociare lo sguardo di Patsy. «Grazie», disse, e tornò a fissare il pezzo di carta. «Adesso che so che lei si trova solo a pochi chilometri di distanza, mi sento un po' strana.»

«Forse perché stai per rivederla?» domandò Patsy, aggrottando la fronte.

«Sì.»

«Forse hai paura.»

«Sai che cosa ti dico, credo di sì.»

«Vengo con te a Tan Beck House.»

«Grazie, ma forse dovrei andarci da sola, Patsy.»

«Non sarebbe meglio che tu, prima, telefonassi?»

«Non ne sono del tutto sicura. In un certo senso preferisco trovarmi faccia a faccia con lei prima che sappia di me. Se prima le telefonassi, dovrei cominciare a spiegarle chi sono.»

«Giusto. Fai quello che ti senti!»

24

CON un po' di trepidazione Meredith imboccò il vialetto che portava alla porta principale di Tan Beck House.

Da una buona mezz'ora era seduta nella Aston-Martin di Patsy, cercando di raccogliere tutto il suo coraggio per entrare in quella casa in cerca di Kate Sanderson.

Ma poiché le pareva che il turbamento stesse aumentando con l'attesa, aveva acceso il motore e guidando fino in fondo alla strada.

Scesa dalla macchina, aveva visto l'incantevole casa antica, in pietra, di discrete proporzioni anche se non grandissima – proprio il genere di abitazione che avrebbero scelto un medico o un avvocato.

Era ben tenuta, la porta sembrava appena verniciata di bianco, le finestre avevano vetri scintillanti e graziose tendine di pizzo, una sfilata di pianticelle primaverili, fiorite, dava un tocco di colore e di vita alle aiuole ai lati del sentiero lastricato di pietra.

Eccola ferma davanti alla porta, la mano sul batacchio in ottone. Sentì che le mancava il coraggio. Respirando a fondo, batté più volte, con forza, e poi arretrò di qualche passo ad aspettare.

Quasi subito venne ad aprire una donna piuttosto giovane

con i capelli scuri, maglione e pantaloni grigi sotto un grembiule a righe bianche e verdi.

«Sì? Chi desidera?» domandò.

«Sto cercando la signora Grainger. La moglie del dottor Nigel Grainger. È in casa?»

La giovane donna fece segno di sì. «La sta aspettando?»

«Veramente, no.»

«Chi devo annunciare?»

«Sono la signora Stratton. Meredith Stratton. Lei non mi conosce. Sono l'amica di un'amica. Mi auguravo che potesse aiutarmi in una certa cosa.»

«Aspetti un minuto», disse la giovane donna e lasciando la porta socchiusa si allontanò a passo lesto attraversando la piccola anticamera lustrata.

Ritornò quasi subito, spalancò la porta e disse: «La signora Grainger la prega di entrare. Verrà subito, adesso è al telefono. Mi ha detto di farla passare in salotto».

«Grazie», rispose Meredith, oltrepassando la soglia e seguendo la giovane donna attraverso l'anticamera. Intanto lanciava intorno rapide occhiate per osservare tutto.

Notò una bella pendola antica in un angolo e una collezione di porcellane bianche e azzurre disposte con molto buon gusto su una mensola in legno di quercia.

Facendola passare in salotto, la giovane donna disse: «Prego, si accomodi», e si dileguò.

Meredith rimase immobile al centro della stanza; pensò che era molto accogliente, e rimase colpita dalla deliziosa atmosfera. Non enorme, arredata con gusto. Le pareti erano rosse e due interamente ricoperte da scaffali di libri, dal pavimento al soffitto. La *boiserie* era di un caldo color avorio, dipinta a simulare venature di marmo, e davanti al camino in pietra, sul pavimento, c'era un tappeto orientale rosso cupo e blu. Fra due alte finestre uno scrittoio antico aveva davanti il giardino ed un praticello. Più oltre si intravvedevano i campi ondulati della brughiera e una distesa sterminata di cielo azzurro nel quale viaggiavano candide nuvole.

Meredith si voltò rapidamente, staccandosi dalla finestra, a un rumore di passi. E rimase con il fiato sospeso in attesa che la signora Grainger aprisse la porta.

Alla prima occhiata Meredith provò un tuffo al cuore. Questa non era la bellissima giovane mamma, dai ricci rossi dai riflessi dorati e luminosi occhi azzurri, che lei aveva adorato nei suoi sogni infantili.

La signora Grainger era una donna da poco oltre la sessantina, pensò Meredith. Indossava pantaloni di velluto beige, camicia bianca e blazer blu marin, aveva l'aspetto della tipica signora di campagna.

Esitò un attimo sulla soglia, guardando Meredith con aria interrogativa. «La signora Stratton?»

«Sì. Salve, signora Grainger... salve. Spero che mi perdonerà questa improvvisa intrusione in casa sua, ma sono venuta a parlarle perché spero proprio che lei possa aiutarmi.»

«Non riesco a immaginare come, ma mi ci proverò», rispose la signora Grainger, sempre incerta sulla soglia della stanza. «Lei è americana, vero?»

Meredith fece segno di sì. «Signora Grainger, andrò subito al sodo. Sto cercando una donna che si chiama Kate Sanderson. Annette Alexander, della boutique *Place Vendôme* di Harrogate, mi ha dato motivo di credere che lei e Kate Sanderson siate la stessa persona. È così?»

«Ma certo, sì. È proprio così. Io sono Katharine Sanderson Grainger e molti anni fa, prima di sposarmi, lavoravo al *Place Vendôme*.» Poi Kate aggrottò le sopracciglia e quell'espressione incuriosita e interrogativa riaffiorò di nuovo nei suoi occhi. «Ma per quale motivo lei mi sta cercando?»

Meredith era nervosissima. Non sapeva come spiegare a Kate chi lei fosse, tanto che, per un momento, le mancarono le parole. Infine disse, con voce tremula: «Si tratta di... si tratta di... si tratta di Mari».

Kate Grainger sembrò schiaffeggiata all'improvviso, e duramente. Si tirò indietro di scatto, guardò Meredith con occhi sbarrati e si aggrappò allo stipite della porta perché stava vacillando.

Ma dopo essersi un po' ripresa domandò con voce colma di commozione: «Perché tutto questo riguarderebbe Mari? Che cosa vuole lei, da me? Che cosa vuole raccontarmi, di Mari?»

«Io... io l'ho conosciuta, signora Grainger.»

«Ha conosciuto la mia Mari?» Kate esclamò vivacemente, con voce d'un tratto ansante. E avanzò di un passo.

Adesso Meredith riusciva a vederla meglio. E notò subito quanto fosse intensa e viva la luce degli occhi azzurri, che di colpo si erano riempiti di lacrime, i capelli rossi dai riflessi dorati, meno intenso di una volta, con qualche filo d'argento; riconobbe quel viso tanto amato, familiare, segnato dal tempo, ma ancora molto bello. Capì con assoluta certezza che quella *era* sua madre. Provò un'impercettibile stretta al cuore, e si accorse di essere colta all'improvviso, nel profondo, da un tremito violento. Avrebbe voluto avvicinarsi a Kate, buttarle le braccia al collo... ma non ne ebbe il coraggio. Aveva paura... di essere respinta... di non essere desiderata.

«Lei ha conosciuto la mia Mari», riprese Kate. «Mi parli di lei, oh, la prego mi parli di lei...»

Meredith, che si sentiva la gola chiusa da un nodo di commozione, incapace di pronunciare una sola parola, si limitò a inclinare la testa.

«Dove? Dove ha conosciuto la mia piccola Mari? Oh, per favore, me lo dica, la prego, signora Stratton. Per favore», la supplicò Kate.

«In Australia», Meredith infine riuscì a rispondere con voce strozzata.

«Australia.» Kate sembrava quasi offesa, indignata... e si ritrasse sbarrando gli occhi.

«A Sydney.» Gli occhi di Meredith sembravano fissi su

Kate, non la mollavano più. E Kate non nascondeva di essere sconvolta, ma anche perplessa.

«Se sapesse quanto bene le voleva!» disse Meredith. E la sua voce era un sussurro.

Kate allungò una mano, aggrappandosi alla spalliera di una bergére, con forza, per reggersi meglio in piedi. «Lei ne parla come se... ne parla al passato. Non è... morta, vero?»

«No, non è morta.»

«Oh, Dio sia ringraziato!» esclamò Kate, senza nascondere il proprio sollievo. Poi continuò: «Ho pregato per lei giorno dopo giorno, per anni e anni. Pregavo che stesse bene, che fosse sana e salva e non corresse pericoli. La prego, signora Stratton, mi dica una cosa. È stata lei a mandarla da me? L'ha mandata a cercarmi?»

«Sì.»

«Dov'è la mia Mari? Oh, la prego, me lo dica!» La commozione di Kate ormai era evidente – non la nascondeva più. I suoi sentimenti si leggevano chiaramente sul viso angosciato e contratto. Chi era questa donna che le portava notizie di Mari? Notizie della sua creatura adorata, per lei perduta da così tanti anni? Cominciò a tremare.

Meredith fece un passo avanti. Le si accostò. L'angoscia era stampata sul volto di Kate. E Meredith comprese fino a che punto la povera donna era sconvolta. E anche che era sincera.

Incerta e titubante, arrovellandosi il cervello, cercò le parole appropriate per spiegare a Kate chi fosse.

Andandole ancora più vicino, la guardò dritta in faccia e senza riuscire a trattenersi, disse: «Mamma... sono io... Mari...»

Kate non riuscì a parlare per un momento e poi esclamò: «Oh mio Dio! Oh mio Dio, Mari, sei proprio tu?»

Kate afferrò una mano di Meredith e la costrinse a seguirla fino alla finestra. «Lascia che ti guardi. Sei tu, Mari, dopo tutti questi anni?»

Allungando le dita, sfiorò il viso di Meredith in una carezza tenerissima. «Sei proprio tu, tesoro?»

Adesso lacrime calde scendevano a rigarle le guance. «Oh, Mari, Mari, finalmente sei tornata da me. Ecco la risposta alle mie preghiere.»

Anche Meredith stava piangendo. Poi le due donne, separate da quasi quarant'anni, automaticamente si accostarono, si buttarono l'una fra le braccia dell'altra, si strinsero forte, convulsamente.

Kate singhiozzava come se il cuore le si spezzasse nel petto. «Aspetto questo giorno da più di trentotto anni, ho pregato perché arrivasse, ho supplicato Dio... ma ormai avevo rinunciato ad ogni speranza di rivederti.»

Madre e figlia rimasero così strette a lungo, traendo conforto dalla reciproca presenza, mentre versavano lacrime di dolore e di gioia... dolore per il passato, per tutti quegli anni in cui non avevano potuto vivere insieme... gioia di essere finalmente riunite, prima che fosse troppo tardi.

Sedettero vicine sul piccolo divano della biblioteca, un vassoio con tè e tartine sul tavolino in mezzo. Ma nessuna delle due toccò una sola delle tartine che la giovane governante, Nellie, aveva preparato.

Si tenevano strette per le mani, continuavano a guardarsi con gli occhi sbarrati, cercavano affinità e somiglianze. E sui loro volti si leggeva una specie di strano stupore. Era quella meraviglia tutta particolare che prova una madre quando vede per la prima volta la creatura che ha appena dato alla luce. E in un certo senso quel giorno – per Kate – era come se Mari fosse rinata.

«Non sono mai riuscita a rassegnarmi a ciò che avevo perduto», disse Kate, con voce sommessa, che vibrava di tutta la tristezza di quegli anni desolati in cui aveva vissuto senza la propria bambina accanto a sé. «Pensavo a te ogni giorno,

Mari, mi domandavo dove fossi e che cosa facessi, ti desideravo disperatamente, mi struggevo al pensiero di non poterti stringere tra le braccia.»

Meredith fissava intensamente quegli occhi meravigliosi. «Lo so, mamma, lo so. È sempre stato lo stesso anche per me, specialmente quando ero molto piccola. Non facevo che chiedermi dove tu fossi, stupirmi per il fatto che mi avevi mandato lontano, che non mi avevi più voluta. Ecco una cosa che non sono mai riuscita a capire.» Con la punta delle dita Meredith si asciugò le lacrime che le colmavano gli occhi. «Come hai fatto a... perdermi? Come abbiamo potuto rimaner separate?»

«È stata una cosa terribile. In realtà tutto è cominciato con l'Ospizio del dottor Barnardo... Ricordi quel giorno, avevi cinque anni, quando mi hai trovata svenuta sul pavimento della cucina?»

«Oh, sì. Sono corsa a chiamare l'agente O'Shea.»

«E lui fece arrivare un'ambulanza. Mi ricoverarono all'ospedale di Leeds. Poi ti accompagnò in quella specie di rifugio per bambini. Non ho mai avuto il coraggio di criticarlo per questo, non sapeva cos'altro fare perché io non avevo nessuna persona di famiglia all'infuori di te. Ad ogni modo, rimasi in ospedale per circa sei settimane. Non appena mi fui rimessa in piedi, venni a prenderti e tornammo insieme ad Hawthorne Cottage. E continuammo a vivere come avevamo sempre vissuto. Ma all'incirca un anno più tardi, nella primavera del 1957, mi ammalai di nuovo. Fui io stessa, allora, ad accompagnarti alla Casa del dottor Barnardo. Non avevo nessun altro posto dove lasciarti! Il dottor Robertson non mi nascose di essere molto preoccupato per me e volle ricoverarmi all'ospedale, per fare tutta una serie di analisi, in seguito alle quali scoprirono che ero malata di tubercolosi. A quel che sembrò ne soffrivo già da parecchi anni, ma allo stato latente. Tutto d'un tratto si manifestò di nuovo, e in modo violento, favorita, sicuramente, da malnutrizione, preoccupazioni, stress, fatica e generale stanchezza ed esaurimento. La tubercolosi è molto contagiosa, i bacilli si trasmettono con facilità e quindi io non potevo rimanerti vicino Mari, per la tua stessa sicurezza. I medici di Leeds mi mandarono al Seacroft Hospital, vicino a Killingbeck, dove venni sottoposta alle opportune terapie. Rimasi in quarantena per sei mesi.» Kate fece una pausa, prese la mano di Meredith, la strinse forte. Poi la guardò negli occhi. «Non facevo che mandarti messaggi, in continuazione, Mari. Non ne hai ricevuto nessuno?»

«No.» Mari ricambiò l'occhiata intensa e angosciata di sua madre. «Perché non sei venuta a prendermi quando hai cominciato a stare meglio?» le domandò, non riuscendo a nascondere un lampo di risentimento. Ma subito si affrettò a dominarlo.

«Se è quello che ho fatto! Non appena fui dimessa dal Seacroft Hospital. Ormai ero sulla via della guarigione, non potevo più contagiare qualcuno, prendevo gli antibiotici. Anzi, per essere più esatti, la streptomicina. Ma tu non eri rintracciabile. Quelli dell'orfanotrofio del dottor Barnardo mi spiegarono che eri stata adottata. Fu un autentico shock. Rimasi sconvolta, e andai su tutte le furie. Avevo il cuore spezzato. Non sapevo come fare a ritrovarti. Non avevo nessuno che mi aiutasse, non una famiglia e nemmeno denaro. Fu come batter la testa contro un muro! Da parte loro, si rifiutarono di dirmi qualcosa, e risultò che, per quello che mi riguardava, non c'era alcun modo di riaverti con me.»

Kate scrollò la testa, angosciata, trovò il fazzoletto, si asciugò gli occhi lucidi di lacrime. «Ero impotente, avevo le mani legate, non potevo fare niente per rintracciarti, Mari... E che frustrazione, sapessi! Credo di non essere mai riuscita a liberarmi del tutto da quella collera disperata... anzi credo di averla ancora dentro di me. Mi corrodeva, ha continuato a corrodermi per anni. E tutto questo, fu la rovina della mia vita. Non sono mai riuscita a riprendermi della tua perdita, non sono mai più stata veramente felice, non ho mai più ritrovato la pace dello spirito. Sono sempre stata ossessionata, perseguitata, tormentata, quando pensavo a te. La mia unica speranza rimase quella che un giorno, quando tu fossi diventata adulta, forse provando il desiderio di ritrovare la tua madre vera, la tua madre naturale, mi cercassi... e mi rintracciassi.»

Meredith, commossa fino alle lacrime dalle parole di Kate, esclamò: «Ma nessuno mi ha mai adottato! È stata una bugia, quella che ti hanno raccontato dal dottor Barnardo! Mi hanno caricata su un transatlantico con tanti altri bambini e ci hanno spediti tutti in Australia. Mi sono ritrovata in un orfanotrofio a Sydney».

«Un orfanotrofio!» Kate era strabiliata. Fissò Meredith inorridita man mano che quell'atroce verità le si rivelava in tutta la sua completezza. «Ma come è stata possibile una soluzione del genere? Che stupidaggine, spedirti da un orfanotrofio in Inghilterra in un altro orfanotrofio che si trovava all'altro capo del mondo! E perché?» Chiuse gli occhi per un momento, poi li riaprì di scatto. «Mi spiegarono che eri stata adottata da una brava famiglia, e che vivevi in un'altra città della Gran Bretagna. E quella è stata la mia unica consolazione... che tu crescessi fra gente che ti era affezionata, ti voleva bene, era buona con te. Adesso tu mi dici che non sei mai stata adottata.»

Kate tremava.

Meredith cercò di consolarla, di placarla, e poi continuò nelle sue spiegazioni: «Beh, in effetti sono stata adottata, ma a Sydney, non in Inghilterra. Quando avevo otto anni. E quella adozione è durata soltanto due anni. Quando ne avevo dieci, gli Stratton morirono in un incidente d'auto. Non erano persone simpatiche. La sorella del signor Stratton mi rimandò all'orfanotrofio».

Irrigidendosi di scatto sul divano e stringendo più forte la mano di Meredith, Kate domandò con voce tremula e impaurita: «Ma gli Stratton non ti hanno fatto alcun male, vero? Non ti maltrattavano o molestavano?»

«No, assolutamente. Però non sono mai state persone molto affettuose o gentili.» E adesso, fissando Kate perplessa e sconcertata, Meredith continuò: «Ma se tu non hai dato nessun permesso di mandarmi in Australia, come ha potuto, quella gente all'ospizio del dottor Barnardo, fare una cosa del genere? Voglio dire, è chiaro che l'hanno fatto senza il tuo consenso».

«Sì, precisamente.» Kate si tirò indietro leggermente e, adesso, fu il suo turno di fissare Meredith con uno sguardo penetrante: «Tutto d'un tratto, a sentirti, si direbbe che non mi credi, che io non ti sto raccontando la verità. Invece è tutto vero quello che ti sto dicendo, Mari. Devi crederci».

«Non voglio dire che dubito delle tue parole. Ma soltanto che non capisco come sia potuta succedere una cosa del genere.»

«E anch'io. Non riuscirò mai a capirlo. Tutti questi anni... è stato come vivere in un incubo.» Kate liberò la mano dalla stretta di Meredith e si alzò in piedi.

Si avviò lentamente allo scrittoio, aprì un cassetto, e ne tirò fuori una grossa busta. Battendoci sopra con un dito, disse: «Qualche anno fa, verso la fine degli anni Ottanta, mi è capitato di leggere una serie di articoli sull'*Observer*. E quello che ho letto mi ha terrorizzato, te lo giuro, mi ha riempito di orrore... per non parlare della disperazione che ho provato! Gli articoli parlavano di quei bambini che erano stati mandati soli in Australia e ricoverati in orfanotrofi e altre istituzioni del genere. A quell'epoca ricordo di aver pregato in cuor mio che tu non fossi mai stata una di loro! Probabilmente mi aggrappavo alla convinzione che vivessi in qualche località dell'Inghilterra, con la tua famiglia adottiva. Adesso, invece, devo dire che il mio incubo più orrendo e terribile era realtà». La voce di Kate ebbe un tremito: «Tu sei stata una di quei bambini, Mari».

Cercando di dominare le lacrime, Kate fece una pausa e poi, dopo qualche attimo, domandò a bassa voce: «Mi stai dicendo la verità, vero, Mari? Nessuno ti ha molestata, è così?»

«Te lo giuro... no, nessuno mi ha molestata, mamma. Ero angosciata, psichicamente turbata, e per anni mi sono addormentata piangendo, tanta era la desolazione che mi dava la tua mancanza! E in fondo, sono veramente cresciuta senza affetti, senza amore. Non solo ma, naturalmente, dovevo anche lavorare sodo, tutti eravamo obbligati a farlo, a fregare i pavimenti, a lavare montagne di biancheria. E non ci davano neanche molto da mangiare. Ad ogni modo no, non sono mai stata molestata fisicamente o sessualmente.»

«Ma solo mentalmente ed emotivamente», riprese Kate, lasciando riaffiorare di nuovo la sua collera. «Ma pensa un po'... Mandare te ed altri bambini piccoli a quasi ventimila chilometri di distanza, all'altro capo del mondo... e unicamente per rinchiuderti in un altro orfanotrofio! È ridicolo, assurdo!»

Intanto era tornata a sedersi sul divano, sempre stringendo la grossa busta fra le mani. Infine la consegnò a Meredith. «Gli articoli erano intitolati *Bambini smarriti dell'Impero*. Li ho conservati. Dopo puoi leggerli, se vuoi. Roba da far rizzare i capelli!» Scrollò il capo. «No, naturalmente per te non sarà così... perché tu hai veramente vissuto tutto questo... hai vissuto le cose di cui scrive il giornalista.»

«Come mai hai conservato gli articoli?»

«Non lo so. Successivamente, la stazione televisiva Granada trasmise anche un documentario su questa migrazione infantile. E ricordo di averlo guardato con orrore crescente. Ha lasciato un marchio terribile su di me, e in seguito non sono mai più riuscita a dimenticarlo...»

«Dunque un ospizio come quello dottor Barnardo spedì un gran numero di bambini in Australia. A centinaia. È questo che mi stai raccontando?»

«No, Mari, a migliaia. Più di centocinquantamila, a conti fatti. E probabilmente il numero è ancora maggiore, solo che non se ne occupò soltanto un Ospizio come quello del dottor Barnardo. In questi progetti di migrazione infantile risultarono coinvolte anche molte altre istituzioni benefiche.»

«E quali, per esempio?» domandò Meredith, fissando Kate con aria interrogativa.

«L'esercito della Salvezza, la National Children's Home, la Children's Society, la Fairbridge Society e vari altri enti di beneficenza che operavano sotto l'egida della Chiesa Cattolica, della Chiesa inglese, di quella presbiteriana e della Chiesa di Scozia.»

«Buon Dio!» esclamò Meredith, stupefatta. «Ma è stato qualcosa di enorme!»

«Temo proprio di sì», rispose Kate. «E moltissimi di questi bambini, soprattutto i maschi, venivano costretti a lavorare all'aperto sotto un sole cocente, e ad adattarsi a mansioni di ogni genere... per esempio hanno fatto i muratori, per costruire i dormitori. Non solo, ma sono stati orribilmente molestati... sodomizzati dai sacerdoti. La loro vita è stata orrenda!»

«Ma come è potuto succedere tutto questo? Voglio dire, per quale motivo il governo non è intervenuto?»

«Il governo inglese non ci pensava neanche, ad intervenire! In fondo, c'erano di mezzo anche loro in tutto quello che succedeva. Ma ciò che hanno fatto a noi, alle madri, ai padri e ai bambini, è stato inconcepibile.»

«È anche illegale», le fece rilevare Meredith. «Ma non c'è stato nessuno che ha pensato di far causa al governo britannico? Io... ti assicuro che mi sentirei capace di tentarlo... Tutti quegli anni sprecati, tutti quegli anni di dolore.»

«Non so se qualcuno ci abbia mai pensato. Ad ogni modo l'opinione pubblica è rimasta inorridita e lo scandalo fu enorme, quando il documentario venne trasmesso alla tv. In fondo, rivelava una vergogna orribile e toccava sul vivo la coscienza della nazione. La gente non nascose la sua indignazione. Il governo cercò di negarlo, ma tutti capirono perfettamente che la sua complicità c'era stata, eccome!»

«Ma per quale motivo il governo fece una cosa simile?»

Kate disse in tono sprezzante: «Mandare quei bambini in angoli così lontani dell'Impero fu un modo molto facile di contribuire a popolare le colonie. Sono cose accadute per secoli... Pensa che, perfino nel 1967, ne mandavano ancora!»

«Che cosa orribile. E vergognosa.»

Kate annuì e continuò: «Nella busta troverai anche un ritaglio di giornale; l'ho tolto da *TV Times*, e annunciava la programmazione del documentario. La rivista elencava anche numeri di telefono, ai quali rivolgersi per avere delucidazioni in proposito. Io ho provato a chiamarli, Mari. Ero angosciata al pensiero che tu potessi essere una di quei bambini. Volevo sapere come poteva fare una madre per rintracciare un figlio mandato all'estero come emigrante. Mi risposero che non era possibile, che nessuna madre poteva riuscirci. Apparentemente, un genitore e un figlio si potevano riunire soltanto se era il figlio a cercare il padre, o la madre, da tanto tempo perduti.»

Kate si lasciò andare contro la spalliera del divano e per un attimo chiuse gli occhi. Poi, guardando Meredith di nuovo, soggiunse: «Sei diventata una splendida donna, Mari. Come somigli a mia madre! Hai la sua faccia, i suoi occhi.»

Meredith si commosse e il suo viso si illuminò di uno splendido sorriso, radioso, tanto era emozionata e felice: «Non ricordo di avere avuto una nonna».

«Era già morta quando sei nata. È rimasta uccisa in un'incursione aerea, durante la seconda guerra mondiale. È stato mio padre a farmi crescere, dopo la smobilitazione. Lui era soldato. Morì quando io avevo diciassette anni.»

«E mio padre, invece? Dov'è?»

«Anche lui è morto, Mari. Ci ha lasciate quando tu avevi diciotto mesi. Se ne è andato in Canada con un'altra donna, ci ha abbandonato. Io sono riuscita finalmente a ottenere il divorzio quando Nigel mi ha chiesto di sposarlo.»

«Ti ha reso felice?»

«Ci si è provato, ci si è impegnato con tutto il suo cuore, Mari. Davvero. Ma non è stato certo facile vivere con me in questi anni. In un certo senso, il mio dolore per averti perduta mi ha sempre logorata... è atroce perdere un figlio, soprattutto nel modo in cui io avevo perduto te. Non era come se tu fossi morta. Sapevo che tu esistevi, ma chissà dove! E mi struggevo per te... mi struggevo per il desiderio di vederti, accarezzarti. Avevo il cuore spezzato. Povero Nigel, è stata una dura lotta la sua! Ma è un uomo paziente. Capace di sopportare in silenzio. Un brav'uomo.»

«E non hai più avuto figli?»

«Oh, no. Avevo trentott'anni quando ho sposato Nigel. Forse avrei dovuto averne, forse avrebbe potuto aiutarmi, non so... Nigel era vedovo, e sua moglie era stata una mia amica. Veronica. Una donna deliziosa. È morta di un tumore al cervello ed io ho aiutato Nigel a superare uno dei periodi più brutti della sua vita. Ho cercato di consolarlo come meglio potevo. E cinque anni dopo la morte di Veronica lui mi ha chiesto di diventare sua moglie. Ho allevato i suoi figli, Michael e Andrew. E sotto molti aspetti è stato un buon matrimonio, il nostro.»

«Sono contenta che tu abbia avuto una persona buona e cara come Nigel. Quante volte mi sono chiesta... quanti anni avevi quando io sono nata?»

«Diciannove. Ne compirò sessantatré quest'estate, Mari.» Kate si lasciò sfuggire un lungo sospiro. «Tutti quegli anni senza di te. Come hai fatto a trovarmi? Ci hai messo molto tempo?»

«No, veramente no, non appena ho cominciato a cercarti. Ma prima di raccontarti come sono riuscita a rintracciarti, devo farti un'altra domanda.»

«Domandami qualsiasi cosa, Mari.»

«Mi hai mai accompagnata a visitare Fountains Abbey?»

«Sì, parecchie volte. È uno dei miei posti preferiti, lo è sempre stato. Dal momento che sono originaria di Harrogate, nel corso degli anni mi è capitato di andare molto spesso a Ripon. Ma perché me lo domandi?»

«Non mi è mai capitato, o non è mai capitato a noi due, qualcosa di terribile, oppure qualcosa che ci potesse impaurire o spaventare, quando eravamo a Fountains?»

«Sì. Io ho cominciato a star male proprio nella primavera del 1957, una volta che c'eravamo andate insieme. Ti avevo accompagnata per un picnic, e sono svenuta. Sono rimasta priva di sensi per un po'. E so che tu ti sei spaventata moltissimo, perché eravamo sole. Per fortuna mi sono ripresa e, bene o male, siamo riuscite a tornare a Ripon e a prendere l'autobus per rientrare a Harrogate e poi a Leeds. Era una domenica. Proprio quella settimana, qualche giorno più tardi, mi è stata diagnosticata la tubercolosi, e mi hanno spedito di punto in bianco a Seacroft.»

«E io non ti ho mai più riveduta... è così?»

«Sì, precisamente. Non mi hai più riveduta.»

«Ecco come tutto si spiega!» E Meredith le riferì le proprie esperienze a Fountains, raccontandole come avesse provato una sensazione di *déjà vu*. «Non c'è da meravigliarsi, dunque, se io ho sentito che là, all'abbazia, era successo qualcosa di tragico, e ho provato un tal senso di vuoto, il senso di avere perduto qualcuno, o qualcosa. Ad ogni modo, la conseguenza è stata che è venuto a crearsi dentro di me quello che chiamano affaticamento psicogenico. La mia dottoressa mi ha mandato da una psichiatra e, con lei, ho cominciato a scavare nel mio passato. Era persuasa che io avessi rimosso molti ricordi.»

«Cioè, vuoi dire i ricordi rimossi che avevi di me?»

«No, non esattamente. Perché certe cose le ricordavo! Ma il fatto di esserti stata tolta in un modo così crudele, di essere stata strappata al tuo amore e al tuo affetto da bambina deve essere stato tanto penoso per me, che ho bloccato completamente qualsiasi ricordo di quel periodo. La dottoressa Benson è riuscita a mettermi sulla strada giusta, ma è stata mia figlia Catherine che ha fatto scattare il ricordo più importante, o perlomeno così penso io.»

«Hai una figlia, e le hai dato il mio nome?» esclamò Kate, illuminandosi tutta in faccia.

«Ha venticinque anni ed è molto bella. Ha i tuoi occhi. E credo anche il tuo carattere. Ma, a dir la verità non sapevo di averle dato il tuo nome... e infatti quello che ho scelto per lei comincia con la C e non con la K. Ma evidentemente avevo ricordato che il tuo nome era Kate... Katharine. Lo tenevo sepolto nel subconscio.»

«Qual è stato il ricordo che lei ha fatto riaffiorare?»

«La settimana scorsa, appena prima di lasciare Londra, sono andata da lei per parlare un poco dei progetti per il suo matrimonio. Ha fatto il tè e poi mi ha servito una ciotola di fragole, e ha detto qualcosa che mi ha fatto tornare di colpo alla memoria un ricordo. Ho visto con incredibile chiarezza la tua faccia, quella faccia che avevo amato per tutta la vita, che avevo tanto desiderato di rivedere. E in quell'istante ho capito come quella che vedevo con gli occhi della mente fosse la faccia di mia madre.» Meredith aveva cominciato a piangere; cercò il fazzoletto, si soffiò il naso.

Gli occhi di Kate erano umidi quando domandò: «E che cosa aveva detto Catherine?»

«Oh, appena poche parole... 'Ho una ghiottoneria per te, mamma. Fragole.' Di colpo mi apparve la tua faccia davanti agli occhi ed eri tu che mi servivi le fragole. In quel momento tanti ricordi mi si affollarono nella mente e altri ancora, molti, quella stessa sera e la notte, sull'aereo che mi portava a Londra.»

Meredith tacque per qualche istante, si soffiò di nuovo il naso, e continuò: «C'è qualcosa che dovrei spiegarti. Sono sempre stata convinta che tu fossi morta. Era quello che mi avevano detto nell'Ospizio del dottor Barnardo. Così, quando mi sono accorta di avere alcuni ricordi completi su di te, mi sono confidata con la mia socia inglese, Patsy Canton.

Lei mi ha portato negli uffici generali del registro a Londra, per cercare il tuo certificato di morte. Devi capirmi, volevo, avevo bisogno, di visitare la tua tomba. Volevo mettere un punto fermo a tutta questa vicenda. E, finalmente, chiuderla. Ma naturalmente non esisteva nessun certificato; così abbiamo capito che dovevi essere viva. È stata un'idea di Patsy quella di cercare il mio certificato di nascita, dal momento che, a quel punto, ci eravamo messe in testa di cercare tutte le informazioni che potevamo. Il mio certificato di nascita ci ha portato ad Armley, e a Hawthorne Cottage. Anche se ormai è ridotto a un cumulo di rovine, ho scoperto ugualmente fino a che punto conoscessi quel luogo... e lo conoscevo bene... Così mi sono affiorate alla mente altre memorie, i ricordi di te, uno più bello dell'altro!»

«Sono felice che tu mi abbia trovato prima che fosse troppo tardi», mormorò Kate.

«Anch'io.»

Adesso Kate si volse a guardare Meredith con curiosità e disse piano: «Vedo che non porti la fede. Sei divorziata?»

«Sì, precisamente. A proposito, hai anche un nipote. Si chiama Jon, ha ventun anni, e sta studiando a Yale. Non vedo l'ora che tu conosca lui e Catherine.»

«Nipoti», mormorò Kate con voce colma di stupore. «Ho dei nipoti. Che cosa meravigliosa!»

«Sono molto orgogliosa di loro. Sono venuti su bene.»

«L'unica cosa che non mi hai ancora raccontato è come hai fatto ad arrivare in America dall'Australia.»

«Non è una storia molto lunga», rispose Meredith. «Ti spiegherò tutto più tardi. A ben pensarci, abbiamo il resto della nostra vita.»

Si udì un rumore di passi in anticamera e Meredith girò di scatto la testa. Vide un uomo alto, dall'aria distinta, immobile sulla soglia ad osservarle.

Anche Kate si era voltata. Si alzò di scatto in piedi esclamando: «Nigel, mi ha trovato! Avevo sempre pregato che ci riuscisse! La mia Mari mi ha ritrovata. Finalmente è tornata da me, dalla sua mamma!»

«Dio sia ringraziato!» esclamò lui, entrando in biblioteca per raggiungerle, mentre un'espressione di immenso sollievo si disegnava sulla sua faccia.

Meredith si alzò in piedi, gli tese la mano.

Lui la prese. E poi, senza preamboli, la attirò contro di sé, abbracciandola forte. «Adesso, finalmente, Kate avrà la pace dello spirito», disse.

Mentre si staccavano, Meredith si accorse di fissare uno dei volti più amabili e gentili che avesse mai visto. Il sorriso di Nigel Grainger era colmo di affetto mentre la contemplava.

«Grazie», disse Meredith. «Grazie di avermi conservato sana e salva la mia mamma.»

EPILOGO
Tempo futuro

«E ADESSO, gentili signore, vi prego di voltarvi a guardarmi e di sorridere», disse Jon, afferrando la macchina fotografica e regolando l'obbiettivo. «No, non andiamo proprio bene», bofonchiò. «Mamma, un po' più vicina alla nonna, per favore! E, Cat, anche tu fa' lo stesso. Voglio che venga una foto di gruppo magnifica.»

«Oh, spicciati, Jon, voglio andare a cercare il mio adorabile maritino!» esclamò Cat.

Dopo aver richiesto ancora qualche piccolo ritocco alla posa del gruppetto, Jon cominciò finalmente a scattare una foto dopo l'altra.

Dopo qualche minuto, esclamò: «Ecco, le abbiamo fatte tutte. E non è poi stato così terribile, Cat, ti pare? Adesso ho potuto mettere insieme tutta una serie di splendide foto per l'album della nonna, e anche per te se le vorrai. Tre generazioni di donne. Non avrei mai pensato di vedere questo giorno».

Cat gli rivolse un incantevole sorriso. «Io so una cosa, di sicuro. Cioè che le tue mi piaceranno molto, ma molto di più, di quelle di qualsiasi fotografo professionista».

Ridendo, lui ribatté: «Adesso scappa, vai a cercare il tuo maritino! Tra un attimo qui ci sarà il caos... non appena il clan dei Pearson comincerà ad invadere il locale... Sarà come se arrivassero le cavallette!»

«Ehi, stai attento a quello che dici!» gridò Cat, minacciandolo con la mano, quasi come se volesse mettere in mostra la fede nuziale che portava al dito. «Anch'io sono appena diventata una Pearson, non dimenticartelo!» Poi gli si avvicinò, lo baciò su una guancia e gli disse in tono colmo di affetto: «Grazie per avermi accompagnata all'altare, Jon».

«Ho fatto tutto nel modo giusto, sorellina?»

«Sei stato splendido.» Rise di nuovo e si allontanò a passo lieve, avvolta da una nuvola di seta bianca e tulle, per raggiungere Keith, che stava parlando con suo padre nell'atrio d'ingresso del piccolo, raffinato, albergo di campagna.

Jon si avvicinò a Kate e a Meredith. «È stata una splendida cerimonia, mamma», esclamò. «E bisogna proprio dire che l'antico granaio, come chiesa, faceva un effettone! Immagino che sia per i tuoi addobbi, con tutta quella seta bianca e quella marea di fiori bianchi.»

«Grazie, tesoro. Sì, devo dire che anch'io sono rimasta molto soddisfatta dal risultato finale!»

Kate mormorò: «Ho trovato la cerimonia molto commovente.» Sorrise alla figlia e al nipote. «Devo confessare che ho pianto.»

«Gran parte delle donne piange ai matrimoni, nonna.» E John le diede una stretta affettuosa al braccio. «Tu sei come la classica ciliegina sulla torta. Se sapessi come sono felice che la mamma ti abbia ritrovato!»

«Anch'io», rispose Kate.

«Bene. Adesso scappo a bere qualcosa con i ragazzi», annunciò Jon, che aveva l'aria di chi non vede l'ora di squagliarsela.

«I ragazzi?» ripeté Meredith, alzando un sopracciglio. «Ma di chi stai parlando?»

«Di Luc e Nigel. Sono arrivati adesso adesso anche loro.»

E scappò via, lasciando Meredith e Kate sull'ingresso della sala da pranzo.

Erano tutte e due molto eleganti; Kate portava un completo in maglia rosa carico e Meredith un vestito azzurro spento con cappottino in tinta. E adesso che erano vicine in piedi l'una di fianco all'altra, non era difficile capire che erano madre e figlia. Si assomigliavano in un modo incredibile – anche se Meredith era più alta.

Era il secondo sabato di ottobre, una splendida giornata d'autunno. Il cielo era ceruleo, limpido, senza una nuvola, illuminato dai raggi di uno splendido sole, e il fogliame degli alberi a Silver Lake aveva qualcosa di spettacolare. Le foglie avevano appena cambiato colore e adesso apparivano come una massa rigogliosa e lussureggiante di rosso e rosa, oro e ruggine.

«Non avremmo potuto desiderare giornata migliore», disse Kate, con un'occhiata verso la finestra dalla quale si vedeva il laghetto. «Proprio perfetta per un matrimonio!»

«Siamo state fortunate anche se, generalmente, il Connecticut in ottobre è incantevole.» Prendendo Kate sottobraccio, Meredith la fece entrare nella sala da pranzo ingrandita di recente, in previsione dell'arrivo dei numerosi invitati al ricevimento di nozze. «Vieni qui un momento con me, mamma, ho qualcosa da dirti.»

Kate scoccò a Meredith uno sguardo preoccupato. «Qualcosa che non va? Hai parlato con un tono così serio!»

Meredith scrollò la testa. «No, volevo semplicemente ringraziarti di essere stata qui con me in questi ultimi quindici giorni, e di aver fatto tanto per aiutarmi a organizzare il matrimonio di Cat. Sei stata meravigliosa.»

«Sono io che dovrei ringraziare te, Mari», rispose Kate, facendo una smorfietta. «Vedi, credo che non riuscirò mai più a chiamarti in un modo diverso. Se non così, Mari.»

«Va benissimo... e lo capisco!»

«Non avrei mai pensato che potesse succedere qualcosa

del genere», soggiunse Kate improvvisamente. «Che avrei potuto passare tutte queste giornate così preziose insieme a te! Non potrai mai immaginarti che cosa abbiano significato per me.»

«Oh, e invece credo proprio di saperlo...»

«Mi hai viziato, Mari, e anche Nigel. Quei viaggi... a Parigi e sulla Loira e qui, a New York. Tutto questo andare di qua e di là... che splendore... Se pensi che fino al giorno in cui tu non sei rientrata nella mia vita, praticamente non ci eravamo mai allontanati dallo Yorkshire!»

Meredith non disse niente e si limitò a sfiorare con una carezza un braccio della mamma. A volte non riusciva nemmeno lei, ancora, a convincersi di averla ritrovata dopo tanti anni.

Kate guardò di nuovo fuori dalla finestra e poi tornò a voltarsi con aria pensierosa verso Meredith. «Sono veramente felice che tu abbia trovato la strada per arrivare qui, a Silver Lake, tanti anni fa! È un posto così bello, e assomiglia talmente allo Yorkshire! Devi aver avuto un angelo custode ad accompagnarti.»

«Forse è stato proprio così.»

«Sì, sei stata fortunata a trovare Amelia e Jack, ad averli nella tua vita, anche se soltanto per pochi anni. Ti hanno ricompensato delle sofferenze di prima, Mari, di quell'ambiente così freddo e privo di affetto, nell'orfanotrofio in Australia. Da loro hai ricevuto amore, gentilezza e premure affettuose, e io di questo sarò sempre riconoscente. Ti hanno aiutata a diventare quella che sei oggi.»

«Preferisco non pensare che avrei anche potuto non conoscerli mai! Probabilmente la mia vita sarebbe stata un terribile pasticcio!»

«Magari no! Come si fa a saperlo? Ad ogni modo io trovo che ci sia qualcosa di speciale in te... una volontà di resistere e saper sopportare... e ottenere il successo indipendentemente da tutto!

Meredith si protese verso Kate baciandola su una guancia. «Ti voglio bene, mamma.»

«E io voglio bene a te, Mari.»

Poi le due donne riattraversarono la sala da pranzo tenendosi sotto braccio. Stavano per arrivare alla porta, quando Kate disse: «Sarà uno strazio, lasciarti. Vorrei non dover vivere così lontano».

Meredith non rispose niente.

Kate le lanciò un rapido sguardo e soggiunse: «So che tu mi hai detto che posso venire a trovarti quando voglio. Ma nello stesso tempo non posso neanche lasciare Nigel solo. E lui non potrà accompagnarmi sempre, nei miei viaggi, Mari... Ha lo studio e l'ambulatorio...»

«Da come andranno le cose, a ben pensarci, non credo che continuerò a vivere così lontano da te», disse Meredith.

«Oh?»

Meredith lanciò un'occhiata all'atrio d'ingresso dell'albergo, affollato di gente. Ormai il ricevimento era al culmine. Un lieve sorriso le aleggiò sulle labbra.

Kate se ne accorse, seguì la direzione degli occhi di sua figlia e poi si voltò di scatto a guardarla.

«Sto per sposarlo, mamma», disse Meredith, i cui occhi continuavano a essere fissi su Luc. «Quindi andrò a vivere con lui a Parigi. Soltanto un paio d'ore di distanza dallo Yorkshire.»

«Oh, tesoro, come sono felice per te. Congratulazioni!» esclamò Kate. Poi ci fu una breve pausa prima che soggiungesse, in tono un po' preoccupato: «Ma... e il tuo lavoro, quello che avevi qui? So che per te significa moltissimo.»

«Non rimane che il *Silver Lake Inn*, adesso che ho venduto l'altro albergo del Vermont. Blanche e Pete ormai, questo, lo mandano avanti da anni, e lo hanno sempre fatto in un modo splendido. Continueranno loro. Io sarò già molto occupata con gli alberghi in Inghilterra e in Francia.»

«È un'ottima cosa che tu sia riuscita a trovare questa soluzione. Luc è un uomo talmente meraviglioso!»

«Ma se tu sapessi quanto ha sofferto anche lui! Credo che meritiamo tutti e due un po' di pace, un po' di felicità...» Meredith si interruppe perché Luc veniva avanti e le stava raggiungendo.

Circondando le spalle di Kate con un braccio, chinò la testa a guardarla e disse: «Da quando ci siamo conosciuti in giugno, Kate, ho sempre avuto la sensazione di conoscerti. E tutto d'un tratto, un momento fa, ne ho capito il perché. Tu mi ricordi tantissimo la donna che mi ha allevato, la mia nonna».

Nonna Rose, naturalmente, pensò Meredith, ricordando il quadro di Talcy. Avevano gli stessi colori, gli stessi occhi azzurri, lo stesso viso a forma di cuore.

«Che bellezza!» mormorò Kate. E poi continuò: «Mi par di capire che qui ci vogliono delle congratulazioni! Come sono felice che abbiate deciso di sposarvi!»

Luc la guardò raggiante. «Ah, dunque Meredith ti ha dato la bella notizia.»

Kate annuì, poi chiese il permesso di allontanarsi, perché voleva lasciarli un po' soli. Attraversò la sala a passo lieve, come se i piedi non sfiorassero nemmeno il suolo. Andò in cerca di suo marito. Era così felice, così orgogliosa! Chi avrebbe mai pensato che la sua piccola Mari si sarebbe trasformata in una donna straordinaria!

Luc prese Meredith per mano e la fissò intensamente nei dolci occhi verdi. «Se tu sapessi, *chérie*, che aria serena hai quest'oggi! Mi si riempie il cuore di gioia, a vederti così felice. Dal momento in cui ti ho conosciuta, il mio più grande desiderio è stato quello di far sparire la tristezza che leggevo nei tuoi occhi, di disperdere la sofferenza che capivo chiusa, nascosta profondamente dentro di te. Ma adesso non sarà più necessario... credo che il miracolo sia stato compiuto quando hai ritrovato tua madre.»

Per qualche istante Meredith non rispose. Si limitò semplicemente a ricambiare quello sguardo così penetrante; e infine disse: «È stato quando ho trovato voi due, tutti e due, Luc. Mi fate sentire una persona completa».

Luc le sorrise. «Questo succede perché ti amiamo.»

Infilò il braccio sotto quello di lei e insieme si avviarono, a unirsi alla folla degli invitati al ricevimento di nozze.